UNDERLAND CHRONICLES V

地下城

利爪密则

GREGOR AND THE CODE OF CLAW

[美] 苏珊·柯林斯 (Suzanne Collins) 著
黄静雅 译

新世界出版社
NEW WORLD PRESS

图书在版编目（CIP）数据

地下城·利爪密则／（美）柯林斯著；黄静雅译．—北京：新世界出版社，2013.9
ISBN 978-7-5104-4614-6

Ⅰ．①地… Ⅱ．①柯… ②黄… Ⅲ．①儿童文学-长篇小说-美国-现代 Ⅳ．①I712.84

中国版本图书馆 CIP 数据核字（2013）第 211549 号

著作权合同登记号：图字 01-2013-5176
GREGOR AND THE CODE OF CLAW

地下城·利爪密则

作　　者：（美）苏珊·柯林斯　译　　者：黄静雅
选题策划：今古传奇文化　责任编辑：丁媛媛
文字统筹：吴晓龙　封面设计：刘　军
责任印制：李一鸣　黄厚清　出版发行：新世界出版社有限责任公司
社　　址：北京西城区百万庄大街 24 号（100037）
发 行 部：（010）6899 5968　（010）6899 8733（传真）
总 编 室：（010）6899 5424　（010）6832 6679（传真）
http://www.nwp.cn　http://www.newworld-press.com
版 权 部：+8610 6899 6306　版权部电子信箱：frank@nwp.com.cn
印　　刷：北京华忠兴业印刷有限公司
经　　销：新华书店　开　　本：880mm×1230mm　1/32
字　　数：160 千字　印　　张：11.25
版　　次：2013 年 11 月第 1 版　2013 年 11 月第 1 次印刷
书　　号：ISBN 978-7-5104-4614-6
定　　价：28.00 元

献给我的妈妈和爸爸

第一部分

密则

格雷戈尔躺在冰冷的石板上，凝视着天花板上的文字。几个小时前，他被火山灰整个吞噬，眼睛和皮肤现在依然刺痛不已，肺灼烧得厉害，心脏在剧烈跳动，甚至无法做深呼吸。他握紧刚刚属于自己的宝剑，情绪渐渐稳定下来。

他一从王之城的博物馆拿回这把剑，就飞奔到了这间屋子。屋子里的每寸空间，包括墙壁、地板、天花板，都被预言诗盖满了，它们全是对地下王国命运做出的预测。这个位于纽约城地下的阴暗世界，总是冲突不断，他去年几乎都在这儿度过。王之城的建设者是巴赛洛缪·三明治，四百年前，正是他将预言刻满这个房间。预言主要为王之城人们的利益着想，同时也提到了居住在邻地的巨型生物——蝙蝠、蟑螂、蜘蛛、田鼠等，被提到次数最多的要算老鼠。当然，还有好几个预言都和格雷戈尔有关，但里面并没有直呼其名，而是以“勇士”代称。

在这种场合，他只想一个人待着，所以没让任何人和他一起进预言室。他将第一次读到被人议论纷纷的预言。最近几个月，所有人都竭力瞒着他，不让他知道预言的内容，格雷戈尔由此推断它一定不妙。他只希望在不被人监视的情况下，了解预言的严重性。如果需要的话，他还可以尽情地大哭或大喊。后来，他发现根本毫无必要，因为看完后他一点反应都没有。

“你一定要勇敢面对，努力理解那些内容。”他对自己说。接着，他再次凝望天花板，逐字逐句琢磨起上面的预言。

他看着那一行行文字，脑海里仿佛有一只时钟在嘀嗒作响；毕竟，它的名字就是《时间预言》。

嘀嗒、嘀嗒、嘀嗒、嘀嗒、嘀嗒、嘀嗒、嘀嗒、嘀嗒、嘀嗒、嘀嗒、嘀嗒……

战争已经打响，

你们的盟友已被诱捕。

现在行动，否则永无机会。

解开密则，否则万劫不复。

时间在流逝，

在流逝，

在流逝。

将我的刀锋赠与勇士，你们的命运就在他手里。

但不要忘记嘀嗒声。

还有咔嗒、咔嗒、咔嗒。

老鼠的舌头轻弹，

外加四足，诡计成套。

是爪子，而非下颌，

造就利爪密则。

时间静止，

依然静止，

依然静止。

公主是解开背叛之谜的钥匙，

无可避免，她要征战。

要听那抓挠声：噌、噌、噌。

密谋正在孵化，

名字让人迷眼。

但凡她所见,即是缺陷。

利爪密则的缺陷。

时间在回转,

回转,

回转。

当恶兽鲜血挥洒,

当勇士横遭屠戮,千万不可无视敲击声,

和轻拍声:啪、啪、啪。

若噬咬者发现你在打盹,他们用利爪密则谋划新法时,

你的身体将会腐朽。

格雷戈尔脑海里的嘀嗒声戛然而止,随着文字一同消失了。他闭上眼睛,那一句话像一把重锤,沉重地敲击着他的心脏:

"当勇士横遭屠戮"

毫无疑问,这就是原因,没人愿意把预言内容透露给他的原因。

“当勇士横遭屠戮”

就连卢克萨也不愿说。她今年才十二岁，但女王的身份、双亲的早逝，让她显得超乎年龄的老成。几小时前，在悬崖边上她是怎么对他说的？“看完预言后，如果你想回家，我绝对不会拦你。”

“卢克萨，这是真的吗？”格雷戈尔暗想，“你不会拦我？如果我们交换身份，你回去了……这一辈子我也不会原谅你。”

“当勇士横遭屠戮”

按理说，格雷戈尔回家没有任何问题。只要他赶快带上三岁大的小靴子，把妈妈接出医院——她正在那儿进行瘟疫后的康复治疗，再让阿瑞斯送他们飞回纽约公寓大楼的洗衣房，一切就都万事大吉了。阿瑞斯是格雷戈尔的结合，曾多次拯救过他的生命，不过自从遇到格雷戈尔，他的日子就一直很不好过。格雷戈尔努力想象着分别的画面，“好了，阿瑞斯，一切都很好，我现在要回家啦！我知道我这一走，这里所有曾帮助过我的人将会万劫不复，但我真的受够了这该死的战争。所以，高飞吧，你明白了吗？”

好像这一幕真的会发生似的。

“当勇士横遭屠戮”

格雷戈尔觉得很不真实，一切都不真实，也许是因为太累的缘故。他已经好几天没睡觉了，自从在燃火地看到无数田鼠被坑杀后，他就再也没有合过眼。火山喷发时，释放了不少毒雾，他被毒晕了过去，那算得上睡觉吗？或许算吧。但没持续多久，他很快又苏醒过来，在深深的积灰里寻找幸存的朋友。他还没来得及享受重逢的喜悦，就看到了小蝙蝠塔利亚冰冷的尸体。她在逃离火山时，被烟雾窒息而死。卢克萨七岁大的表弟哈泽德，本想和她成为结合，却因受到刺激差点发了狂，他们不得不给他服了镇定剂。

之后，他们好不容易来到了悬崖，俯瞰丛林，终于呼吸到了新鲜的空气。然后格雷戈尔自愿放哨，以便其他人休息。飞回家的路上，阿瑞斯不仅载着格雷戈尔，还有小靴子、哈泽德、蟑螂朋友太普，和一只被下了重药的田鼠卡迪尔。一路上，他都未能成眠，现在神智几近麻木……

“当勇士横遭屠戮”

此刻，他对这预言并无任何反应。“我这是怎么了？”格雷戈尔想，“我不是应该被吓得半死吗？”他应该如此，这种反应再自然不过。可在历经磨难后，那感觉已不知所踪了。“我想，也许过会儿我会正常起来吧！过一两天，只要我还能活那么久……”

尽管预言的内容已经够糟了，可格雷戈尔还是猜想：说不定等一切成真了，情况会更糟；不过，从好的一面来看，小靴子和妈妈说不定能活着离开此地，因为预言并没有要求其他人献出生命。在解开“利爪密则”上，小靴子作为蟑螂世界里闻名遐迩的“公主”，看上去似乎将起到重要作用。

等等，还有……

“当恶兽鲜血挥洒”

根据这几天的所见所闻，格雷戈尔判断，这“恶兽”只可能是灾星，他的生命还是他施舍的。曾经的灾星是个可怜的鼠宝宝，而现在却变成了邪恶的首领，胸中充满仇恨，还有一点疯癫。生活一直折磨着他，将从前无比脆弱的他，扭曲成一头恶兽，如今再想帮他回头，已无济于事。灾星已经传令剿灭全部田鼠，谁也不知道，他下一步的举动会是什么。必须制止他，让他迷途知返。如果是在地上世界，灾星可能会被终生监禁，但在地下王国却没有选择的余地——他只有死路一条。

“我想我应该开始准备了。至少得吃点东西。”格雷戈尔想。老鼠大军即将杀到,现在该是他做好准备的时候了。他知道,一场恶战在所难免。

这时候,他的身体突然僵硬起来,就像变成了一块石头。他想起在纽约时去修道院做田间调查的经历:在那里,有一座展览着中世纪文物的古老博物馆,其中一间陈列室里展出了各式坟墓。有一座坟墓顶上放着一尊逝者雕像,如真人大小,双手交叠,握着剑柄。那个人,生前是一名骑士吗?事实上,他躺着的姿势就和那雕像差不多。“那就是我,”格雷戈尔不由地想,“那就是我。我变成了石块,和死也没多大差别了。”三明治真是高明:他把《时间预言》刻在天花板上,好让格雷戈尔以这样的姿势躺倒在地;格雷戈尔握着的剑曾属于三明治,现在却成了延伸他想象力的工具。这一切都是如此完美,又令人毛骨悚然。

门被轻轻地打开了,脚步声渐渐向他靠近。

“格雷戈尔?你怎么样了?”维库斯问道。老人的声音和格雷戈尔一样,都透着无比的疲惫,很可能他也没怎么睡觉。他是王之城议会的首领,工作时间比别人长许多;他的妻子索罗维特曾是王之城军队的统领,近来因涉嫌制造瘟疫即将接受审判;他们的外孙女卢克萨,此时正在燃火地深陷困境——这一

KSH JDFLJL
IULSDJL A
DLKAXM. .KJWOEIDLK
JHHJHHHCN
GKJDH JJKSFJK
KJK KGFDK SLKF
ISFLKH LKOIUDF
JHHSDYU
FLK JHYYDF

切的一切，都是维库斯无法休息的原因。

“我？我很好啊！”格雷戈尔故作镇静地说，“感觉从来没这么好过。”

“你对《时间预言》有什么看法？”维库斯问。

“很容易记住。”格雷戈尔答道，继而缓慢又痛苦地站了起来。在上次旅途中，他的膝盖受了重伤。

“我来是想提醒你，一直以来，我们都误解了三明治预言的真正含义。”维库斯说。

格雷戈尔从腰带上抽出宝剑，轻敲着那行记录了他死亡的诗句，“这句？你觉得这句也有可能被误解吗？”

维库斯犹豫片刻，回答道：“很有可能。”

“好吧！可在我看来，它的意思再明白不过。”格雷戈尔说。

“相信我，格雷戈尔，要是我能找到机会取代你的位置去完成这个预言……我一定万死不辞……”维库斯的眼眶里饱含热泪。

生活对维库斯尤其残酷，格雷戈尔也为他难过。“听着，来到这儿，我已经死过多次了。我能活到现在，完全是个奇迹。”如果维库斯都表现得如此沮丧，那格雷戈尔的家人又会作何反应？他不想知道答案。“请不要把这话告诉我妈妈，也不要告诉我爸爸。我家人都不能知道，行吗？”

维库斯点点头，表示同意。

格雷戈尔刚将剑插回腰带，维库斯的手就伸了过去。他本能地挡住剑柄，莽撞地说道："它是我的了，你给了我。"对这件武器，他这么快就产生了强烈的保护欲和敬畏感。

维库斯的脸上掠过一丝惊讶，接着他忧心忡忡起来。"我根本没有拿走它的想法，格雷戈尔，只是你不应该这样佩剑。"他把手放在格雷戈尔的手上，调整了一下剑柄，"按照这个角度放，就不会割到你的腿了。"

"多谢提示，"格雷戈尔说，"嗯，我还是赶快把身上这些东西清理掉。"在悬崖边的泉水旁，他已经洗过侵蚀皮肤的火山灰，但目前还有小部分残留在身上。

"去医院吧，他们那儿有软膏。"维库斯建议。

于是，格雷戈尔向门口走去。这时候，维库斯又发话了，他便停住了脚步。"格雷戈尔，你已经展现了极佳的杀戮技巧。但一年前，那件武器你连碰一碰都不愿意。记住，即便身处战场，也有需要克制自己行动的时候。到时侯，你要及时停下手中挥舞的宝剑，"维库斯说，"你能做得到吗？"

"我不知道。"格雷戈尔无奈地说。他太累了，无法做出任何高尚的承诺。况且战役一开始，他一般都无法控制自己。"我不知道我会做出什么，维库斯。"话刚出口，他就发现这个答案太过单薄，便又补上一句，"我会尽量尝试。"说完，他赶忙离开这个房间，避免和维库斯再深入讨论。

来到下面的医院，他被打发进了一个浴缸。他被迫躺在药草混合液里，一脸的不情愿。那液体正咕嘟咕嘟地直冒泡，据说可以彻底清除皮肤上的火山灰。混合药水散发出奇异的气味，充满了他的肺部，他顿时咳嗽起来，咳出了不少这几天来吸入的脏东西。然而，洗一次澡还不能让医生们满意，直至他泡到第三遍，他们才确定他里外都已干净。接着，医生又在他皮肤上抹了一层润肤液，气味芬芳扑鼻。等整个过程结束，格雷戈尔都没法把眼睛睁开了。他喝了不少肉汤——都是别人送到嘴边的。他觉得自己似乎还吞了不少药片。疲倦阵阵袭来，他抓住离他最近的医生的袖子，大喝道："我必须战斗！"

"这样可不行，"医生说，"别担心，战争可不是舰船，嗖嗖就开没了。等你醒来后，还有一场又一场的战斗等着你。"

"不，我……"格雷戈尔说。可在内心深处，他知道医生的话没错。不一会儿，手从衣袖上滑落，他陷入了深深的睡眠。

格雷戈尔沉睡了许久，醒来时才发现自己在医院里。这么长时间以来，他一直在惊心动魄的冒险之旅中，当看到眼前干净明亮的病房，他自己都觉得惊诧。他懒洋洋地检查了一遍身体：皮肤吸收了全部润肤液，摸起来平滑而干爽；之前从岩石上摔落时受伤的膝盖，现在也被包扎起来；指甲不再参差不齐，已经被人修剪平整；身上穿着干净的新衣服，原来的脏衣服不知去向。

格雷戈尔坐直了身体，右手往左臀部抓去，不料却抓了个空。他的剑！剑上哪儿去了？哦，在那儿。他的宝剑已被支起，放在了病房的一角，剑带正晃荡着。医生们不可能让他和剑一起躺在床上，要真那么做可就危险了，况且这儿也不会有人来偷它。尽管如此，他和武器之间相隔三米多的距离，还是让他心生不安——因为他不喜欢剑不在手的感觉。

他将僵硬的腿甩到地板上，准备取回宝剑。就在这时，一位端着餐盘的护士走了进来，命令他立刻躺好。他不想和她起争端，只得乖乖就范。但护士前脚刚走，他就把盘子放到床上，偷偷将剑拿了过来。现在，他终于可以安心吃饭了。

那几天的旅途中，可吃的东西很少，只有为数不多的鱼和少得可怜的蘑菇。此刻的他饥肠辘辘，根本没想到用餐具，而是直接用手捞了起来，贪婪地塞进嘴里。这一顿饭——面包、鱼烩和布丁——尝起来美妙无比，格雷戈尔吃了个碗底朝天。吃完，他用手指沿着布丁碗擦了一圈，想把最后一点也吃干净。

这时，他的老朋友马雷斯走进了病房。“你可以再来点儿吃的。”马雷斯微笑着说。说完，他便命人给格雷戈尔再送点吃的来，接着又跛着脚，坐到床边的椅子上。格雷戈尔注意到，他对假腿的使用已经越来越熟练，不过走路时还是要拄着拐杖。“你睡了整整一天，现在感觉怎么样？”他问格雷戈尔，同时意味深长地看了他一眼。

“挺好的。”格雷戈尔答道。这次冒险之旅没给他留下重伤，所以恢复起来很迅速。马雷斯满脸担忧，其实完全没有这个必要。忽然，他又想起预言里要勇士献出生命的话。“哦，你的意思是……”恐惧渐渐侵入他的大脑，他赶忙强迫自己不要乱想，可还是无济于事，“我很好，马雷斯。”

马雷斯捏了捏他的肩膀，并未就此话题继续深入，这让格雷戈尔很高兴。“小靴子、哈泽德，还有其他人怎么样了？”

“挺好的，都很好。身上的灰尘都清洗干净了。哈泽德被迫躺在床上，直到头伤完全恢复才能走动。幸好对霍华德的医疗培训起了作用，他的缝合工作做得很好。”马雷斯说。可惜他的朋友霍华德和他的蝙蝠奈克，还有卢克萨和她的蝙蝠欧若拉，以及老鼠瑞普瑞德，此时都没能躺在安全干净的医院里，他们正竭力拯救燃火地里残存的田鼠。“他们有什么消息吗？”格雷戈尔问。

“没有，”马雷斯说，“我们已派出两组士兵，前去搜索他们，希望能尽快得到消息。卢克萨之前的宣战，让我们正常的通讯渠道受到了极大干扰。”

卢克萨……

格雷戈尔将手伸向裤子后面的口袋，但里面空无一物；也许之前穿的旧衣服已经被销毁了。他又感到了些许不安，“我有一张照片，就在裤子口袋……”

马雷斯从床头柜上拿起一张照片，递了过去，“这张？”

他俩都在——卢克萨和格雷戈尔正跳着舞，纵情欢笑。这照片弥足珍贵，捕捉到了他俩难得共享欢乐的时刻。这一切仅仅发生在几周前，就在哈泽德的生日聚会上。格雷戈尔把照片放回衬衣口袋，长呼了一口气，说道："谢谢你。"

马雷斯也没问他为何如此珍视这张照片。格雷戈尔感到庆幸，因为他根本不知该如何叙述。他和卢克萨之间发生的故事很复杂，不知怎么地，他俩坚如磐石的友谊，转变成了一种完全不同的关系。

"我爸爸妈妈呢？"格雷戈尔问。

"你父亲已经得知你安全归来。你一到王之城，我们就派了只蝙蝠飞到地上去传递消息。他让我告诉你，你的奶奶和妹妹莉兹都很好。"马雷斯说罢，又缄口不言。

"那我妈妈呢？"格雷戈尔催促他继续说下去。

"她旧病复发了。"马雷斯勉强说道。

"你是说瘟疫又回来了？"格雷戈尔焦急地问。

"不，不是的，是她的肺部受到了感染，"马雷斯说，"她会慢慢康复的，但这场病又大大削弱了她的健康。"

这可不妙。无论发生了什么事情，格雷戈尔都必须马上送她回家。

护士又送来一份布丁，放下便转身离开。此时，格雷戈尔已没有先前那么饥饿，他拿起勺子，慢慢地舀着吃了起来。

“在回王之城的路上，我和阿瑞斯看到了一批老鼠，现在到哪儿了？”格雷戈尔问，“他们还没对城市发起攻击吧？”

“没有，老鼠一看到我们的军队从头顶飞过，就转身往燃火地进发了。”马雷斯说。

“什么？”格雷戈尔惊奇不已。

“我敢肯定，他们的目的就是加强灾星的防守。”马雷斯说。

“你的意思是……现在这儿一个能打的仗都没有？”格雷戈尔的思绪立刻清晰了。他这一阶段的任务已经完成了——他将孩子们和伤员带回了王之城，看完了《时间预言》，更重要的是，他拿到了三明治的宝剑。他本以为，下一件要做的事就是保卫王之城，和大家一起抗击汹涌而来的老鼠大军，可现在这里却无仗可打。“这太糟糕了。”他嘟囔道。老鼠军队如果攻打固若金汤的城市，无疑让人心生恐惧。然而，现在老鼠军队调转方向，跑去开放的环境作战，事态反而更加严重。他现在究竟在这儿干什么啊？他的朋友还在燃火地苦苦作战，他却躺在床上，埋头大吃布丁。

格雷戈尔迅速把餐盘从腿上推掉，哐当一声，它们全掉在地上，摔得粉碎。他一跃而起，跳下床，抓住剑带。

“你在干什么？”马雷斯问。

“我要回去。”格雷戈尔说，“我要回去和老鼠作战。”

2

马雷斯赶忙站起身，拦住格雷戈尔的去路，“等等，格雷戈尔！现在的情况没你想得那么容易，我们已经身陷战局了。”

“是啊，我想说的就是这个。”格雷戈尔说着，手指急切地摸索腰带上的搭扣，“阿瑞斯还在医院吗？”他肯定，自己的搭档也想和朋友们会合。

“是的，就在大厅下面。但你听我说……”马雷斯说。

“太好了，那么我们可以马上就出发。”格雷戈尔打断了他的话。他刚走到门口，就被一双有力的手举到半空，狠狠丢回了床上。马雷斯丧失了一条腿，但力气还在，还是能把他轻易地扔来扔去。

“给我听好了！”马雷斯说，“战争时期，你就是一名战士，甚至可能是我们最宝贵的战士。你不能情绪一上来，就想肆意妄为。我们都希望你能听从命令。”

“命令？谁的命令？”格雷戈尔问。

“索罗维特。”马雷斯说。

“索罗维特？”格雷戈尔完全摸不着头脑了。他只知道，以索罗维特现在的位置，是无法发号施令的。“她不是已经被拘禁起来，即将接受散播瘟疫病毒罪行的审判了吗？”

“卢克萨一宣战，审判就被迫延期了。”马雷斯解释道。

“可……为什么？即便如此，也改变不了索罗维特的罪行，”格雷戈尔说，“改变不了她让医生研制瘟疫病毒武器的事实！许多人和蝙蝠都因为她丧命，她还差点杀死了我妈妈！”

“那都是意外。她本来的计划只是杀死老鼠而已。”马雷斯说，“现在我们已经对老鼠开战，那一位心无旁骛、只想杀死老鼠的人在我们看来，就是无价之宝。因此，议会已经让她官复原职，重新出任王之城军队的统领。”

“统领个头！”格雷戈尔激动地喊道，“他们就找不到其他人了吗？”他本以为，她只会担任个中队长之类的职务，却没料到她居然又重掌军事大权了。

“除了她——还有你——老鼠还从没害怕过一个人类。”马雷斯说，“索罗维特打起仗来，既狡猾又无情。我们都觉得如果要生存，就必须依靠她。”

“可是……这样一来，就永远都不会进行审判了！”格雷戈尔苦涩地说。

没错，不会再有审判了，战争的突然爆发，让一切都显得无足轻重。现在，人类对老鼠的仇恨日益加剧，他们都觉得索罗维特的瘟疫武器威力巨大，不失为一个杀敌的好方法。尽管有不少同类也因瘟疫而丧命，但她依然被人们视为英雄，而非罪犯。格雷戈尔想到了许多受瘟疫之害的生物：她的妈妈，正在医院某处苦苦挣扎，苟延残喘；阿瑞斯皮肤上的紫色伤疤犹存，到现在还没有完全恢复；还有所有被瘟疫害死的人、蝙蝠和老鼠。

“这样做不对，马雷斯。”格雷戈尔质问道，“难道你觉得是正确的吗？”

马雷斯叹了口气，移开视线，而后松开格雷戈尔，尴尬地往后退了一步。“不管我个人对当前形势怎么看，都已经不重要了。现在一切都归索罗维特管。”

“除了我。”格雷戈尔说。对一件事他是确定的：他不会为了索罗维特赴死，要死也是为了自己。

“小心你的说话对象，格雷戈尔，”马雷斯低声说道，“这儿并非所有人都是你的朋友。”说完这话，他便一瘸一拐地向病房外走去。格雷戈尔做了好几次深呼吸，才逐渐控制住自己的情绪，接着他又解开剑带，把剑放回房间的角落。他擦掉刚打翻在地的布丁,收拾干净破碎的盘子。然后,他躺在床上,装出一副模范病人的样子,而脑海里却在盘算着一切。

马雷斯说得没错,在王之城,并非所有人都是他的朋友,肯定有许多人忠于索罗维特,愿意为了她来监视他。格雷戈尔不知道她对自己有什么打算,但确信她的计划里没有这一项:让他跳到阿瑞斯背上,径直飞回燃火地。说不定,他已被纳入某个宏大战局,目前不管格雷戈尔想做什么,都不会有结果。她肯定已把他当成一件需谨慎使用的武器。若他想回到燃火地,就必须秘密行动,并且要小心行事。

"你有什么计划?"他的脑海里响起了瑞普瑞德的声音。那只老鼠正努力打破他鲁莽行事、不顾后果的习惯。"你有什么计划?"

"首先,我不能让任何人猜出我想回去的打算。"格雷戈尔想。他很肯定,马雷斯不会出卖自己,但其他人的忠诚就不能保证了。此刻,他最想做的事就是冲回阿瑞斯身边,可那样做会显得古怪。要是他不想立即回到燃火地,要是他想乖乖待在王之城,那么他首先应该去看一看妈妈。想到这儿,他心头涌起一阵羞耻感。不论出于什么动机,他都应该要求去探望妈妈,不是吗?没错!但事实上,如果妈妈见到他,一定会为他擅自去燃火地而勃然大怒,并会坚决要求他立即返回纽约,而这恰恰是他难以接受的。因此,他要么和妈妈大吵一架,公然反对她，要么就对她说谎。这两个选择都很蹩脚。可不管怎样，他还是迫切地想看一看妈妈。

几分钟后，医生来了。格雷戈尔问他能不能去探视妈妈，医生同意了。医生简单地说："动一动膝盖没什么问题，而且有助于恢复，但刚开始还是动作轻缓些好。"说着，他帮格雷戈尔穿上了凉鞋。

"明白了。"格雷戈尔说。他故意做出小心翼翼的样子，慢慢走到妈妈的病房里。他必须伪装，这不是为了自己，而是为了妈妈。

格雷戈尔低估了旧病复发的程度。妈妈病得很厉害，就像她刚染上瘟疫时一样，甚至更厉害。不过，那时她至少还有力气命令他回家，而现在她病得连开口讲话都不行。她发着高烧，身体很热，呼吸沉重而急促，眼神里透着陌生。格雷戈尔握住妈妈的手，那滚烫的热度烫疼了他的神经。

"这不是瘟疫吧？"格雷戈尔问医生。

"不是，是肺部感染。你们地上世界应该管这个叫'肺炎'吧！"

"要是她能经得起颠簸，就能回家了吧？"格雷戈尔问。

"没错，但她现在的情况不允许。"医生摇摇头。

格雷戈尔轻抚着妈妈的脸颊。"别担心，一切都会好起来的，都会好起来的。"说这话时，他也不知道她到底有没有听见。

当他走出病房，医生把他拉到一边，悄声说起了话。起初，格雷戈尔以为他是不想让妈妈听见，但听着听着，他才意识到，医生是怕别人听见他的这番话，“勇士，要是她是我的母亲，我一定会动用我全部的影响力，把她送回地上世界。你们的医院能和我们一样给她治疗。但现在这儿的战争已经爆发，宫殿随时会受到攻击，说不定她会被转移到芳特去。”

“可你之前说她病得厉害，经不起颠簸啊！”格雷戈尔说。

“那话我必须要跟你说，而且也是事实。不过只适用于和平时期，”医生说，“但现在发生了战争，你要权衡她依然待在这里的风险。”医生紧张地看了看周围，“我说的话，你一个人知道就好了。”说完，他便迅速走开了。

是应该去燃火地和朋友们战斗到底，还是把妈妈送到安全的地方？格雷戈尔内心痛苦挣扎了好一会儿。最终，他选择了后者。燃火地的朋友们可以互相帮助，况且还有一支军队作为依靠，而妈妈能依赖的只有他一个人。

格雷戈尔未经许可，便离开了医院，他在圣殿旁的房间里找到了维库斯。“你们准备什么时候再给我爸爸送条消息？”他问。

“我准备现在就送，格雷戈尔。你还想让我送什么呢？”维库斯问。

“送我妈妈回家。”格雷戈尔说。

维库斯揉了揉眼睛，无奈地说道：“我已经试过了，格雷戈尔，试了三次。议会驳回了我的请求。”格雷戈尔知道，维库斯没有议会的授权，没法正大光明地把妈妈转移走，但看到老人总是对议会决定百依百顺，他还是忍不住感到沮丧。“战争已经爆发了，她不能一直待在这儿啊！要是老鼠攻打王宫怎么办？不管怎样，你们一定要把她送到别的地方去。”格雷戈尔也只能说这么多了，否则医生就有麻烦了。

“我也是这样跟他们争辩的，”维库斯说，“但议会不接受，他们拒绝转移你母亲。我的妻子说她的身体无法承受路途颠簸，他们也都相信了。”

格雷戈尔突然明白了一切，大叫道：“他们关心的根本不是妈妈的健康，而是我！他们只想把我留在这儿。”索罗维特想把他妈妈当成人质，挟持在此。她知道妈妈不走，格雷戈尔也不会离开。

维库斯沉默了，这进一步证实了他的推测。

“你跟议会说，他们最好让她好好活着。要是她死了，你们也别想打什么勇士的主意！”格雷戈尔说。

“你确定，你想让我对他们说这个？”维库斯问。

“为什么不？”格雷戈尔反问。

“说这么多，其实你什么都得不到。”维库斯说，“就拿我自己来说吧,我只有在确定某些话能给我带来好处时,才会说出口。”

维库斯说得没错。医生肯定会竭尽全力给妈妈治病,此时威胁议会,只会毁掉他努力装出的温顺形象。而值得庆幸的是,至少维库斯还站在他这边。“我明白你的意思了,谢谢。”格雷戈尔说。

妈妈的病情让他揪心,于是他再次折回医院。他能凭一己之力,将妈妈带走吗?不行,她病得实在太厉害了,不动用一支医疗小组根本办不到。等一回到家,她必须立马去医院,不过到时候各种问题会蜂拥而来。可即便如此,格雷戈尔还是愿意赌一把,他宁愿编些离奇故事解释妈妈的情况,以使爸爸和科尔马奇夫人相信,也不愿冒险让妈妈在战争时期待在这儿。

这想法其实毫无意义,因为有索罗维特。她不把格雷戈尔利用够,是不会放他妈妈走的。忽然,一个声音在他脑海里回响起来,“我只是在想,过不了多久,我母亲的爪子就要伸向你了。”那是哈姆内特的声音!那时,他们在丛林里初次见面,他还没成为格雷戈尔的向导。哈姆内特曾是地下王国非常著名的勇士,后来他良心发现,再也不想战斗——他深知,即便他不想,母亲也会强迫他再次拿起武器,便逃离了王之城。被索罗维特的爪子抓住的感觉,还有谁比哈姆内特更了解?没错,那双利爪已经以一种全新的方式,深深刺进了格雷戈尔的皮肉，但同时也增加了他反抗的决心。

他走回自己的病房，发现多了一顿丰盛的饭菜。他装出顺从的样子，风卷残云般地大吃起来。其实，他的身体也有这个需求，大概用不了多久，他就又要恢复以鱼和蘑菇为主的饮食了。享用完大餐，他便去找阿瑞斯。他已经看望过妈妈，现在的举动应该不会惹人怀疑了。

格雷戈尔走进阿瑞斯的房间，只见他刚吃完饭，一位护士正在收拾他面前的空盘子。

“感觉怎么样啊，老兄？”格雷戈尔问。

“身体有点僵，但感觉还不错。”阿瑞斯答道。平时说话时，他的声音都是柔和的咕咕声，如今却因吸入了不少火山灰，变得有些沙哑。

“待会儿想和我下盘棋吗？”格雷戈尔问道。他这么说，完全是因为护士在场。格雷戈尔和阿瑞斯从来没下过棋，就连聊天时都没提起过。但格雷戈尔在医院里发现，人类和蝙蝠处于恢复期时，经常靠下棋打发时间。护士似乎也乐于看到他们这样。

“问题是你有没有准备好？”阿瑞斯问。

“听起来你好像在给我下挑战书啊！”格雷戈尔微笑着说。

护士好像同意了，“我去给你们找个棋盘。”她收拾好盘碟，走了出去。

格雷戈尔和阿瑞斯等了一会儿，才低声说起话来，声音里满是焦虑。

“我们必须马上去燃火地。”阿瑞斯说。

“我知道，但马雷斯说，我们现在受控于索罗维特，”格雷戈尔说，“你能去老地方等我吗？”“老地方”貌似是个含糊的词，可他知道，阿瑞斯能明白他指的是喷水口，那里有一片由泉水灌满的湖。喷水口在老育婴室附近，通过一条暗藏在石龟雕塑后的秘密通道，宫殿里的人可以爬到这个地方。但除了他们，无人知晓。

“一小时后吧！”阿瑞斯说，“田鼠的小崽子们还在育婴室里。你的妹妹要是没和哈泽德在一起，就很有可能也在那儿。”

“我会找到办法的。”格雷戈尔说。在他打开石龟壳钻过通道的同时，哄骗小靴子、一帮田鼠宝宝，以及他们的保姆看向别处，还是很有难度的，所以他必须想出一个万全之策。

护士拿着一块棋盘走了进来，“我只找到了棋盘，棋子目前还没有，还需要等一会儿。”

“嗯，我记得博物馆里好像有一副。”格雷戈尔说，“本来医生也嘱咐我多活动活动膝盖，我去拿好了。”博物馆里确实有一副飞行棋，这借口堪称完美。

格雷戈尔先回到自己房间，把剑带在身上扣好，等大厅里的医生和护士走光了，这才离开医院。如果万一有人问起来，他可以说自己正在适应佩剑的感觉。他找了条捷径去博物馆，竭力避开众人，只和一帮小学生打了个照面。

他一走进博物馆，看见的第一件东西就是一只棕色纸箱，上面还用胶带密封了起来。箱子上整齐地写着五个红字：给格雷戈尔，他认出那是科尔马奇夫人的笔迹。这纸箱是什么时候来的？今天？昨天？还是在他去燃火地的那一周来的？格雷戈尔撕开胶带，一张纸条便映入眼帘。他读着那些字句，脑海里顿时响起了科尔马奇夫人的声音。

亲爱的格雷戈尔：

唉，现在的情况真让人担心。大家知道你去野餐时失踪了，都很担心，但我敢确定，你一定又在下面惹上了什么滑稽的小问题。尽管如此，我却一点也不担心，不担心你，也不担心小靴子。我也知道，这么说显得很奇怪。不过你的父母……算了，那又是另一件事了。我只是在想，你消失不见时，到底知不知道你给自己的家庭造成了多大困扰？

他的肚子像是被人狠狠打了一拳。他知道！他当然知道！在苦等爸爸回来的两年半时间里，他不也是充满茫然和担忧吗？每当又去执行什么特殊使命时，一想到家人，他不也是心如刀绞吗？

当你读到这封信时,人一定回到了王之城,所以也该后退一步审视下全局了。我知道,你在下面做的一切大多都是身不由己,我也知道,你所做的事都是自己觉得必须要做的,但你的家庭受到了巨大的伤害。我想说的只有一句话:不要把自己的命也搭进去,到时候你要解释的可就多了。

爱你的,

科尔马奇夫人

她干吗要写自己会丧命?好像已经看过预言似的。如果她真的看过,那就该知道,格雷戈尔的死亡也是身不由己的。另外,一旦他真的死去,那还怎么解释啊……这话根本说不通。她干吗要对自己说这种话?只是在开玩笑吧。当然了,写信的人可是科尔马奇夫人,也许她不是开玩笑。等等,下面还有点内容……

补充:莉兹帮我做了饼干,她说她想和老鼠一起分享这美味。

也就是说,莉兹已经参加完野营回家了。他知道莉兹特别脆弱,就算一切安好,这个妹妹还是会显得比别人焦虑。顿时,她那张小脸浮现在他面前：眉头紧皱，牙齿咬着嘴唇，根本不像个八岁孩子应有的样子。莉兹太过瘦弱，个子不高，神经常常紧绷着，显露出超乎年龄的聪慧。她总是在为他和小靴子操心，为爸爸妈妈发愁，甚至连那古怪的老鼠瑞普瑞德，也在她的心里占了一席之地。

“下次等我看到莉兹——”想到这儿，格雷戈尔突然意识到，也许他永远都见不到她了，不会再看到家中的任何成员；因为他永远都无法离开地下王国，他将死在这个地方……

格雷戈尔看着手中的纸条滑落，轻轻飘落到地上。终于，三明治的话如千钧之锤，沉重地叩响了他的心房。

“当勇士横遭屠戮”

一时间，他觉得整个屋子都在旋转，不得不抓牢旁边的架子，以稳住自己的身体。他的胸口袭来一股巨大的压力，似乎随时都会碎成齑粉，这让他无法呼吸。“不！我不想这样！我还不想死！”他在心里高呼。他浑身颤抖不已，努力不去想那句充满威胁意味的话，可它威力太大，怎么也忘不掉。“我做不到，我做不到，我必须回家。”卢克萨说得没错，他们对他要求得太多了——把他的生命、他的未来，甚至全部的一切都献给地底人。“我一定要离开这儿，带上小靴子和妈妈一起回家，永远——都不要回头——看一眼！”

有那么一刻，格雷戈尔真的觉得自己能决然离开。可到时候又会怎么样？会发生什么？这里他爱的人们会怎么样？他们将像预言里说的那样——全部丧命。他不能让预言成真，永远都不会。那么……

格雷戈尔一屁股坐在地上，大口喘着气，身体依然一阵阵发抖。他又挣扎着站了起来，告诫自己道：必须停下！别再抖了！不能一想到眼前的一切，就发疯发狂！不要去想那些永远不会再见到的人，那些再也没有机会做的事。乱想只会让自己变得毫无价值，也毫无意义。必须想些能给自己勇气的事。可不管他怎么努力，涌进脑海的还是一幅幅家人、朋友的画面，还有那些他喜爱的地方、他热爱的东西。根本无济于事！

接着，他记起了修道院博物馆里的石骑士。冰冷、坚硬、不屈不挠，失去生命后，亘古不变地躺在那里，什么也伤不了他。很久很久以前，骑士曾英勇作战过，或许，他也是在一场可怕的战役中丧生。所有人都终有一死，只要死得其所。他曾经历过无数恐惧，但最后都结束了，现在他不会再受到任何伤害，静静地躺在大理石床上，异常安祥。不知怎么的，这来自另一个时空的战士，居然安抚了格雷戈尔的心，而现世的任何东西都对他无效。

格雷戈尔渐渐平静下来，深深地吸了一口气。“他就是我，从现在开始，我必须牢记，他就是我。”他自言自语，“我就是骑士，岩石制成的骑士，最后什么都奈何不了我。好了，好了，从现在起，一切就是这样。”

他恢复了镇定，想起阿瑞斯还在等他，他还有事要做，有人要救，而且时间已经不多了。

格雷戈尔从地上捡起纸条，站了起来。他在箱子里看到了一个包裹，外边包着锡箔纸，里面装的应该就是信里提到的饼干。可纸箱很大，只装一点饼干也太浪费了。他拿出锡箔包裹，看向箱底，心跳顿时停了下来。箱底还装着两支手电筒、一大堆电池，以及一双崭新的运动鞋，一看就知道它们质量上乘。科尔马奇夫人，她怎么每回都能发现自己需要什么？她是怎么做到的？之前，她的防水手电筒帮助格雷戈尔穿过了水路；在丛林里遇到酸液时，工装靴又保住了他的脚趾。莫非她不用塔罗牌给他算命，也能知道他会遇到什么危险？如果不是，那她就是个猜谜高手。

格雷戈尔歪着脑袋，想了想，又往箱子里添了一卷胶带和两只水瓶。中央公园里的慢跑者用的就是这种饮水瓶，现在它们是空的，等他们往燃火地飞的时候，就可以往里面灌满溪水。除此之外，还需要一个新背包。于是，他继续在房间里搜寻，最后只找到了一个粉色小包，背带只是细小的绳子。他倒空里面的东西——一个女士钱包、一个化妆盒、一本曼哈顿地图册和一把梳子，格雷戈尔皱着眉头把空包塞进纸箱。这种样式的包可不像勇士的风格，但至少能把物资都装进去，这才是最重要的。接着，他把那包饼干放在所有东西的最上面。

正准备走时，他想起了之前跟护士说的话，便拿起那副磁力棋盘，搁在饼干上。即便他再也不会看到那名护士，掩护工作还是必须要做的。好了，现在要做的就是走到老育婴室，钻进秘道了。

格雷戈尔抱起盒子，走出博物馆，来到下面的大厅。“慢慢来，不急，自然点，”他对自己说，“你一定能做到。”

刚转过第一个弯，他就骤然停下了脚步。

索罗维特正站在他面前，身后跟着两名护卫。

格雷戈尔上次看到索罗维特，还是在好几个月前，那时他刚刚从丛林回来，得知她通过议会决议，逮捕了妮薇乌医生。等格雷戈尔的伤口治疗妥当、麻醉剂的效力散去后，妮薇乌医生已被处死，索罗维特则被监禁在自己的房间里，这让他很高兴。看不到她，也就意味着不用和她清算妈妈、阿瑞斯、霍华德以及无数生灵遭受的痛苦。可如今，这个只要能留住格雷戈尔，便不惜让他妈妈赴死的狠心女人，却赫然出现在自己面前！只一瞬间，格雷戈尔就深知自己有多恨她，也更明白此刻更需小心行事。因为，他现在依然受这女人管控。

“格雷戈尔。”她的脸上浮现出一缕温暖的笑容。

格雷戈尔也挤出一丝微笑，问候道："嘿，索罗维特，最近怎么样？"

"很好，你呢？"她问。

"还不错。"他说。

"里面都有什么？"她冲箱子点点头。

"科尔马奇夫人给我送来了一点饼干，我想把它们带到医院去，让大家一起尝尝。"格雷戈尔佯装热情地说，"想来一块吗？"他撕开饼干上的锡箔包装，燕麦和葡萄干的芬芳立刻飘满整条走廊。

"好啊！"索罗维特欣然接了过来，咬了一口。她仔细咀嚼着，点了点头，表示赞同，"味道好极了。"

"我明白，不用过多久，我们就要好好谈谈了，是吗？"格雷戈尔边发问，边把盒子移到屁股旁，"了解一下你希望我做什么。马雷斯说，现在你负责指挥战事。"

"是的，没错。毫无疑问，你对我个人来说十分珍贵。来，认识一下霍雷肖和马库斯。"索罗维特随意指了指身后的两名护卫。

"你们好。"格雷戈尔向他们招了招手，他们点头致意。他这才注意到他们的穿着打扮：每个人都身披用皮革和金属制成的铠甲；胸腔、腿部、胳膊都已被保护起来，头上也罩着头盔；皮带上插着寒光闪闪的剑和匕首。"他们是……将军吗？"

“不，格雷戈尔，他们是你的私人护卫。”索罗维特说，“我们都非常担心你的安危。”

“私人护卫？太好了。”渐渐地，他明白了索罗维特的居心，“几天前，我相信我能用得上他们，不过现在好像没有这个必要啊，周围连只老鼠都没有。”

“护卫的目的不是赶跑老鼠，”索罗维特心情颇好地说，“而是保证你安全地待在这儿。”

3

格雷戈尔盯着索罗维特，脑海中飞快地盘算着他的选择：逃跑，反抗，大笑，抗议，做出受到侵犯的样子，直接谈判，或者什么都不做。

最终，他决定什么都不做。

“像你拿野餐做借口偷溜走的事，我绝对不能容忍再次发生，”索罗维特坚决地说，“一个小时后过来见我，我们到时候再商讨你的未来问题。”

说完她便走了，留下两名看起来极其威严的士兵。格雷戈尔上下打量了一番，决意还是不要和他们发生冲突为妙。这两人都高大威猛，肌肉结实，如果他们齐齐出手，他不知道自己是否会有胜算。不过，倘若能适时变身为愤怒者，说不定还有一点机会——他变成地底人所说的“愤怒者”后，就会成为一名冷酷、精准的杀手。但也不能把希望全寄托在这种偶然上，现在最紧要的还是和护卫们和平相处。

“来点饼干吗？”格雷戈尔将包裹递了过去。他俩同时摇了摇头，拒绝了他的好意。“我妹妹一定想吃，她应该和田鼠在一起。来吧，这边走！”格雷戈尔示意他们跟在身后，随即向老育婴室走去。前行时，他故意一瘸一拐，借此告诉他们，自己的膝盖真的伤得很严重，想跑根本是痴人说梦。“该怎么办？”他边走边想，“我到底该怎么摆脱这两个家伙？”

育婴室渐渐近了，他希望一个绝妙计划能像闪电一样击中自己。但什么都没有。现在只能兵来将挡、水来土掩了。

格雷戈尔在走廊上慢慢挪着脚步，他看着身边房门透进来的光线，猜测这片区域大多数房间都已改做储藏室了。

育婴室位于宫殿几近废弃的一隅，一道温暖的光从它的门缝里流淌出来。他走了进去，一声快乐的尖叫立刻响起。“格雷——戈！”小靴子飞奔过来，一把抱住他的膝盖。格雷戈尔放下纸箱，将她搂紧，给了她一个扎扎实实的拥抱。

“嘿，小靴子。”格雷戈尔把头靠在她长满卷发的脑袋上。她浑身散发着一股草药、牛奶和自身香甜气息的混合味道，让他瞬间卸下了全身戒备。他瞥见那只巨型石龟正端坐在墙边，它表情狰狞，嘴巴大开着。“你上这儿干吗来了？”

“我帮达尔西特照顾田鼠宝宝。”小靴子说着，指了指壁龛那儿。保姆达尔西特正忙着用毯子做窝，然后她坐在毯子堆上，六只田鼠宝宝在她怀中爬上爬下。

卡迪尔——格雷戈尔从燃火地救回来的成年田鼠——也躺在窝里。他的两条前腿都绑上了石膏，看起来还是十分虚弱，不过和格雷戈尔第一次看到时相比，现在已经好得多了。那时，他半死不活地躺在悬崖底下，周围全是从高处跌落、不幸身亡的同伴尸体。格雷戈尔正想着，一只田鼠宝宝爬到了卡迪尔的背上。他肯定很疼，但他一动也不动。

“欢迎你，格雷戈尔。”达尔西特轻轻抬起眉头，高兴地说，“我发现你还带了两个同伴来。”

格雷戈尔扭头一看，霍雷肖和马库斯正守在门廊那儿。“没错，他们是新派给我的保镖。”

“霍雷肖，马库斯，你们能不能站到门外去？我担心，你们这样子会吓坏这些啮啃者的小宝宝。”达尔西特忧虑地说。

“我们接到命令，要二十四小时守护地上人。”霍雷肖含糊地答道。

“我向你保证，他在我手上绝对安全。”达尔西特大笑着说。

霍雷肖冷酷的表情居然融化了不少，格雷戈尔立马意识到达尔西特是他的软肋。“老天啊！”他想，“难道我喜欢卢克萨，别人也能这么一眼就看出吗？”

“我想，就站在门外这个风险我们还是冒得起的。”霍雷肖让步了，“来吧，马库斯！”

“谢谢你，霍雷肖。”达尔西特说。格雷戈尔仔细端详她的脸，寻找她也对霍雷肖有意思的痕迹。但她不露声色，脸上依旧平静如水。如此看来，她要么是没感觉，要么就是自我掌控得太好。格雷戈尔迅速思考着：请达尔西特引开护卫，好让他趁机钻进乌龟壳。但这个想法立马就被放弃了，因为他不能让她和索罗维特为敌，这会引来无数麻烦。不管怎样，他必须把她弄到房间外面才能逃跑。他正想着，小靴子走到达尔西特身边，爬进了窝里。“我来摇小宝宝。”她抱起离得最近的田鼠宝宝，将它搂进怀中。小家伙先让小靴子晃了一会儿，接着便扭动着身体钻出她的怀抱，前爪搭在她的肩上，抓住她的一缕发卷玩了起来。“田鼠喜欢我的头发。”

格雷戈尔蹲在窝旁，抚摸着卡迪尔，他的皮肤就像天鹅绒般柔软。“你还记得我吗？”他问卡迪尔。这只田鼠面无表情，不再像在燃火地时那么歇斯底里。格雷戈尔觉得，他应该对自己没什么印象。但他想错了。

“你是勇士。”卡迪尔说，“没错，我记得你。燃火地那儿有什么消息吗？我的朋友都怎么样了？”

“暂时还没有。马雷斯说，他们已经派了两支分队去救援，还没收到回音呢。”格雷戈尔尽量不去想战场上正在发生什么,“你认识这些小宝宝吗?”

“他们都是我姐姐家的孩子。”卡迪尔说,“她觉得让他们在河上漂泊,也比生活在噬咬者的阴影下好。”

“她是对的。”格雷戈尔想起了火山坑里,那帮被窒息而死的田鼠宝宝,“那他们的母亲——”

“我不知道,我也不想当他们的面谈论这个。”卡迪尔指的是趴在他腿上的小田鼠,“他们渐渐能听懂人类的话了,晚上做噩梦也够他们受的了。”

“抱歉!”格雷戈尔深感自责,赶紧转移话题,“嘿,小靴子,你想请小宝宝们吃顿美餐吗?”

小靴子跑到格雷戈尔身边,在纸箱里发现了饼干。她开心极了,连忙往自己嘴里塞了一块。“嗯……好吃。”她乐呵呵地说。

“好吃,是吗?那干吗不给大家一人发一块?”格雷戈尔建议。他轻轻将饼干叠放在小靴子手上,唯恐触动锡纸包装,进而露出下面的旅行用品。

“我这儿有好吃的!”小靴子欢呼雀跃,嘴里的饼干屑喷得到处都是。她激动不已,给窝里的每只小田鼠都分发了饼干。

小田鼠们津津有味地咀嚼着饼干,发出阵阵响亮的咂嘴声。格雷戈尔微笑着扫视大家,心里却在不停地打鼓。“我一定要离开这儿,现在就得走!”阿瑞斯说不定已在喷水口等候多时,可究竟该怎么做,才能把这一屋子的田鼠请出去?提议大家去育婴室外参观宫殿?肯定会显得奇怪,毕竟卡迪尔腿脚不利索,走不了多远。假装失手打翻火把,引起火灾?不,不行,这主意太糟了,一定会引来更多的人。而且万一控制不了火势,后果不堪设想,有人会受伤,小宝宝们会受到惊吓,四处乱躲,况且——等等!有了!

“谁想玩游戏啊?”格雷戈尔拍着手,吸引住了大家的注意力。小宝宝们似乎听懂了,兴奋地围在他身边,满怀期望地上蹿下跳起来。

“我!我!”小靴子踊跃响应。

“那我们玩什么好呢,小靴子?”格雷戈尔问。小靴子特别喜欢一个游戏,问她肯定没错。

“躲猫猫!躲猫猫!”她尖叫道。格雷戈尔如释重负,长长地嘘了一口气。

“好吧,好极了,躲猫猫。小田鼠们知道怎么玩吗?”他问。

“哦,是的,”达尔西特说,“我们已经玩过好多次了。一定要努力地找才行,这儿所有能躲起来的地方,都被他们摸遍了。”

“这可不好玩。说不定我们可以利用外面的房间。”格雷戈尔提议。

“是啊，我之前也考虑过，但光凭我一个人，实在没法照顾这么多孩子。”达尔西特说，“不过现在有了你和卡迪尔，就能出去玩了。我知道，孩子们对这间屋子已经有些厌倦了。”

“当然了，我一定帮忙。”格雷戈尔说，“等等，让我把这个东西卸掉。”他解开剑带，放在纸箱上。暂时和武器分别，他还真有点舍不得。

“哦，对了，我们还有霍雷肖和马库斯！”达尔西特说。护卫们一听到自己的名字，便立马出现在门廊里。“我们要玩躲猫猫，你们能帮个忙吗？”

护卫们起初不想，但很快，达尔西特就设法把他们安插在了外面的过道里。这样一来，孩子们就能利用六间屋子做游戏，而任何人试图离开这块区域，都必须从护卫身边经过。

他们迅速检查了所有房间，确定都没什么危险。其中两间屋子里放着不少旧家具，其余屋内都储存着毯子、篮子、绳索等；还有一间以前做过卫生间，现在里面没有流水了，更像是石头砌成的游乐场。好极了，这儿有很多安全的地方可供躲藏。

卡迪尔一瘸一拐地爬进走廊，饶有兴致地看着大家。第一轮，小靴子来做“猎手”，接着换田鼠宝宝，再一轮换达尔西特。其他人玩的时候，卡迪尔就会在一旁坐镇，确保没人睁眼偷看，他还帮那些小家伙慢慢地数数，一直数到二十。格雷戈尔进了两次育婴室，想找个机会逃跑，但每次都有鼠宝宝躲在那儿。就快没时间了，游戏即将结束。即便阿瑞斯已经趁人不注意溜出了医院，到现在他们也该开始找他了。

嘀嗒、嘀嗒、嘀嗒、嘀嗒、嘀嗒、嘀嗒、嘀嗒、嘀嗒……

“好了，”达尔西特将大家都找出来后，格雷戈尔宣布，“这回我来做猎手。”

格雷戈尔尽可能堵住育婴室的进口，好打消大家躲在里面的念头。他闭上眼睛，开始从一数到二十。“一、二、三、四……”他听见了小田鼠慌乱的脚步声，小靴子的偷笑声、凉鞋拍打地面的声音，还有让大家保持安静的嘘声。没人躲进育婴室。“……十八、十九、二十。不管有没有藏好，我都来啦！”

格雷戈尔看了看走廊，霍雷肖和马库斯正站在各自的岗位上，双手交叉抱胸，两只训练有素的眼睛紧盯着他。他向一间屋子看去，假装突然听见从育婴室传来动静，便直接跨了过去。他一走出护卫的视线外，就抓起箱子和剑带，一个箭步冲到石龟身边。他把手伸进乌龟嘴，摸到了开关，龟壳应声而开。他轻手轻脚地移开龟壳，迅速钻了进去，又将龟壳轻轻合上。他怕别人看到乌龟缝里漏出的光线，因此走下第一层台阶时，他没敢打开手电筒。

上面还是没有传来任何脚步声，想必他们依然没有察觉。他从饼干下面抽出手电筒，啪地打开。“快。”他对自己说，“能走多快就走多快。”他飞一般地往楼梯下面冲去，此时也不怕弄出什么动静了。大家发现他失踪后，势必会乱作一团，接着索罗维特便会派人搜查，把那间屋子翻个底朝天，直到找出秘道。为了卢克萨，他希望这个密道的秘密能保持得久一点儿，当然了，这次他恰恰是为了她才不得不行走此路的。

快跑到楼梯底部时，格雷戈尔差点撞上第二只乌龟，它依然用不怀好意的眼神看着他。他打开龟壳，把头伸进喷水口上方，呼吸着潮湿的空气。

“跳下来吧，地上人！”阿瑞斯焦急的声音传入他的耳鼓。他不敢耽搁，迅速向空中跳了下去。阿瑞斯及时接住他，立马全速飞走。

“差点没逃出来。”格雷戈尔说着，把纸箱放在身后，将剑带固定好，“你呢？”

“医生给了我十五分钟时间，让我飞到河上锻炼一下，到现在时间早就过了。”阿瑞斯说，“他们很快就会追过来。”

“哦，是的。”格雷戈尔说，“没人看到我钻到乌龟里，但他们看见我进了房间。说不定，现在秘道已经被发现了。”

“也许这是好事。如果知道这秘密的人，都死在了燃火地，那可就不妙了。必须有人发现才行。”阿瑞斯说，“要是宫殿被围攻起来，他们还能多一条逃生的方法。”

“这话倒是真的。”格雷戈尔想到了妈妈和小靴子。

他立即开始做准备工作：先用胶带将一支手电筒固定在胳膊上，又将另一支钩在腰带上。胶带、电池、鞋子、水瓶和剩下来的饼干，都被他一股脑地塞进粉色背包。他还把那副飞行棋也塞了进去，说不定日后它能派上用场。整理完毕，他把盒子扔进了无尽的黑暗中，然后趴在阿瑞斯的背上避风。

这一次，阿瑞斯选择了一条完全不同的路线。他们并没有像以前那样从宽大的洞穴飞行，转而选择了一条弯弯曲曲的小隧道。有个地方实在太过狭窄，格雷戈尔不得不滑下来，他和阿瑞斯一前一后，才勉强从岩石缝隙里挤过去。接着，他们继续在狭小隧道里飞行。

“这条路你是怎么发现的？”格雷戈尔问。

“和亨利在一起时，我们经常花时间找小路。我们有很多行为都没得到允许，所以必须找小路偷偷溜出去。”阿瑞斯说。

亨利是卢克萨的堂兄，阿瑞斯以前的结合，格雷戈尔在地下王国进行第一次征程时，亨利背叛了所有人。现在，不管是卢克萨，还是阿瑞斯，都很少提及他。起初格雷戈尔以为，他们都恨亨利入骨，后来他总算明白了，他们再不提他只是因为爱得太深。每回一提到亨利，他们的喉头都会发紧，眼睛里溢满无尽的悲恸。对叛徒还怀着不变的爱意，这是最让人难受的，而想把亨利的痕迹从生命中轻易抹去，也绝对不可能。

“那这条路线是安全的喽？”格雷戈尔疑惑地问。

“没人会发现我们。”阿瑞斯沉笃地说，“你就放心睡觉吧。”

格雷戈尔满腹心事，他觉得自己根本睡不着，却还是顺从阿瑞斯的意思，平躺了下来。早已疲惫不堪的他，竟然很快就沉入了梦乡，最后还是阿瑞斯把他弄醒的。他们继续向燃火地飞去。途中经过了能俯瞰丛林的悬崖，几天前他们正是在这儿和朋友们道别的。这一趟一定飞了六七个小时，阿瑞斯已经筋疲力尽了。

“我必须要睡一会儿。”阿瑞斯打了一个哈欠，困倦地说，“不过不会睡太久。”

阿瑞斯立刻睡了过去，格雷戈尔负责放哨。他趁机把水瓶洗净，装满泉水，又穿上新鞋，系好鞋带，最后拿起三明治的宝剑，在空中挥舞一番，尝试性地做了几个动作。真是一件得心应手的好武器！他还在想下一个套路，宝剑却心有灵犀一般，飞出去展示起来。周围没有危险的迹象，他却感到愤怒者的状态正在全身蔓延。他停止练习，那感觉随之消失；他又拿起剑，感觉也跟着升起来。莫非借助这剑的力量，他终于能稍稍控制住自己的力量了？这个想法让他充满信心，可一想到过去的种种失败，他的内心不由得又波澜起伏。如果真能掌握控制愤怒者状态的诀窍，就再好不过了！

两小时后，阿瑞斯醒来，去逮了一条鱼。他俩匆忙吃完，又饱饱地喝了一顿泉水。

“准备好了吗？”格雷戈尔问。他想变成处变不惊的人，就像修道院里的骑士。

“是的，”阿瑞斯说，“不管前面有什么，我都准备好了。现在我们要去找‘女王’吗？”上一个预言中，“女王”指的是火山，正是这位凶狠的女王，吞噬了所有啮啃者的生命。

“好的，咱们就从那儿开始。”格雷戈尔一边说，一边跨到阿瑞斯的背上。阿瑞斯穿过一条条铺满积灰的隧道，按原路飞往火山。当他们飞到“女王”身边时，发现她只是悄无声息地矗立着。田鼠和小蝙蝠塔利亚——阿瑞斯把她送到了坑里，让她在此安息——就被埋在那熔岩下，现在已找不到任何痕迹。

没过多久，阿瑞斯就搞清了前进的方向。他如同喷气式飞机一样，疾速掠过大洞穴，飞进一条长而低矮的隧道。格雷戈尔能听见各种声音了：吼叫声、尖叫声、金属碰撞石头声。空气里漂浮着厚厚的尘埃，犹如一张张移动自如的幕帘。

格雷戈尔握住利剑，为即将到来的一切做好准备。但当他们飞出隧道时，他大惊失色，差点失手丢掉武器。

他这辈子都没见过这样的场面：人类和老鼠，正进行着一场前所未有的血腥战役。

4

阿瑞斯径直向战事最惨烈的地方飞去。面前、身下、周围的一切,不断冲击着格雷戈尔的感官。

他们身处的地方,正是燃火地最大的坑穴之一。战场比格雷戈尔预想的还要明亮,墙上布满黏土状物砌成的基座,上面遍插熊熊燃烧的火把。只见一名地底女人拔出一根燃尽的火把,迅速扔到地上,又替换上一支新的。

尽管灯火通明,格雷戈尔的视线还是很模糊。狡猾的老鼠诡计多端,将落在地上的火山灰搅起,一阵阵让人窒息的灰尘升腾到空中。蝙蝠在格雷戈尔身边飞来飞去,他们背上载着各自的结合,大多数人都手握利剑。人和蝙蝠的脸上不知戴了什么,看不清他们的脸。“戴上这个!”好像有人在对他喊话,他难以确定。这会儿，不知是谁丢过来一包东西。他连忙打开，原来是两张面罩：一张给人戴，一张给蝙蝠戴。他迅速帮阿瑞斯戴上专用面罩，自己也用面罩遮好嘴巴和鼻子。戴上这玩意后，呼吸不太顺畅，不过至少能在污浊的空气里呼吸，同时也隔绝了恶臭的血腥味。

鲜血，从人的身上流下，从蝙蝠的皮毛上滴落，从老鼠尸体里汩汩流出。敌我双方意图明确，就是要让对方血尽骨枯，全军覆没。在这一瞬间，格雷戈尔觉得天旋地转，半天才缓过神来，随即记起了此行的目的。

“看到卢克萨了吗？”他问阿瑞斯。

“没！”这只蝙蝠干脆地答道。

这个地方乱糟糟的，想要找个人简直比登天还难。不仅因为人脸都被面具遮住，更是因为所有的老鼠、蝙蝠和人，除了满身血污，浑身上下都覆盖着厚厚的灰尘，根本看不出本来面目。就算他花一天的工夫，也没法找到卢克萨。突然，他的注意力完全被灾星吸引了。就算在滚滚尘埃中，他也能看出那个身形巨大的怪兽，况且除了灾星，他也不认识其他体型奇异的老鼠。

目前，格雷戈尔不能轻举妄动，而且他也不知道该如何加入战局。要不要向谁汇报一下？他们是不是在开展什么计划？如果真的有，他也难以洞悉。他觉得，眼前进行的就是一场人鼠大混战。

“我们该怎么做？”等待多时，格雷戈尔忍不住问，“能找个地方加入他们吗？”

“哪儿都行。”阿瑞斯说。

即便到现在，格雷戈尔已经历和目睹过无数战斗，可他一想到就这么冲过去，向一只老鼠挥剑砍杀，心里还是会犹豫和抗拒。这种矛盾的心理让他患得患失，对他唤醒心底的那个愤怒者造成了干扰。他面对极端混乱的思绪，集中精力琢磨起来：他必须杀死这些老鼠的原因，他们必须死的原因……他必须大开杀戒的原因……是火山坑里大口喘气的田鼠，躺在医院里奄奄一息的妈妈，还有在育婴房中嬉戏的小靴子和田鼠宝宝。对了，还有卢克萨！她一定就在这里，在混乱战场的某处。他必须动手，这不仅连着过去，也连着未来，那些已发生的、未发生的不仅与他有关，也和平民百姓息息相关——必须阻止老鼠。

“下面！右侧墙边！”阿瑞斯吼道。

一个女人徒劳地想站起来，鲜血从腿上一道深深的伤口里往外直冒。一只蝙蝠正在她上空盘旋，用爪子和一只老鼠进行着殊死搏斗。

那奇异的感觉从天而降，在格雷戈尔的血管中嗡嗡作响。“上吧！”他催促自己。

格雷戈尔和阿瑞斯从未在战场上并肩作战。他只参加过一次真正的战役，就是在丛林里与蚂蚁大军肉搏，那时阿瑞斯还在王之城的医院，与死神顽强抗争。不过，他们早就在竞技场上进行了无数次训练，并屡次在紧要关头齐心协力，他们深知可以完全信任彼此。

阿瑞斯向那只跃跃欲试的老鼠俯冲过去，一个侧飞，让格雷戈尔最大限度地靠近敌人。老鼠刚准备跳到受伤女人身上，格雷戈尔就舞剑刺了过来，顷刻将老鼠的一只耳朵连根切断。受伤的老鼠气急败坏，向他吼出凶残的“嘶嘶”声。

“它的注意力总算转移了。”格雷戈尔说。阿瑞斯划出一道弧线，拉回身体，准备发起第二轮攻击。

老鼠认出了他们，不由得一脸震惊。尽管情势混乱，他们这样的组合还是很难被忽视。“是勇士！勇士来了！”老鼠失声尖叫。

勇士来了，这一消息迅速在老鼠大军中散布开来。他听得出老鼠们正在嘲笑他。这都是因为几周前，在王之城地下那一次失败的交锋：卷舌头——一只巧舌如簧、极具说服力的老鼠，现在是灾星的军师——曾和另两只老鼠打败过格雷戈尔。一开始他表现得还不错，直到后来不小心弄丢了手电筒，身处黑暗境地，彻底孤立无援。最终，他像一只被野猫逼入绝境的小老鼠，在地上连滚带爬，差点丢掉了小命。

“好极了。”格雷戈尔恨恨地想，“让他们笑去吧！”现在周围的火把数不胜数，根本不用担心看不见。

阿瑞斯飞下来，抓起受伤的女人，把她轻轻扔在她的蝙蝠背上，又迅速飞走。格雷戈尔再次把注意力转移到战场上。八只老鼠组成一队，正在地上跃跃欲试。毫无疑问，他们渴望逮住格雷戈尔，好回去讨赏。阿瑞斯飞到哪儿都不成问题，但他想看看这帮老鼠到底能跳多高。阿瑞斯往下稍降了一些，所有老鼠都激动得纷纷上跳。最厉害的一只老鼠竟跳了四米多高，一对爪子刚准备撕掉阿瑞斯的一块翅膀，他的剑便果断地挥了过去。

“小心你的翅膀。”格雷戈尔担心地说。

“技巧就在这儿了。”阿瑞斯说，“要和老鼠作战，必须靠得很近才行。但又不能太近，那样会受伤。一切都在快速移动时，你只能相信我的选择。”

格雷戈尔明白阿瑞斯的意思。打斗正酣，他们不可能停下来仔细商议进攻细节。阿瑞斯现在必须做主要决断，格雷戈尔只要遵从他的想法就行。

“不管你有什么想法，我都同意。”格雷戈尔说。

阿瑞斯一头扎进了战场。不管他们转向哪边，总有一队老鼠蜂拥而上。现在的问题根本不在于怎么发起攻击，而是如何应对这一帮疯狂老鼠的进攻。锋利尖锐的爪子和一咬致命的利齿，将格雷戈尔团团围住，似乎只要一碰，他的主动脉就会被撕开，但他此刻还不想死。灾星还活着，他可不能死；即便死，也一定要完成预言，将白色巨鼠一起带走。愤怒者的感觉顿时席卷全身，他竭力控制住自己。此刻，平时竞技场上的训练开始发挥作用，让他的注意力能够完全集中。

这个夏天，马雷斯让格雷戈尔和阿瑞斯一起，进行了不计其数的训练：下潜进攻、声东击西、翅膀阻塞、回旋袭击。只是在竞技场里，格雷戈尔砍杀的对象都是空气，或是策略性地落在沙袋上，有时还会劈向即将成为盘中餐的牛尸。马雷斯那么做，只是想让他感受剑砍在尸体上的感觉。剑锋必须刺破皮肤，砍断肌肉，而在刺向重要器官时，偶尔还会碰到骨头，这要花费很大力气。牛尸练习课总是让格雷戈尔觉得恶心，但现在他十分感激那时的训练，同时也感激三明治的这把绝世宝剑。如果普通地底人的剑是切黄油刀，那三明治的剑就相当于牛排刀，快如闪电，能轻松割断咽喉，插入肋骨，穿过前腿骨关节。甚至只需一挥，就能干净利落地砍掉一排老鼠牙齿——至少在格雷戈尔的手里是这样的。

很快，鲜血溅满了格雷戈尔全身，阿瑞斯的皮毛也因沾上血而又潮又黏，不过他们身上一处伤痕也没有。格雷戈尔根本不用思考如何用剑，它本能地在他手里从一个目标，飞向另一个目标。每一次都剑无虚发，使格雷戈尔变得越来越自信，力量也愈来愈强大。他刺伤了许多老鼠，有的已经半死不活。他最初加入战斗是因为田鼠的惨死，以及他心仪女孩的容貌，而现在，继续战斗的原因已被自我保护的欲望替代。“你根本就不知道他们有多恨你，地上人，你知道吗？”在他们争论她发起战争的事情时，她曾这样对自己说过。好了，如今他总算知道了。

“老天啊，这些老鼠真的很想要我的命！”格雷戈尔感叹。

阿瑞斯飞到高处，稍事休息。地上几十只老鼠穷追不舍，发出震天怒吼，奔到阿瑞斯的正下方。

“你难道是第一次发现吗？”阿瑞斯问。格雷戈尔听见了“哼——哼——哼”的声音，是阿瑞斯的笑声，实在太难得了。格雷戈尔也笑了。他们居然心情大好，实在异于常人。

事实上，这种美妙的感觉，已远离格雷戈尔许久。“都是愤怒者在捣鬼。”他想。那一次，在丛林里和蛇作战时，他笑得头都快掉了，但他倍感沮丧；而今天身处战场，他根本就没有时间沮丧。

至于阿瑞斯的笑声……这还是第一次。格雷戈尔不禁在想，这蝙蝠身上是不是也流淌着少许愤怒者的血液，或者他只是为报仇雪恨而感到高兴。之前，他们只能无助地目睹田鼠们窒息而死，那种强烈的挫败感一直萦绕心头，现在这些情绪总算有了一个释放的出口。

不管怎么样，他俩现在都兴致高涨。

"准备好再战一轮了吗？"阿瑞斯问。

格雷戈尔迫切地说："是啊，来吧！"突然间，一个东西吸引了他的眼球，他慌忙叫道，"不，等一下，阿瑞斯！"

这么长时间以来，地面行动第一次变得秩序井然。他俩位于一个阵列中，所有成员正朝一队组织严密的老鼠发起攻击。大洞穴远处，另一支队伍正在和老鼠们展开激战，差点被腾空而起的灰尘遮蔽。"那儿发生什么了？"

阿瑞斯向那团尘云飞去，格雷戈尔慢慢看清了画面：洞穴岩壁上，长长的石檐突在外面，离地面近四米高。石檐下，一堵人墙正和老鼠白刃相接，蝙蝠纷纷从空中进行破坏，一个猛子扎向老鼠，拼命一扯，老鼠身上一块皮肉就没了。

"是啮啃者！我们的军队正在想办法，把他们送到安全的地方！"阿瑞斯说。

透过滚滚的灰尘，格雷戈尔只能勉强看见一排田鼠，人类正在掩护他们撤退。他们快速地沿着墙根前行，跑进二十米开外的地道口。人类在地面作战完全处于劣势，这个任务也十分危险，但格雷戈尔看得出来，他们别无选择。由于石檐的存在，空中协同作战策略变得不可能，老鼠可以肆意跳上去左右夹击蝙蝠。

地道口的屠杀最为惨烈，人类和老鼠的尸体堆积如山，并以让人惊骇的速度不断升高。人类摆出了惯用的防御阵型：弧形。但处于中心位置、阵型最关键地方的，居然是一只老鼠，是瑞普瑞德！他疾速旋转着，一阵漏斗型的烟尘从他身边腾起，任何进入他攻击范围的老鼠都顷刻毙命。格雷戈尔不知道，他保持这种战斗姿势已经多久了，可他清楚就算是瑞普瑞德，也会有体力不支的时候。他以前是怎么说的？“四百敌一的时候，我就开始不行了。”

就在这时，一只巨鼠向瑞普瑞德飞扑过来，他身体受到冲撞，马上停止了旋转。瑞普瑞德被撞得后退了一大步，显得有些吃惊，但他没有丝毫犹豫，还是毅然撕开了他的喉咙。

“我一定要帮助他们！”格雷戈尔吼道。

阿瑞斯没有质疑他的抉择，他选好角度，斜飞了下去。格雷戈尔听见瑞普瑞德喊道：“我在这儿！”

瑞普瑞德的后退让阵型出现了一个漏洞，老鼠们很快发现了。七只老鼠聚在一起，准备向洞穴入口冲去。

格雷戈尔不偏不倚，落到瑞普瑞德刚站的地方，脚踩在满地的灰尘和血污里。他挥舞着宝剑，以防御姿态站好。

老鼠们被从天而降的对手怔住了，慌忙往后倒退了几步。然后，他们的头儿发出一声怒吼，所有老鼠排山倒海一般，冲格雷戈尔的喉咙扑了过来。

5

格雷戈尔以脚为中心，自动旋转起来。他刚转了一圈，老鼠们就扑到了他的攻击范围内。他使出全身力气，只一剑，便刺伤了左侧的两只老鼠，一只脖子受伤，另一只眼睛瞎了。在他右侧作战的人解决了另一对敌人，但依然有三只狰狞的老鼠从正面跳了过来。

他在碎石上站稳，不敢怠慢。卷舌头那三个家伙和他们一比，简直就是不堪一击的奶油泡芙。他们不仅体型大，差不多和瑞普瑞德一样高，而且眼神凶狠，口水混着鲜血不停滴落，折射着彻头彻尾的邪恶。格雷戈尔明白，现在要对付的敌人更厉害，况且他们深谙团队作战之道，懂得以不同的组合方式发起进攻，他根本不可能一击定胜负。但他做到了，他居然做到

了！愤怒者的状态占据了整个身心，让他的视觉变得异常尖锐，让他的眼里只剩致命的尖牙利爪。在不忙于保护自己的时候，他还能瞥见敌人易受伤的眼睛和脖子，为自己的进攻迅速锁定目标。

变身为愤怒者时，他只能隐约听到一两声杂音，而现在却有一个声音直接钻进他的耳朵。声音粗哑，几乎听不出来，但想想也知道，只有一种生物能有这样的嗓音。

“哦，看呐，这是谁来了！闻起来有一股布丁和泡泡浴的味道，嗯……真好闻。真高兴你能来。你给自己放了个小假，是吗？我们却在这儿呼吸硫磺，吃……哦，根本就没有吃的。霍华德想了个办法，把你旧背包上的皮革口袋割了下来，我们嘴里就多了点嚼的东西，但肚子还是空的，那根本就不是食物，完全提不起我们的食欲。哦，对了，我们还要帮忙解救啮啃者。你也看到了，老鼠也不是特别赞成这个主意。”瑞普瑞德没完没了地说着。

格雷戈尔很想让这臭老鼠闭嘴，不再让他分心，可他一口气也换不过来，此刻用嘴说话更是难上加难。那感觉就像在梦里想说话，却又发不出声音。这会儿，一只爪子逼近，离他喉咙只有几寸远，他挥起剑来，砍断了老鼠前腿的关节。老鼠应声倒地，痛苦地哀嚎着。

“知道吗，最近我开始慢慢了解你那个女朋友了。”瑞普瑞德继续懒洋洋地说,似乎全世界的时间都可化作他的闲聊时光。

“她不是我的女朋友！”格雷戈尔想冲瑞普瑞德喊,可又说不出来,况且瑞普瑞德早就明白他对卢克萨的感情了,矢口否认只会招来又一串废话。

“她很有勇气,我给她的评价就是这个。你真应该看看,她把啮啃者们从灾星鼻子底下带走的样子。她外婆一定会很骄傲。”瑞普瑞德啧啧称赞。

此刻，格雷戈尔最不愿想的就是索罗维特——卢克萨的外婆,她说不定正为他的逃跑而大发雷霆呢。

“不过说老实话,我有点担心她。”瑞普瑞德说。

格雷戈尔砍中了另一只老鼠的气管,对手哀嚎一声,慌忙退了回去。瑞普瑞德的话引起了他的注意。“什么？”他勉强喊了出来。为什么他要担心卢克萨？她病了吗？还是受伤了？

剩下的这只老鼠身型巨大,尖牙比刀刃还锋利,一看就是头野兽。

“她得呼吸点新鲜空气。军队出现后我们才领到面罩,之前她在这种环境下,已经呼吸好几天了。”瑞普瑞德说,“不过我也没戴,有了面具我没法战斗。但我是啮齿目动物,肺可比她的坚强多了。”

“她病了？”格雷戈尔问道。那只巨鼠冷酷无情,格雷戈尔砍中了他两次,他却并无丝毫退缩,反而变得更加暴躁。

“病了？嗯，是的。不过老实说，我都不知道她是不是还活着。”瑞普瑞德说。

格雷戈尔的手抖了一下，巨鼠趁机用尾巴横扫他的脑袋。他将拿剑的手摁在身下，奋力甩开那条尾巴。老鼠真是老奸巨猾，急忙抓住这个破绽，猛地向他冲来。格雷戈尔眼见躲闪不及，只得做好被利齿咬中的准备。突然，那老鼠升到了空中，愤怒地连连嚎叫。原来是阿瑞斯的爪子嵌进了他的臀部，带他飞到了洞穴上空。老鼠扭曲着身体，想攻击阿瑞斯，却徒劳无功。阿瑞斯又松开爪子，老鼠哀嚎着摔落到地面。砰！老鼠顿时七窍流血，一命呜呼。

瑞普瑞德一脚踩在格雷戈尔身上，不满地拍打着他的头：“以后你的精神要再集中一点，孩子。赶快起来！”

格雷戈尔疑惑地揉揉脑袋。瑞普瑞德这是在继续进行他的训练事业吗？莫非之前说的关于卢克萨的话都是在考验他？她真的没事吗？格雷戈尔心存疑虑，可又不敢问。他知道如果问起来，瑞普瑞德一定会把他暴揍一顿。

“快点！”瑞普瑞德的声音更加不耐烦了。

格雷戈尔立马跳了起来。瑞普瑞德又回到防御的中心位置。站在这只老鼠左边的女人是珀迪塔，格雷戈尔认识她。他落入地下王国的第一夜，她差点没命。那时，格雷戈尔试图逃跑，在河滩边碰上了两只老鼠，后来赶到的人类和蝙蝠救了他一命，珀迪塔身受重伤，过了许久才恢复。她还和格雷戈尔一起搭档训练过，凭一把剑和一柄匕首作战，在训练时几乎击中了全部血球，成绩和格雷戈尔不相上下，她也是王之城最顶尖的战士。而站在瑞普瑞德右侧的人，却显得既熟悉又陌生，一定是在哪儿见过。这人身高两米多，让人过目难忘。他双手攥紧一柄厚重的宽剑，剑长差不多到格雷戈尔的肩膀，他打斗时也爱呐喊，仿佛能为他增添无形的战斗力。

"站过来！"瑞普瑞德命令道，尾巴一弹，给格雷戈尔指了个位置——站在珀迪塔旁边。

"她还活着，地上人！"格雷戈尔就位后，珀迪塔悄悄告诉他这个消息，还在进攻防卫的间隙，给了他一个鼓励的眼神。

"多谢。"格雷戈尔说。他起初心怀感激，紧接着又尴尬起来。他意识到，如今珀迪塔也知道他俩的秘密，或许所有人都知道了。然而，瑞普瑞德说得没错，现在不是考虑这事的时候，他必须把注意力放在眼前。

格雷戈尔并非唯一来地道口增援的人，人类和老鼠似乎都在往这儿调兵遣将。他已没有时间去询问原因，能做的就是保住自己的小命。

他早就知道阿瑞斯是个卓越的战斗搭档，却没想到换成单兵作战，他的能力也相当出色。现在大部分人类都在地面作战，蝙蝠就在空中对老鼠发起全面攻击。他们一般都会快速下降，从老鼠背上撕下一块皮肉，接着迅速飞到空中，避免翅膀受创；也有少数力气大的蝙蝠，能把一只成年老鼠拽到空中，再狠狠地丢掉，将敌人活活摔死，阿瑞斯便是其中之一。阿瑞斯屡次选中最凶猛的老鼠，把他们逐个消灭，从而拯救了不少人。战役继续，不少人绝望地向阿瑞斯求救，希望他能在危急时刻为他们消灭老鼠。即便此时势如累卵，格雷戈尔也感到很满足，因为他这位受到流言中伤的结合，正在为自己赢得赞同。

大概过了半个小时，人们突然开始传话，“啮啃者都进去了！啮啃者都进去了！”格雷戈尔猜，所有啮啃者应该已经进入了地道。他一直没看到他们，也不知道情况如何，或许很糟吧？

几分钟后，撤进地道的命令传来。瑞普瑞德立马对格雷戈尔大吼道：“你先别走，孩子！”格雷戈尔只好继续坚守阵地。混着鲜血的灰尘已经堆到他的膝盖，连站稳都成了难题，对他的行动更是巨大考验。在他旁边，人类和蝙蝠都忙着背负伤员退入地道。他听见有人在不停地喊：“不要火把！不要把火把带进去！”但不明白是什么意思。那些拿着火把的人，纷纷像投标枪一样，把火把掷向老鼠大军。鼠群一阵骚动，有些自乱阵脚。

人类和蝙蝠的撤退动作都很快，几分钟之内，就只剩下二十余人留守地道口了。他们顶住老鼠的攻势，也开始慢慢向后退。不一会儿，由珀迪塔、格雷戈尔、瑞普瑞德和一个巨人组成的前沿阵线，被逼到了隧道口。

“飞行者，上！”珀迪塔喊道。阿瑞斯和剩下的两只蝙蝠闻声而动，从老鼠大军上空飞过，像撒胡椒粉一样投掷火炬，接着一个猛子扎进了隧道里。

格雷戈尔倒退几步，也进了地道。随后，他发现自己惹上了麻烦，立刻喊道：“为什么没有火把？”没人有空回答他的问题。也许隧道里有什么易燃性植物吧，或者长着某种古怪的苔藓。洞穴里的光线渐渐黯淡，也就是说，他只能依靠胳膊上的手电筒了。他按开它的开关，把光线调到最高，终于能看清周围了，他这才稍稍放心一点。其他人怎么办？瑞普瑞德不需要光就能战斗，他能通过回声定位法“看见”敌情，迎面袭来的老鼠自然也不在话下。珀迪塔则可以借他手电筒的光线。可是，那边的巨人麻烦可就大了。

“撤退！这儿太暗了！”瑞普瑞德对大个子说。那家伙只有一个反应：口中倾倒出一连串脏话。

格雷戈尔摸索着腰带，将上面的手电筒扯下来，并打开了开关。“嘿！最旁边那个！”他大喊道。

没有反应。

“约克。”珀迪塔立马提醒他。

“嘿，约克！”格雷戈尔再次喊道。大个子的目光扫到他的脸庞，他立马把手电筒扔了过去。“用牙咬住！”他告诉他该怎么做。根本无暇把手电筒缠在约克胳膊上，也来不及解释手电筒是什么。幸好约克听懂了，他一把扯下面罩，用牙咬住手电筒一端，继续投入战斗。

格雷戈尔觉得，身后似乎有援兵，却没有机会扭头观望。老鼠正将他们往地道深处赶，现在唯一的光源只有手电筒。格雷戈尔一边应付老鼠，一边还要保证珀迪塔能看见敌人，根本无法回望身后的人。他依然在战斗，可身处黑暗，他的自信在不断减弱。一条老鼠尾巴挥了过来，想卷走他的手电筒，没成功，但灯口的玻璃碎了；同时，一只爪子抓住了胶带，手电筒差点就被夺走——他们的攻击目标是光源。在卷舌头他们战胜他之后，老鼠们现在一定知道，没了光线，格雷戈尔一无是处。

他扯开面罩，拉出手电筒，像之前教约克一样，也把手电筒塞进嘴里。灯泡渐渐黯淡下去，他感觉自己的力量逐渐减弱，恐惧的种子在发芽、生长。他能做什么？告诉瑞普瑞德？继续战斗？匆匆逃走？老实说，没了愤怒者的独特天赋，他只不过是个十二岁的孩子，刚上了几节击剑课而已，并且已经筋疲力尽。

雪上加霜的是，一只利爪撕开了他的防线，在他的腿上抓了一下，同时尾巴尖抽中他的手电筒，光柱被抽得调转了方向。他正调整着光线，又一只爪子扑了过来，撕开了他的鞋带。

“我坚持不了了！”格雷戈尔想大喊，却被手电筒堵住了嘴巴。至少得让人知道他不行了，告诉他们不能再依赖他了，告诉他们——

“啊！”格雷戈尔脚底一滑，不由得气恼地一吼。他后背着地，直接摔在又厚又滑的液体上，顿时脏物四溅。

“快跑！所有人都走！”瑞普瑞德一面旋转攻击，一面厉声喝道。

发生什么了？格雷戈尔连忙爬起。借着约克那边的光线，他看到自己的手电筒，正无助地掉进那池液体里。约克和珀迪塔没有迟疑，立马执行瑞普瑞德的指示，他也跟在他们后面撤退起来。

格雷戈尔想跑也跑不动，只能趟着液体池前行。地势渐低，液体逐渐漫到他的胸部，他变得步履维艰。在约克的光照下，他发现他们正身处一个黢黑的池子。“是油。”他想。除了这个，还会是什么？他将剑高举过头顶，心里想，千万不要越走越深。往前走，继续往前……直到光明出现在黑暗的尽头。真的，它出现了！

油池慢慢变浅，格雷戈尔能迈步奔跑了，但脚下太滑，他必须很小心才行。他循着光线，继续缓缓向前，走到了隧道外，黑油依然漫过膝盖，散发出令人作呕的味道。一个巨大洞穴出现在眼前，至少有四百米长，和之前战斗过的那个相比，灰尘要少得多。洞壁上放着不少火把，位置都很高，无数田鼠挤成一团。

格雷戈尔不知眼前是怎么回事，只得握紧宝剑，以冲刺的速度跑了起来。不管他此时是不是愤怒者，跑步的速度都不会变。他似乎听见了田径教练的喊叫声——教练正拿着教鞭，指挥着自己——感觉真是恍如隔世。油池消失了，运动鞋踩在了碳渣上，他的速度更快了。

蝙蝠载人从上空飞过，时不时救起落在后面的田鼠和伤员。阿瑞斯向格雷戈尔飞来，他挥挥手，示意先去救田鼠。突然，脚下的碳渣消失了，他又踏进了水中。河水不深，他从河里抱出一只苦苦挣扎的田鼠宝宝，放在自己肩上。值得庆幸的是，他能用自己的力量站稳。很快，格雷戈尔的手上又多了第二个小宝宝。等他走到远处的河边时，几双手向他伸来，抱走了田鼠宝宝，把他拉上岸。

上了岸，格雷戈尔立刻瘫软下来，大口大口地呼吸着空气。他回头看向洞穴，仅剩的几只田鼠被蝙蝠接起，正向这边飞来。三只蝙蝠各自载着结合，向油池所在的隧道飞去。他们一手持弓，一手拿着一枝熊熊燃烧的箭。

“可以发信号了吗，女王陛下？”一个声音吼道。

“还不行。”那个嘶哑的嗓子，是卢克萨的吗？格雷戈尔转过头去，看到了卢克萨，离他只有几米远，正凝神看着地道。她浑身都是油污，身体极度虚弱，靠在岩石上勉强支撑自己。

“现在呢，女王陛下？”声音里满是紧张，透着焦急。

“再给他点时间。”卢克萨说，“来了！”格雷戈尔神经高度紧绷，又回头看向隧道口。一个大东西如脱膛的炮弹，从出口向他们飞奔过来。是瑞普瑞德！老鼠大军随时都会跟在他后面出现！

卢克萨低声说道：“等等，再等等。”话音刚落，第一只老鼠冒出了脑袋，卢克萨旋即沉稳地下令：“准备！放！”

他们不知用什么方法发出了信号，只见三名弓箭手齐齐将火箭射向油池。火一与液体接触，一团火球便炸开，直冲洞顶，老鼠大军顷刻间陷入火海，惨叫声此起彼伏。格雷戈尔知道，大火一定会穿过油池，燃进老鼠所在的隧道，将他们都化为灰烬。他情不自禁地想，这对老鼠到底意味着什么？他们被活活烧死，即使侥幸逃出火海，也会被滚滚黑烟呛死。简直就是人间地狱！

新的危险再次迫近。大家在往这边跑时，身上都带了不少黑油，大火很有可能顺势烧过来。虽然不会像隧道里的火势那样凶猛，但只要火碰上浸满黑油的身体，后果不堪设想。

格雷戈尔一个激灵，站了起来。“瑞普瑞德呢？瑞普瑞德在哪儿？”他大喊。忽然，他发现那只大老鼠“砰”的一声落进了面前的河水。格雷戈尔抬头寻找阿瑞斯，发现他正在头顶盘旋。

瑞普瑞德拖着身体，缓慢地爬上河岸，怔怔地眺望这一幕。老鼠大军已经踪迹全无，隧道外的大火依旧在熊熊燃烧。火苗被水拦截，并没有扑到对岸，大家都安然无恙。“这是谁的主意啊？”他用粗哑的嗓子问。

“卢克萨女王。”一个地底人答道。

瑞普瑞德转过头，眼神灼灼，望了她一会儿，随即赞同地点了点头：“绝妙的计划。”

卢克萨张开嘴，想说点什么，却剧烈咳嗽起来。她赶忙用手捂住嘴巴。她咳嗽得厉害，声音刺耳，整个身体都跟着一起发抖。她把手从嘴边移开，发现一团红色覆满了手掌。她呆呆地凝视血迹，似乎有点诧异，紧接着便瘫倒在地。

6

十几个人涌向卢克萨，格雷戈尔先赶了过去。“卢克萨？卢克萨？”他的声音里透着抑制不住的绝望。他把卢克萨翻过来，让她躺好，轻轻把她的头放在自己的膝盖上。她意识还在，但十分微弱。她又是一阵咳嗽，鲜血从嘴角流了下来。

一名女医生拿着一瓶药，拔下瓶塞，送到卢克萨嘴边。

“看看她！几天前就该把她送回家了！”一个男人怒吼道。格雷戈尔抬起头，只见约克正大步走来。

“我们怎么劝她都不肯走。”又一个粗哑的声音响起。是霍华德，他的情况也好不到哪儿去。他蹲在卢克萨身边，用布拭去她脸上的污迹。

“你怎么还在这儿？”约克大发雷霆。

"这儿需要我。"霍华德虚弱地说,"这儿的伤员太多了,父亲。"

父亲?这位大个子是霍华德的爸爸?格雷戈尔努力回忆自己对他的印象:他主管芳特,对田鼠们很好。他知道的也就这么多。

"你们两个啊,这样根本帮不上多少忙!回王之城去!现在就走!"他看向空中,若有所思。"我需要一名体力强壮的飞行者!"约克咆哮道。

阿瑞斯拍打着翅膀停在地面,自告奋勇,"我体力够,我在灰尘里才待了几个小时。"

"我们可以一次把他们都带走。"格雷戈尔说,"他速度真的很快。"

约克目光敏锐,快速打量了一番这对结合,接着把手电筒还给格雷戈尔。刚才在隧道里,这个小东西可派上了大用场。"把他们抬上去!"他下令道。他的胳膊一挥,把卢克萨放在了阿瑞斯背上,似乎她的重量还不及一个玩偶。

格雷戈尔连忙爬到阿瑞斯背上,生怕旁边的人说他不可以走。

"要是她能坐直就最好了,"医生说,"能让呼吸顺畅些。"约克把卢克萨放在格雷戈尔前面,严肃地问:"你能保证她一直坐直吗?"

“没问题。”格雷戈尔说着，抱住卢克萨的腰，往后一拉，让她的头靠在自己肩膀上，“我做得到。”

“她一咳嗽，你就给她喝几滴这个。”医生将一个带木塞的瓶子放在他手里，“霍华德会给你提供建议。你要记住，她能不能活，就看你们能否尽快飞到王之城的医院了。”

当霍华德被人抬到阿瑞斯背上后，卢克萨又开始挣扎，气息微弱地呼喊着：“欧若拉……”

“在我的飞行者背上呢，孩子。她就跟在你们后面。”约克一边说，一边抚摸着卢克萨的头发。

“瑞普瑞德。”卢克萨勉强喊道。

老鼠立马出现，猛一抬头，差点碰到卢克萨的鼻子。“我在这儿。”他应道。

“啮啃者，他们……要是我死了……”卢克萨悲伤地说。

瑞普瑞德厉声打断了她，“你？死？你脾气太坏，根本死不了。”卢克萨听了这话，居然笑出声来。“别担心，女王殿下，我会照顾他们的。”说完，瑞普瑞德用头轻推阿瑞斯，“高飞吧，飞得越快越好！”

阿瑞斯升到空中，拍打着强有力的翅膀，全速前进。他们没从那条弯弯绕绕的密道回去，而是走的大道。此时此刻，这趟旅程显得极其漫长，折磨着每个人的心。

格雷戈尔现在要回去了，心里的恐惧反而比之前更大。卢克萨病得厉害，几乎不能呼吸，身上多处受伤，高烧不退，他怀疑卢克萨究竟能不能撑到家。有一会儿，卢克萨一动不动地坐着，他以为自己永远失去了她。“卢克萨！”他痛哭失声，摇晃着她的身体。她又剧烈咳嗽，带出更多的鲜血，但她总算还在，没有离开大家。

“和她说话，格雷戈尔。”阿瑞斯说，“就像上次遇到气流时那样。”

有一次，他们不幸被强气流困在一个洞穴里，阿瑞斯差点发了疯。于是，格雷戈尔不停和他说话，分散他的注意力，给他加油鼓劲。他开始滔滔不绝，跟卢克萨讲一切他能记起的东西：纽约城小靴子做的蠢事，他写过的关于蜘蛛的小论文，冬天的风景，科尔马奇夫人的意大利面酱秘方。什么都说，只要能让卢克萨的意识不彻底消失就行。

在他身后，霍华德正躺在黑暗中，时不时咳嗽一下，要求他给卢克萨用药。霍华德的情况也不乐观，但他至少意识清醒，没有他表妹那么岌岌可危。

这段旅途无比漫长，似乎没有尽头。最终，王之城的地标渐渐显现在眼前，他们飞过一条宽广的河流。这条河流经芳特，流向王之城，通往水路。大河浩浩汤汤，只是不像格雷戈尔记忆中那么汹涌，河面不再如以前那样翻起白色泡沫，水位也比平常降低不少。看来，地震不仅改变了芳特附近田鼠聚集地的地貌，也对河流造成了不小的影响。

“就快到了。”他在卢克萨耳边说，“就快到家了。”她毫无反应，已经有一个小时没咳嗽了，不过他能感受到她的呼吸，她的胸腔正一起一伏。

阿瑞斯直接飞到河边码头上。还未落地，格雷戈尔就大声喊了起来：“救命啊！医生！医生！快来救命！快来人啊！”

地底人手脚并用，将卢克萨和霍华德抬下，放进担架。他们也想把格雷戈尔放上担架，但他推开医护人员，跟在卢克萨后面拼命追赶。她被火速送进急救室，一帮医生厉声喊着各种口令，围在她周围。格雷戈尔忧心如焚，想留在里面继续照顾卢克萨，可最后还是被无情地赶了出去。哐当！一堵石门关上，差点砸到他的脸。

格雷戈尔站在走廊里，怅然若失，大口喘着气，身体抖得厉害。医生想把他带走，进行伤口处理，他却将他们一一推开。这时，马雷斯出现了，用有力的胳膊紧紧夹住他，他这才清醒过来。“格雷戈尔，”马雷斯说，“你也需要医疗护理，现在你必须跟我走。”

“她还能活下去吗？”格雷戈尔焦急地问。

“我不能打包票，但我们已经动用了最好的医生和药品给她治疗。你光这么站着，伤口会发炎，也帮不到她，帮不上任何忙。”马雷斯冷静地说，“跟我来吧！”

格雷戈尔又泡起了那种药草浴，药水浸过满是黑油和灰尘的身体。老鼠们给他留下的伤口都很严重，洞穴里敌人那一抓差点撕开他的整个小腿肚。医生帮他缝合好伤口，涂上药膏，又递过来一颗药。他却推开了，生怕吃了药自己会沉沉睡去。马雷斯很细心，搜出了格雷戈尔和卢克萨的合照，放进他新衬衣的口袋中，还把他的宝剑支在床边。无论医护人员如何劝说，格雷戈尔依然坚持起床。一般情况下，这么做是不允许的，但现在医院里伤员太多，充斥着受伤严重的人类和啮啃者，腾不出人手来专门料理他。格雷戈尔向走廊走去，想打听卢克萨的最新消息，不过什么也没听到；他还来到窗口，探望了一下妈妈，她看起来已经好些了。之后，他又踱着步子，回到走廊里。

最后还是马雷斯给了他一个建议，“育婴室里全是燃火地来的小崽子。在这儿，我们只会给他们造成不便，还是去那儿看看，要是能帮忙就去帮吧！”

格雷戈尔强行要求医生定时告知卢克萨的病情，他们只得答应。然后，他跟着马雷斯去了老育婴室。那里一片混乱，各种嘈杂声交织在一起。从燃火地获救后，有的田鼠宝宝病情严重，被直接送进了医院，其他的就被送到了育婴室，他们急需悉心照料。那头充满仇恨的石龟已被打开——如格雷戈尔所料，索罗维特发现了密道，地底人正将鼠宝宝们送出喷水口。

育婴室空间有限，不能容纳太多田鼠，于是在宫殿这片区域，也挤满了受惊过度、身体虚弱的鼠宝宝。

尽管如此，地底人仍在设法抚慰他们，保证他们的饮食起居。就在一天前，格雷戈尔还把这里的卫生间当成躲猫猫的游乐室，现在它恢复了往日的功用。每个浴缸里，都放满草药浸出来的药水，人们正在开展马拉松式的清洗小宝宝行动。另两间储藏室也被改造过，里面铺了许多毯子，做成几个巨大的窝巢。还有一间房子，被改成临时餐厅，用来喂饱这些嗷嗷待哺的小家伙。

达尔西特从他们身边冲过，怀里抱着一个尖叫不已的小宝宝，看到他们，她的步子又折了回来。“格雷戈尔！马雷斯！你们能帮忙给他们洗澡吗？”

“没问题。”格雷戈尔接受了任务，心里很高兴：总算能忙起来了。一分钟后，他站在浴缸里，药水漫至腰际，开始帮田鼠宝宝洗澡。手里的这个小家伙楚楚可怜，身体抖得厉害，牙齿直打架。他被迫和父母分开，又病又饿，变成这个样子也是意料之中。

“你没事了，现在你很安全，小家伙。”格雷戈尔安抚道。小田鼠的皮毛上遍布油污，已经结成了块状，要洗干净实在不容易。最后，在洗浴液和梳子的帮助下，格雷戈尔终于大功告成，把他的皮毛恢复成正常的灰色。洗完后，他把宝宝抱给旁边的人擦干。稍顷，另一只小田鼠又被送进他的怀里。

伤员一直被往这里送，越来越多的小田鼠需要救治；格雷戈尔不知疲倦地工作着，不停给小宝宝们洗澡，轻声细语地和他们说话，让他们放轻松。其实，他是人在曹营心在汉，思绪早就飞到了医院，和卢克萨在一起，希望她能继续保持呼吸。这里偶尔有医生进来，让格雷戈尔了解最新消息：他们正在努力清除她身上的尘埃，但她在污浊的空气里，没日没夜地忙了好几天，吸进肺里的脏东西才是大难题。不过至少她还活着，这是不幸中的万幸。

达尔西特和马雷斯不时进来，劝格雷戈尔先离开岗位稍作休息。但他不愿意，也做不到。另一个田鼠宝宝又被递了过来，他正忙得不可开交，突然发现小靴子蹲在浴缸边，正端着盘子冲他挥手。

“嘿，小靴子。”格雷戈尔向她靠了过来，“怎么了呀？”

“我在帮达尔西特喂小宝宝吃东西。”小靴子说，“现在她让我喂你吃。”

盘子里放着一片肉、一块面包，和一杯热茶。为了让小靴子开心，格雷戈尔佯装胃口大开，狼吞虎咽。不过他吃完后，胃里多了一些东西，感觉的确好了很多。“谢谢你，小靴子。”

“我要去喂小宝宝们再多吃一点。”小靴子说。

“干得好。”他称赞道。

“你还要洗澡呢。”她嘟嘟小嘴，提醒格雷戈尔。

“没错。”格雷戈尔说着，便伸手去抱另一个小宝宝。就这样，他连续工作了好几个小时，直到达尔西特拍了拍他的肩膀。

“格雷戈尔，医院那边喊你过去。”她说。

格雷戈尔精神为之一振，把怀里的田鼠宝宝递给身边的人，随后从水里走了出来。在药水中浸泡了好几个小时，他的皮肤已经起皱，并且阵阵刺痛，腿脚也有一点发麻。“她没事了吗？我能见到她了吗？”他迫切地问。

“我不知道。”达尔西特说，“他们就喊你一个人过去。”她飞快地瞟了走廊一眼，又意味深长地看向格雷戈尔。原来是霍雷肖和马库斯，他俩正站在房间门口。

“哦，我的保镖们又回来了。”格雷戈尔边说边扣紧剑带。他对此并不在乎，只要能看到卢克萨就行。他一言不发，径直从他们中间走过，身后传来他们紧追不舍的脚步声。

外面挤满了田鼠宝宝，无论走到哪儿都有，包括走廊、楼梯、去医院的路上。格雷戈尔选了一条捷径，就是上次逃跑时踏过的楼梯，这儿很少有人来。台阶底部有一扇小小的石门，穿过它便能到达医院。但格雷戈尔没能走到门口，在离台阶底还有十步路的地方，霍雷肖一把把他摁在墙上。他还没反应过来，马库斯就把他的双手锁在了背后。格雷戈尔刚想大叫，他们就往他嘴里塞了团东西。接着,两人抬起他,沿阶梯走了回去,穿过狭窄的过道,来到王之城的地底深处。格雷戈尔疯狂反抗,无奈他们太过强壮,他根本没有还击之力。最后,他们把他扔进一间低矮的小牢房,随即抽出武器撤退。他刚勉强跪坐起来,索罗维特就出现在了牢房门口。

“你和我必须互相达成谅解。”她说。

门应声关上,钥匙在锁孔里转了几下。无尽的黑暗汹涌而来,将格雷戈尔团团围住。

7

格雷戈尔一声怒吼，却被塞在嘴里的东西生生闷了回去。他挣扎着站起，走到牢房门口，用力撞击厚厚的石门，可收效甚微，唯一的成果就是弄伤了自己的肩膀。他又喊了一会儿，最后还是放弃了。门外毫无动静，如果有看守，那也是沉默、迟钝的看守。他跌坐在门边，努力控制住自己的情绪。然而，要做到这些并不容易。门一关上，他体内愤怒者的感觉就开始嗡嗡作响，席卷全身。他现在情绪复杂，根本没法集中注意力，这和抗击老鼠根本不是一回事，他完全失控了。他不停挣扎，想把绑在手腕上的皮带挣脱，结果他沮丧万分，咆哮不已，愤怒得想杀人。

“镇定下来。”他命令自己，“镇定下来。”他做了几次深呼吸，试图判断自己面临的困境。

“你有什么计划？”他再次想象瑞普瑞德正对自己说话。

“首先，要把我的手释放出来！”他终于恢复了思考能力。他们没把他的剑拿走，那就一定有办法。格雷戈尔灵机一动，沿着墙脚，走到了角落。他慢慢调整剑带，把剑挪到身后。继而，他将剑的一端插在角落里，后背抵住剑柄，再把皮绳靠过去，在上面慢慢磨着。仅仅几分钟，他就解放了自己的双手。他又拽出堵住嘴的东西，把它扔到一边。现在他可以真正大喊大叫了，不过不用急，因为他知道喊也没用，就算喊破喉咙，也不会有人来救他。

周围一片漆黑，他们连支蜡烛都没丢下。对了，约克还给他一只手电筒……上哪儿去了？混乱中丢在医院了……石门和墙壁严丝合缝，连最微弱的光线都无法透进来。

格雷戈尔感觉着这间牢房。房子很小，十平方米不到的样子；站直身体，头发就会碰到天花板；里面什么也没有，没有可以坐下的板凳，没有食物，也没水，连个小便的地方都没有，更别说保暖的毯子——这才是当务之急。刚才他一直站在药水中给田鼠洗澡，加之此时牢房里寒冷潮湿，他不禁瑟瑟发抖起来。他一屁股跌坐在角落，将手伸进衬衣，希望能给自己取暖。

索罗维特为什么要这么做？大概是为了惩罚他私自逃到燃火地去吧。她要告诉格雷戈尔，这里管事的是她，他胆敢抗命，只要索罗维特愿意，就能随时把他丢进地牢；但格雷戈尔又想到了另一层意思，如果现在一切真的都归她管，她就不需要派霍雷肖和马库斯偷偷带走他，再防贼似的把他扔进牢房。以前他也被逮捕过，罪名是他没有杀死灾星，而是把灾星送给瑞普瑞德照顾，紧接着他被正式逮捕，之后又接受了一次公审。格雷戈尔不安地感觉到，现在除了索罗维特和她的手下，没几个人知道他在这儿。还有谁知道？谁会来帮他？

况且，有人发现他已经失踪了吗？达尔西特倒是掌握线索，看见霍雷肖和马库斯把他带走了，但他们也能轻而易举地辩解，说他们把格雷戈尔护送到了医院，结果他逃跑了。达尔西特肯定忙得焦头烂额，恐怕连思考片刻的时间都没有。马雷斯通常都会注意着他，只是宫殿里一片混乱，他看不见格雷戈尔，可能会认为他去另一个地方帮忙了。小靴子说不定都忙得没空想他。妈妈病重，爸爸又在纽约。卢克萨和霍华德更是命悬一线。阿瑞斯呢？毫无疑问，他正全力以赴，把燃火地的啮啃者空运回王之城，这项工作应该会持续数天。如此看来，可能察觉他失踪的人只有维库斯了。战争还在继续，他会发现格雷戈尔已被囚禁吗？不过，有一点格雷戈尔很确定：索罗维特没有把关押他的事告诉维库斯。他们结婚多年，却并非事事都和对方倾诉，比如上次，她想拿瘟疫病毒做武器的事，维库斯就被蒙在鼓里。那样的事都可以守口如瓶，囚禁格雷戈尔更是不值一提。

几个小时过去了。格雷戈尔又饿又累，他蜷曲在角落，尽量维持着体温，衣服连一点干的迹象也没有。黑暗加重了他的精神负担，他忍不住想起了《时间预言》，那里面提到了他的死亡，他会杀死灾星。可要是连这儿都逃不出去，他该怎么完成使命？如果他不杀死灾星，又会发生什么？利爪密则又是怎么回事？小靴子正待在育婴房里，这真的是公主的使命吗？预言提到了破译利爪密则的重要性，和这相比，格雷戈尔和灾星的死恐怕无足轻重——至少对三明治来说是这样。

格雷戈尔进入一种混沌状态，没有彻底沉睡，也不是完全清醒。迷迷糊糊中，刚经历的那场恶战再次在脑海中上演。他看见自己高举利剑，割破老鼠的皮肉，利爪纷纷袭来，杀戮带给他的快感瞬间瓦解，取而代之的是恐惧。那时，他的身体仿佛被另一个人占据，大开杀戒，此刻那人又离他而去，把他抛弃在地牢。如今待在这里的，只是一个孩子，他迫切地想在纽约的床上醒来，听妈妈催他赶快吃早饭。

格雷戈尔终于蜷成一个球，在石地板上熟睡了过去。卢克萨在他的梦境进进出出，她骑在蝙蝠背上大笑，在竞技场里起舞。突然间，美梦变成了噩梦：卢克萨躺在病床上，不管他做什么，她都无动于衷。她的呼吸越来越慢，最后彻底断了气。他从梦中一下子惊醒，眉间沁满了汗珠。正在这时，牢门再次被猛地关上。他艰难地循着声音爬去，身体又僵又痛。右手落在一盘东西上，是炖菜吗？哦，原来是一小块面包，还有一杯水，却没有餐具。格雷戈尔饿极了，他蹲坐在黑暗中，拼命往嘴里塞食物。看来，索罗维特并不想把他饿死。不，不会的，他是她的王牌武器，她绝对不会杀死他，只会惩罚他、羞辱他，甚至击垮他的意志。他拿起盘子，将残留的酱汁舔干净。等了这么久，就盼来这一点东西，不过总算缓解了胃里灼热的饥饿感。他有些尿急，怎么办？算了……就用水杯吧！解决完问题后，他又缩回角落，继续蜷在地板上。

黑暗继续压抑着格雷戈尔，他都有点要发疯了。他紧闭眼睛，想象自己正躺在中央公园的草地上，天气和煦，他晒着太阳，温暖的阳光慢慢渗进他的皮肤。也许他该起来，买个椒盐煎饼，涂上很多芥末酱。他还会带着小靴子坐旋转木马，再一起去儿童动物园，像以前那样喂猪玩，逗她笑到直打嗝。

没用，这么做一点用都没有。他待在这个死气沉沉的潮湿地洞，不管怎么畅想，都没法让自己轻松。他觉得自己撑不下去了，他需要光，需要人的陪伴，需要知道外界发生了什么，卢克萨还活着吗？切断他和外界的联系，这是索罗维特对他做过的最残忍的事。她怎么能这样？为什么到现在还没一个人发现他消失？似乎过了好几个小时，说不定几天都过去了，难道没人在意他究竟去了哪儿吗？他陷入了深深的沮丧，用力咬住嘴唇，克制着自己想喊叫的冲动。

忽然，不知怎么的，他对这个世界的感知变了：他咳嗽了一下，只是轻微的一声咳嗽，但声音一出口，就恍如一道闪电照亮了这个屋子。他能看见了！牢房里一片漆黑，所谓“看见”也不是真正的看见，可他能通过耳朵收集周围传来的回声，精准地算出墙和他相隔的距离，同时，脑海中还浮现出相应的画面。绝望感一扫而空，他坐直身体，又咳嗽了几声。在大脑某处，他立即勾勒出地上托盘、餐盘和水杯的轮廓，就像一幅剪影。水杯散发着微弱的红光，代表那里有热量。为什么？他抓起杯子，用手握住。哦，原来是刚才的尿液在发热。

终于掌握了回声定位法！瑞普瑞德一直全力教格雷戈尔，可他未能学会这种本领；而现在，他真的和蝙蝠一样，也拥有天然雷达了，从前的努力总算没有白费。他将几件物品放在房间其他地方，想再试一下。他发出“咔哒咔哒”的声音，又咳嗽了几下。哦，又看见了！刚才不是侥幸！他没有暂时性精神失常，真的能“看见”它们，甚至“看见”了口袋里卢克萨的照片。其实，他看不到照片的详细内容，但能感觉到那是一张小小的方形薄片。也许，看到内容只是迟早的事。

掌握了一项新技能，他立马忙乎起来，不用再担心精神失常了。这项技能让他不至于崩溃，不至于祈求看守放他出去。他绝不会让索罗维特赢，他必须尽快离开牢房。否则，在这场可怕的战争里，他会沦为索罗维特的棋子。与其那样，他还不如去死。如果被那女人完全控制，那他真的会心如死灰。

他不再沉思，拔出剑来，想让剑和回声定位法磨合一下。啊，这样进入愤怒者状态效率更高！他拿起剑，稍微练习了一会儿，剑给他带来温和的感知，极大提高了回声定位法的功效。墙在那儿！盘子在这儿！门在那儿！剑锋轮流精准地触碰着每件物品。太好了，他迫不及待想把这个好消息告诉瑞普瑞德！

一番认真尝试后，他靠在墙上休息起来。衣服终于变干，他也不觉得冷了。在回声定位法的帮助下，他的思绪像充了电般激动。他开始思考越狱的计划：迟早会有人打开那扇门给他送吃的。他要准备好，他们一有动静，就马上行动。他一定会击败他们，一路打回去，打到维库斯、瑞普瑞德，或是阿瑞斯身边，找到站在自己这边的人。他一定会离开这里，让所有人都知道索罗维特对他的所作所为。他还要——那是什么？

格雷戈尔紧靠着墙壁，离门口不到一米远。他计算，站在这个位置，自己将耗费几秒钟打退看守再逃出去。但某件事情让他觉得困惑：他听见外面传来谈话声，其中一个声音低沉，可能是霍雷肖或是马库斯，另一个声音轻且音调高，是个女孩。她正在和看守争执，不过他听不清内容。会是谁呢？显然不是卢克萨，也不是妈妈，她们身体很弱，还下不了床。莫非是达尔西特追踪到地牢？或是在燃火地并肩作战的珀迪塔找来了？

钥匙在锁孔里打了个转，门应声打开。火把的光线涌了进来，差点刺伤了他的眼睛。一个颤抖的声音从外面飘了进来："格雷戈尔，只有我一个人。把你的剑收起来吧！"

是尼莉莎，卢克萨的皇室表妹。不用问，格雷戈尔也明白她为什么洞若观火，知道自己正准备发起进攻，这是因为他的站姿：剑摆在胸前，随时准备攻击看守。尼莉莎和常人不同，能看到别人看不到的东西——过去、现在和未来的幻象。一定是她看到自己在这儿，发现他需要帮助才来的。

尼莉莎是他的朋友，但外面看守还在，他不能就这么把剑收起来。"我在这儿，没事。"他回应道，依然一动不动。

尼莉莎走进牢房，靠着门框站稳。她像以前一样单薄、脆弱，为了保暖，身上裹着一层又一层的厚衣服。她扎着松松的辫子，不像之前那样长发散乱，从她一贯的形象来看，这已经算是不错的发型了。"破译室里的人需要你去一趟。"

格雷戈尔还是首次听说"破译室"。不过，去那儿总比待在地牢好。"索罗维特希望我过去？"他问。

"只要我和她解释清楚，她就会同意，"尼莉莎语重心长地说，"不过你要先和我一起过去才行。霍雷肖和马库斯得先把你的手绑上，否则他们不敢冒险带你出去。他们同意放你，都是因为我跟他们解释了即将到来的危机的严重性。现在,破解密则是我们的首要任务,我们进行得不是很好。这次你必须信任我,好吗,格雷戈尔?”

这么久以来,他一直都很信任尼莉莎,但要让他收回宝剑束手就缚,还是花了尼莉莎好一番工夫。一想到把手绑在身后,自己再一次陷入无助,他就浑身难受。可转念一想,又稍感释然:不用和看守一番恶战就能逃出去,也不失为一个好办法;要是真打起来,他可就成了逃犯,想四处自由走动就更难了。见他还是悬而未决,尼莉莎突然补充道:“卢克萨一直在要求见你。”

“真的吗?那她还活着?哦,我是说,要是她要求见我,那她当然活着。她醒了吗?情况怎么样?”他一口气问了一大串问题。这消息让他头晕目眩,连思考的能力都丧失了。

“她醒了,在慢慢好转,她也很想见你。”尼莉莎说,“你们要想在地牢见面,我可能费尽心思也安排不来啊!”

听到这话,格雷戈尔立马乖乖配合,把剑插回腰带,让霍雷肖用皮绳捆住他的手腕。接着,护卫们一左一右地夹住他,跟着尼莉莎往台阶上走,最后回到了宫殿。卢克萨还活着,她熬过来了!格雷戈尔一想到这个好消息,就忍不住咧嘴偷笑。宫殿走廊里的空气渐渐让他清醒起来。他经过一些人,发现他们脸上都挂满担忧的神色。他们窃窃私语,还有的在放声大哭。他想起燃火地洞穴口，地底人伤亡惨重，尸体堆成小山。他们战死沙场，不像卢克萨那样幸运生还。

当他走到议会室时，脸上的笑意早已消散一空。“这样正好。”格雷戈尔想道。没有愤怒，没有恐惧，一丝快乐都不写在脸上，不让索罗维特看到他流露出任何感情。他一边往里走，一边让自己表情冰冷，犹如石骑士雕像。

议会室被改造成了战事研究中心，地底人们和两只蝙蝠双眼蒙胧，正忙得热火朝天，记笔记、传递信息、倒茶。桌面到处堆满卷轴，旁边一张长桌上摆着餐盘。看来他们是准备在这儿长期作战了。墙上挂着地下王国的巨幅地图，格雷戈尔上次去丛林前看过一次。不同颜色的大头针把地图钉得花花绿绿，即使不是军事天才，也能看出哪种颜色代表哪支军队。

瑞普瑞德洗得干干净净，伤口也包扎好了，正一头埋进他最爱的奶油酱汁大虾里大快朵颐着。看他身边那排成长龙的空碟子，就知道他已经吃了不少。他身边站着两个人，也是格雷戈尔在这里唯一认识的人：索罗维特和马雷斯。他俩正就地图上的一组红色大头针展开热烈讨论。

当尼莉莎、格雷戈尔和护卫进来后，房间里的喧嚣顿时戛然而止。索罗维特看了一眼这群不速之客，镇定地说：“其他人都出去吧，马雷斯和瑞普瑞德留下。”不到一分钟，其他人都走了。“你们这是想搞什么？”她厉声问道。

还未等两名护卫答话，尼莉莎就抢先说道："破译室需要格雷戈尔。是我自作主张把他放出来的，现在我想寻求他的帮助。"

"你怎么知道去那儿找他？"索罗维特问，"哦，算了，我猜你又是在梦里看到的。我们的小幻想家还看到什么了？"

"除了格雷戈尔被锁进地牢，其他什么也没看到。"尼莉莎沉稳地说。格雷戈尔看到马雷斯一脸震惊，可见他对自己被关押的事一无所知。瑞普瑞德也是惊诧万分，甚至暂时停止了用餐，奶油酱汁从嘴上滴落。

"哦，你告诉我，她说的都是假的。"瑞普瑞德失望至极。

"就两天而已。"索罗维特轻轻耸了耸肩膀，"我早就想把他抓起来。但我觉得，还是等维库斯去纺织工那儿征兵后，再行动不迟，这样更谨慎。尼莉莎，你把他弄来到底有什么要紧的事？"她玩弄着一枚红色大头针，似乎急不可耐地想回到地图前去。

"是小靴子！我们觉得要是格雷戈尔愿意管她，她对我们会更加有用。"尼莉莎说。

索罗维特瞥了一眼格雷戈尔，摇了摇头。

"你只能断了这个念想，自己单独去做。我不能再冒险，鬼晓得要是他再违抗命令，会跑到什么地方去。"她说，"把他押回地牢。"

“他没跑到其他地方去，是回去参战了。”瑞普瑞德不满地说，“他能回去是我们的幸运。真的，索罗维特，我真不明白他这么有价值，这么能振奋人心，为什么在你眼里他的行为就变成了不忠？”

“他待的地方没光、没药、没床，吃得也很少。”尼莉莎说。

“哦，好极了。”瑞普瑞德揶揄道，“我们干脆放弃勇士算了。”

“行啊，给他一支火把，一条毯子。”索罗维特说。

“我会为他负责。”马雷斯说，“我保证他不离开王之城。”

“不，这儿需要你。而且，他连霍雷肖和马库斯都能骗过去，你怎么能保证可以控制住他？”索罗维特说。

“能控制他的东西已经在王之城了，索罗维特。”瑞普瑞德说。

“之前发生的已经证明，凭他家人的力量，根本没法留住他。”索罗维特断然否定。

“不是他的家人，是你的外孙女。你想想，他为什么那么急匆匆地赶往燃火地？难不成是在担心我？”瑞普瑞德讥诮道。

“卢克萨？她和这事有什么关系？”索罗维特问。她还是第一次对这场谈话提起兴趣。

格雷戈尔实在忍不住，便脱口而出，“闭嘴吧，瑞普瑞德！”

“看到他是怎么抗议的吗？哦，他已经鬼迷心窍了！我们在燃火地争吵时，我就闻到了那股味儿。”瑞普瑞德调侃着。格雷戈尔想起了那次争吵：卢克萨对瑞普瑞德不好，还对大家一副颐指气使的态度，因此他火冒三丈。后来，他的感觉很混乱，瑞普瑞德深深吸了一口气——老鼠不仅能闻出恐惧的气味，也能闻到爱。

“之前我刚提到卢克萨情况不好，他就分了心，差点被杀死。”这只老鼠继续说道，“哦，索罗维特，你也想想半个世纪前的自己吧，你肯定记得那滋味。”

“他爱上了卢克萨？”索罗维特饶有兴致地问，“真的是这样吗，格雷戈尔？这就是你违抗我命令的原因？”

格雷戈尔没有吭声，但脸烧得通红。

“要真是这样，那我倒是可以放你出来。自打卢克萨说什么出去郊游、野餐后，她的话我再也不信了。”索罗维特说，“不过，你的话倒是可以听一听。”

格雷戈尔眼睛紧盯地面，心想自己要是真被释放，该怎么报复瑞普瑞德。

“不说？看来对你来说，最安全的地方还是地牢。”索罗维特鄙夷地说。

护卫刚准备押格雷戈尔走，马雷斯大喊道：“查他的口袋！”格雷戈尔难以置信，白了马雷斯一眼。他这行为比瑞普瑞德的背叛还要糟。他的双手被捆在身后，什么也做不了，只能眼睁睁地看着索罗维特走近，从他衬衣口袋里抽出照片。她仔细看了一会儿，接着哈哈大笑起来，又传给瑞普瑞德看。

“我怎么说来着？”瑞普瑞德又往他那张蠢嘴里送了满满一爪虾。

格雷戈尔知道，照片完全出卖了他。他对卢克萨的全部情感，都被那个镜头捕捉下来，大家只要一看便会明白。他真是个笨蛋，居然带着照片到处跑！不过，这情景他又怎能预测得到？

“这下我的工作可就简单多了。”索罗维特把照片塞回去，轻轻拍了拍格雷戈尔，笑道，“别担心，我会为你保守秘密的。”她又对护卫们点点头，“松绑，现在他自由了。”

8

手腕上的皮绳刚被砍断，格雷戈尔就转过身去，大步走到门外。瑞普瑞德和马雷斯两个家伙，居然把他对卢克萨的感情告诉索罗维特，这简直不可原谅！首先，这是很私人的事，和别人根本没关系；其次，他们难道不明白，索罗维特会利用卢克萨对付他吗？他所有在乎的人，不都被索罗维特利用过吗？他们难道看不出来，今后她要想控制他不是更容易吗？最后，倘若卢克萨知道了，又该怎么办？他还不知道卢克萨对他是什么感觉，他们也从来没讨论过。如果她从别人口里听说这事，肯定将无比尴尬。他准备找到阿瑞斯，直接飞回家，然后——

格雷戈尔刚冲到走廊尽头，一个影子就从他身边擦过。是瑞普瑞德，他挡住了格雷戈尔的去路，“等等，小男孩。”

格雷戈尔“嗖”地抽出宝剑，速度极快，晃成一片虚影。“让开，赶快！”

瑞普瑞德嘲讽似的抬起爪子，“哦，亲爱的，难道我们要在这儿斗个你死我活吗？我没想到这一天来得这么快。”

“要么是我老了，要么是你进步了。”瑞普瑞德说，“可我还是建议你，同样的事，别做第二次。”

格雷戈尔再次挥剑，想继续教训这只老鼠，突然一双有力的胳膊夹住了他的脑袋。“停下，格雷戈尔！你不明白，他是在帮你！”马雷斯大喊。

“松开我，老兄！”格雷戈尔想挣脱开来，然而马雷斯太强悍了，他根本无能为力。当然，这是因为他没有使用武器。即使他发了疯，也不会用手中的利剑对付他。其实马雷斯的背叛，给他带来的伤害远比瑞普瑞德大。格雷戈尔一直都把马雷斯当成朋友，不过现在已经不是了。他不停挣扎着，直到马雷斯把他掀翻在地，死死摁住。接着，瑞普瑞德爬到他身上——啊！臭老鼠的体重得有三百公斤——还把大虾的腥味往他脸上喷。“你什么时候准备听人说话了，就通知一下我们。”

没过多久，格雷戈尔就难以呼吸了，只好放弃挣扎。马雷斯和尼莉莎一脸焦虑，视线越过瑞普瑞德的肩膀，落到他身上。简直难以置信，他们居然对他的反应感到深深的沮丧。他强迫自己放松肌肉，不过愤怒者的状态一直如影随形，所以神经仍然紧绷着。现在他只要稍被激怒，另一个他就会从体内破茧而出，他完全无法控制。“什么？什么？”他冲他们咆哮。

“格雷戈尔，很抱歉，我们刚才透露了你的隐私。瑞普瑞德一提起那话茬，我只能跟上去配合。”马雷斯颇为无奈地说，“因为，我们不想再让你回地牢。”

“我在那儿根本没事。”格雷戈尔闷闷不乐地说。

“这才两天。有一次，哈姆内特在战争商讨会上，顶撞了一下索罗维特，她就把他关进了同一间牢房，时间长达整整一个月！”尼莉莎说，“没有光，也碰不到人。他出来后，整个人都变了。”

“那时候，维库斯正在芳特打仗，议会完全被她攥在手里，没人敢为哈姆内特说情。自己的亲生母亲都这样折磨他……我们很多人都觉得他后来在苹果园精神失常和这件事有关。”马雷斯叹息道。

“对自己的亲生儿子都铁面无情，何况是你？你觉得她会对你这个公然抗令的地上人仁慈吗？”瑞普瑞德不屑地说，“哈姆内特是她的掌上明珠，而她根本就不喜欢你！”

“换做是我，如果我够聪明，能想到那个理由，就肯定会和瑞普瑞德与马雷斯一样，一口说出来为你辩护。”尼莉莎说，“好了，格雷戈尔，你已经知道了，我们这么做都是为你好。”

在牢房里待一个月，就算掌握了回声定位法，那也是十分难熬。可怜的哈姆内特，居然身陷囹圄那么久。格雷戈尔想起上次在丛林里卢克萨指责哈姆内特擅自逃离王之城，说他那样做实在过分，至少应该回来看看她。闻言，哈姆内特情绪非常激动，他说："不，我没办法再次离开那个地方。你知道索罗维特的行事风格，她会二话不说就让我再次统领军队的。"他当时一定想到了那间牢房吧！索罗维特的意图明确，不是让他完全发狂，就是让他彻底绝望，好让他最后乖乖听命，否则他就只能在那儿慢慢烂掉。

哈姆内特临死时，知道自己只能把哈泽德送回王之城，那别无选择的感觉势必令他极为难受。他要卢克萨保证，永远不会把哈泽德训练成战士，莫非就是出于这个原因？格雷戈尔一直觉得，哈姆内特这样的坚持，是出自他的反战情绪。现在他似乎明白，哈姆内特的话也许还透着另一层意思：让哈泽德离索罗维特越远越好。

那一触即发的紧张渐渐从他肌肉里消散，他明白了朋友们这一举动的深意。可如果被卢克萨发现了，又该怎么办？

"刚在屋里说的话，没人会走漏一个字，你绝对可以放心。"马雷斯安慰道，"我们绝不跟别人说，索罗维特也不会希望这件事传得人尽皆知。"

"好了好了，你们帮了我大忙，现在让我起来吧！"格雷戈尔说。他的话里依然怨气十足，不过心里的怒火已经熄灭。

“这还差不多。”瑞普瑞德慢吞吞地伸了个大懒腰，差点把格雷戈尔的肋骨踩断，随即从他身上离开，“在你妹妹还没把地下王国最聪明的脑袋逼疯前，我们赶快去破译室吧！”

哦，对了，密则。格雷戈尔知道这是头等大事，但是……“可我想去一趟医院。”格雷戈尔小心翼翼地抗议。

“请你先别去，格雷戈尔。卢克萨睡着了，你没法探望她。现在，我们真的很需要你的帮助。”尼莉莎说。过去一小时发生的事让她身心俱疲，她的身体抖动得厉害。格雷戈尔不希望看见她晕倒，便答应道：“好吧，尼莉莎，我先和你们过去。”

马雷斯必须先回到索罗维特身边，尼莉莎和瑞普瑞德就负责陪同格雷戈尔去破译室。他们给他十分钟时间，让他迅速洗了个澡，换了身新衣服，接着急匆匆地带他上了几层楼，走过一条狭窄又漫长的走廊，进入一间密室。

真是大开眼界！这房间让格雷戈尔联想到了动物园。房间呈八边形，他刚穿过的房门就设在其中一面墙上。正对面的墙上雕刻着一棵古怪的树，树下摆放着一张长桌，桌面堆满了卷轴、书籍，还有一条条白色长布。其他六面墙上都各带一扇门，拱形开口，高度不一，通向不同的私人房间。门拱上刻着各种生物的名字，代表了房间的主人：纺织工、爬行者、人类、飞行者、噬咬者、啮啃者。有几间房已经有客人入座，这也是他觉得这儿像动物园的原因：一只淡绿色蜘蛛正栖息在蛛网上；一只浑身缠满绷带、身带黑色胎记的白色田鼠，躺在毯子做成的窝里；在高处，倒挂着一只奶白色皮毛的蝙蝠；还有一只蟑螂，正从拱门往外看，三只脚悬在空中。每扇拱门前都装有一块门帘，可轻易合上，不过现在都是开着的，因为所有生物都炯炯有神地望着小靴子。

她正站在她忠心耿耿的蟑螂朋友——太普背上，在八角形房间中央，拍着小手掌，声嘶力竭地大唱《小蜘蛛之歌》。这歌显然是献给那只绿蜘蛛的，他正畏畏缩缩地往后躲。小靴子唱得有点走调，但格雷戈尔肯定，蜘蛛缩成一团绝对不是因为她唱得不好，而是由于她那响亮的声音振聋发聩，偏偏蜘蛛又不喜欢吵闹。小靴子终于唱完了，她转向每一扇门，分别鞠了一躬，嘴里嚷着："谢谢！谢谢！"没有掌声，格雷戈尔知道她不在乎，只要有观众，她就能不知疲倦地折腾好几个小时。

"她这样已经好几个小时了。"尼莉莎低声说道。

"在我看来，好像已经持续好几天了。"瑞普瑞德皱起眉头，"你一定要在他们拔腿逃回家前，把她的注意力转移到利爪密则上来啊！"

"下一首歌，我要送给你！"小靴子指着退缩的蝙蝠宣布。

"小靴子！嘿，小靴子，你在干什么呐？"格雷戈尔憋着笑意，向她走去。他觉得很好笑，不过如果换做他当观众，他可就笑不出来了。

“格雷——戈！”小靴子开心地抬起双手，等着格雷戈尔抱她。

“来吧！”格雷戈尔把她举到背上，“太普，你还好吗？”

太普摇了摇触须。在他和老鼠发生冲突时，一根触须被弄断了，现在还是弯曲的。“很好，我，很好。”

“我在唱歌，让他们开心！”小靴子笑呵呵地说。

“做得真棒！”格雷戈尔婉转地说，“你知道吗？其实还有其他方法可以让他们开心。”

“什么？”小靴子眼睛瞪得溜圆，满是期待地注视着他。

格雷戈尔突然意识到，他也不知道答案。于是他看向尼莉莎和瑞普瑞德，问道：“你们想让她做什么？”

“嗯，还没人知道，不是吗？”瑞普瑞德戏谑地说，“她应该是破解整个密则的关键，不过她一直在恐吓他们，大家都很听她的话。”

“我一直在唱歌。”小靴子骄傲地说。

“谁说不是呢？”瑞普瑞德说，“尼莉莎，把布条给他看一下，好吗？”

“其实我不应该出现在这儿。”尼莉莎领着他们向长桌走去，坦承道，“我是自愿来帮你妹妹的。”

“这儿就是你说的特别破译室？”格雷戈尔问道。

“是的，很久之前就建好了。我们以前在这儿破译过许多密码，现在我们必须解开利爪密则。”尼莉莎娓娓道来，“这个密则还没人知道，而噬咬者从我们解救啮啃者那天起，就开始使用了。因此，现在发生的事件，都和《时间预言》里描述的吻合。举个例子给你看下。”她捡起一条白布，给格雷戈尔看。布上覆盖着一系列线条，有的直线上下，有的往左右倾斜。“我们只花了一点时间，就破解了以前老鼠用过的密码。这段密码是全新的，更加狡猾，但我们必须破解。”

格雷戈尔看着那些线条，觉得根本没什么含义。“好吧，要是你们指望小靴子把这些鸡爪子图画翻译成文字……我想那是根本不可能的，尼莉莎。她才刚刚开始学习阅读。”

“你不用担心这些线条，我们已经把相应的信息写成了字母。”蝙蝠从栖身处轻轻飞了下来。

“哦，抱歉，”尼莉莎说，“忘了介绍了，他是代达罗斯。纺织工名叫雷弗雷克斯，爬行者名叫阿敏，啮啃者名叫海伦内安。”尼莉莎状态并不好，她把手搁在前额上，继续说道，“你已经在燃火地见过她了吧？”

“没有，只听说过。很高兴认识你们大家。”格雷戈尔问候道。他们纷纷点头致意。

“他们都是各种族最优秀的密码破译者。”尼莉莎说，“小靴子是人类的代表。”

“那你就是老鼠的代表喽？”格雷戈尔问瑞普瑞德。

“嗯，我可不是大家的首选，但形势所迫，不得不赶鸭子上架。”瑞普瑞德说，“多只老鼠也是多个帮手。可不幸的是，还有其他地方在焦急地等着我。”

“现在到处都需要瑞普瑞德。战场、战事研究中心，还有破译室。他从噬咬者的角度来思考密码，给我们提供了不少有利的信息，”尼莉莎赞许地说，“但最终解开密则的不是他，而是小靴子，那是小靴子的工作。”

代达罗斯用爪子钩过一条白布，递给格雷戈尔。这块布的条纹上方标出了普通字母，长长一条，只是并未形成可辨出含义的文字。“她可以不用管条纹，直接看字母就好了。”

格雷戈尔摇摇头。他不想让大家失望，但此时必须说实话。“听着，我很确定，这么做毫无意义。我不知道，你们为什么认定我妹妹能胜任。你们别抱太大希望！”

忽然，小靴子一把抓过密码布，激动地大喊：“哦，我知道了！知道了！”整间屋子因期待而沸腾了，大家希望能有重大突破。小靴子一落地，就把布条塞进裤子后面，欢快地跑了起来，布条跟在她身后飘舞。“看哦！我长了一条尾巴！我有尾巴了！”

格雷戈尔忍俊不禁，一下子笑出声来。事情太荒唐了！

瑞普瑞德怒气冲冲，嘴唇外翻，鼻子戳上格雷戈尔的脸。“你这小家伙可能觉得很可笑，但你要知道，要是我们不破解密码，就会输掉这场战争。我就说这么多。不论你、我，或是任何人在战场上能有多大作为，都比不上直接了解敌人脑子里的想法。如果你希望你的小妹妹，还能有机会继续从事她的歌唱事业，我建议你现在最好帮她把注意力放到破译密码上来！”

格雷戈尔自觉理亏，便喊来小靴子，摘掉她的尾巴，把她放在自己膝盖上。他不知道到底要做什么，于是让她把布条上的字母看了一遍。她都认识，有的字母连在一起，居然成了一个有实义的单词，比如“狗”，每碰到一个，她都会兴高采烈地读出来。等他们看完三条白布后，小靴子已经厌倦了这个游戏，格雷戈尔也是。“有什么帮助吗？”他问大伙。

“没。也许等维库斯回来了，他会有什么办法。”尼莉莎说。

“与此同时，我们工作继续，就当做有法可循，一定要尽力解开。”瑞普瑞德说，“我必须回战事研究中心了，但一定会密切关注这边的。”说完，他尾巴轻轻一弹，大步离开了。

“格雷戈尔，谢谢你，你不需要一直待在这儿。我想，很快他们就要把卢克萨弄醒，让她进食了。”尼莉莎说。

“抱歉，我没能帮上忙。”格雷戈尔一边遗憾地说，一边向门口走去，心想千万不能让大家觉得他有什么价值。他真的不知道该怎么把这些莫名其妙的字母破解成连贯的文字，而现在的当务之急就是探望卢克萨。

格雷戈尔拔腿跑到医院，医生却还不许他进去，非让他先洗了杀菌澡，再换上无菌衣，并戴上面罩。

“就五分钟。”医生把他带进一间隔离室，严厉地命令道。房间墙上插着不少小管子，空气中氤氲着凉爽的雾水。卢克萨穿着睡衣躺在床上，她的脸、脖子、胳膊——全是在燃火地接触烟尘最多的部位，都一片猩红，看着让人揪心。她的呼吸依然十分费力，每呼吸一次，他都能听见她用力喘气的声音。她睁开眼，一眼就看到了他。

格雷戈尔走到床边。他怕弄疼她，不敢抓她的手。但卢克萨移动手指，轻轻放在他的手上。她勉强地挤出一丝笑意，咕哝道:“你还是留下来了。”

他耸耸肩，表示没什么大不了。但其实他当时的这一决定，对战局起到了举足轻重的作用。眼见卢克萨好转起来，他高兴得泪花盈盈，能看到她，他觉得自己最终决定留下来也值了。哪怕就这样和她一起待五分钟，他也心满意足。可是，一分钟还不到，医生就回来了，向他挥手示意去门边。

格雷戈尔走到外面，想表示反对，但医生没给他说话的机会。

“地上人，破译室的人急召你。他们说你妹妹遇到了紧急情况。”

9

格雷戈尔衣服都没换，就急匆匆地跑了起来。地底人不会轻易说出“紧急情况”，到底发生了什么？小靴子摔跟头，弄伤了自己？吃东西噎住了？如果是真的，那为什么没把她直接送医院？莫非是其他紧急情况？很显然，她一定把其他破译者的耐心磨光了。是不是谁盛怒之下对她做了什么？也许是瑞普瑞德回来，又对她威逼恫吓，她最终情绪失控。蟑螂和蝙蝠不可能伤害她，那只田鼠身体虚弱，动都动不了。对了！还有那只绿蜘蛛！难不成他把小靴子困在网里了？格雷戈尔一直都不信任蜘蛛。他去过一次他们的地盘，差点就成了蜘蛛的盘中餐。一想到蜘蛛，他就忧心忡忡。

他在狭窄的走廊里横冲直撞，脚底下突然一滑。血！有人流血了,血迹一直延伸到破译室的门里!“小靴子!”他大惊失色。如果有人敢伤害她,哪怕只动了她一根头发,他也绝对会将对方千刀万剐。

正在他担忧的时候,小靴子像一只小麻雀飞进了走廊。“格雷——戈!格雷——戈!”她不安地喊道。

他抱起她,抚摸她的卷发,四处查找伤口,“怎么了?你还好吗?有人伤害你吗?”

“没有,我很好。快进来!进来!”小靴子拽着他的衬衣,让他赶快进去。

格雷戈尔一头雾水,立刻跨过门槛。咦?一个小女孩正蹲坐在石地板中央。居然是他的妹妹——莉兹!

“哦不!”格雷戈尔懊恼不已。他不知道她是怎么来的,也不知道她为什么来,不过他深知,现在不是问问题的时候。莉兹没流血,但她受到了伤害,恐慌症发作了。她大口喘着气,像一片风中的秋叶,颤抖得厉害,手上沁出一层细密的汗珠,仿佛水洗过一样。爸爸曾跟格雷戈尔解释过:每个人天生都有应对紧急情况的本能。如果遇到危险,本能即被触发,肾上腺素就会急剧分泌。这样,既可以帮助人体应对难关,也能让人疯狂逃离。格雷戈尔之前在博物馆时,终于意识到《时间预言》与他休戚相关,恐惧心理也曾短暂地影响到他。大多数人都会这样,但像莉兹这样的人群,并不擅长启动应激本能,有时她会为不明原因而感到害怕。一旦如此，她既不会奋起反抗，也不会立刻逃跑，而是陷入深深的恐慌状态。

今天莉兹就遇上了这样的情况。平时，只要一想到去地下王国，她就会惊恐万分。现在她真正来到了这里，面对着长相怪异的巨型生物，难免不害怕——尽管他们什么都没做，也不想吓唬她。田鼠、蝙蝠、蜘蛛待在各自的房间，缩成一团，蟑螂还拉上了窗帘。太普没走，因为他永远都不会离开小靴子，但此时他乖乖地藏在桌底。只有尼莉莎站在莉兹身边，竭力安慰莉兹，她似乎也处在崩溃边缘。

格雷戈尔放下小靴子，走到莉兹身边。“那些血是谁的？”他问尼莉莎。

“赫尔墨斯的。他把她从地上世界接来，途中遭到一群噬咬者袭击，被抓伤了。不过她没事，但我们没法让她恢复平静。”尼莉莎答道。

“是的，我明白，她有时会这样。”格雷戈尔说着，坐在莉兹身后，把她拉进怀里，温柔地抱住她，“嘿，莉兹，没事了，没事了。这儿没人会伤害你的。”

“哦，格雷戈尔！你必须……必须回家！现在就走！”莉兹终于能说话了。

“为什么？发生什么事了？”格雷戈尔问道。他心里害怕起来，到底发生了什么让莉兹克服恐惧，强迫自己来到地下王国？

“奶奶……进医院了。爸爸……又病了。我没法……没法照顾他！”莉兹悲伤地说。

“什么？可爸爸在信上说一切都好啊！”这些事是刚发生的吗？还是早就这样了，只是爸爸怕他着急，故意隐瞒？“科尔马奇夫人呢？”格雷戈尔问道。她一向善良慷慨，陪伴他们全家共度难关。

“和奶奶……在一起。她真的很累。你一定要……回家！”莉兹刚说完就吐了，吐得地板一片狼藉。

格雷戈尔边搀扶着她，边思考她话中的含义。这里的问题太多，一直占据着他的思绪，让他无暇顾及家事。奶奶进了医院，爸爸又病了，看来情况肯定糟糕透顶。

终于，莉兹停止了呕吐。格雷戈尔扶着她，走进旁边的房间。他静静地坐着，莉兹紧靠他的胸膛，瑟瑟发抖。“没事的，一切都会好起来的，莉兹。我会处理好的。”他安慰着妹妹，其实自己心里也失去了主张。

“我有……一个袋子。在我……书包里。”莉兹结结巴巴地说。

她的背包就在呕吐物旁边。“嘿，小靴子！你能把莉兹的背包拿过来吗？”格雷戈尔叫道。

“没问题。”小靴子踮起小脚跑了一会儿，把包包送了过来,“我帮你把袋子也拿出来吧!”她胖乎乎的小手指摆弄着拉链,笨拙地打开背包,拉出一个纸做的午餐袋。

格雷戈尔打开纸袋,放在莉兹面前,“呼吸,现在缓慢地做深呼吸。缓慢地深呼吸。”

这个方法奏效了。恐慌症发作的人会剧烈呼吸,身体吸入大量氧气,把一个纸袋放在面前,可以让他们多吸入二氧化碳。与此同时,格雷戈尔还揉擦着莉兹背部紧张的肌肉。在两种方法的共同作用下,她果然镇定了许多。

“没事了,莉兹,你很安全。”小靴子轻轻拍着姐姐的手,安慰道,“有我在呢。”小靴子平时无忧无虑,却也有几件烦恼事,莉兹的恐慌症就是其中之一。

尼莉莎唤进两个地底人,他们迅速清理掉脏物,又唯唯诺诺地退出。房间里的其他生物屏息凝气,连动都不敢动,他们静悄悄地等待,生怕自己的哪个动作又增加了莉兹的焦虑。

瑞普瑞德进屋时,正好看见大家都纹丝不动地待着。“发生什么了?”他的鼻子抽动起来,显然闻出了残存的呕吐物气味。接着,他的目光落在了莉兹身上,他立马也变成了一具雕像——除了轻轻摇摆的尾巴尖。他的脸上出现了一种奇异的表情,倘若一定要描述清楚,格雷戈尔会称其为“温柔”。这只老鼠的声音也温柔起来,“我都不知道我们还多了个伙伴。不过我肯定知道你是谁。你是莉兹,对不对?”莉兹把埋进袋子的脸抬了起来，打量着这只脸带伤疤的巨鼠。“你是瑞普瑞德。”她喃喃地说。

“没错！我们终于见面了，真高兴！我一直都想感谢你送我食物。那是我最快活的一天！”瑞普瑞德说。

对于瑞普瑞德的行为，格雷戈尔实在无法理解。他为什么要对莉兹那么好？他对小靴子都没这样过。

瑞普瑞德缓缓走了过来，提议道：“有时说话能缓解这种情绪。做点什么能让你分心的事吧！”

格雷戈尔惊奇地盯着他。关于恐慌症，他到底知道多少？他自己肯定没有这毛病。“我爸爸会和她做数学题。”格雷戈尔说。

“这是个好方法。”瑞普瑞德说，“八加十一是多少，莉兹？”

“十九。”莉兹答道。

“你要出难点的才行。她是个数学能手，对吧，莉兹？”格雷戈尔朝瑞普瑞德鄙视地说。他的话没错，学校的老师都自惭形秽，不知道该怎么教她才好，她的解题能力远超其他八岁的小孩。

“真的吗？”瑞普瑞德再次出题，“十二乘以十一等于多少？”

“一百三十二。”莉兹不假思索。

“再难一点。”格雷戈尔摇了摇脑袋，“她喜欢做三次方计算。”

“六的三次方是多少？”瑞普瑞德又问。

“二百一十六。”莉兹没有丝毫彷徨。

“十三呢？”瑞普瑞德再次问道。

“两千一百九十七。”莉兹立马答道。她的情绪进一步稳定下来。

“试一下三十七的立方。”一个粗哑的声音从瑞普瑞德身后传来。是海伦内安，她勉强用前腿撑起身体。

莉兹喘了一会儿气，脱口而出，“五千六百五十三。”

瑞普瑞德看着海伦内安，寻求她的证实。那只田鼠目瞪口呆，轻轻点了点头。这题答对了，连格雷戈尔也很震惊。

“没错，明显答对了。”瑞普瑞德踱起了步子——每回他一这么做，就表示在思考什么计划，“莉兹，你喜欢做谜题吗？”莉兹点点头。瑞普瑞德接着说：“解题也会让人觉得安静。哦，对了，我这儿有一道好玩的，现在就能做。你想试试吗？”

“好的。”莉兹兴致盎然地说。格雷戈尔感到，她的身体不再颤抖，还是谜题最能吸引她的注意力。那一次，她自愿留在家里陪爸爸，让他带小靴子去中央公园滑雪玩，他想送份礼物给她，最后在街边买了一本谜题书，她简直爱不释手。

瑞普瑞德换一个舒服的姿势，坐在莉兹前面，离她只有一米多远，“好吧，我们来瞧瞧。小靴子，你和太普站在一起。”

“哦，玩游戏啦！”小靴子立马激动地向太普跑去。

“现在听好了，莉兹，你坐的这个地方可以看到七种生物：两个人类，其中一个是地上人，另一个是地底人。另外，还有一只蝙蝠、一只田鼠、一只蟑螂、一只蜘蛛和一只老鼠，也就是我。我们刚吃完饭，大家都吃了自己最喜爱的食物，且没有两个生物吃的东西是一样的。我们吃的东西有鱼、奶酪、蛋糕、饼干、面包、蘑菇，和奶油酱虾。准备好听下面的线索了吗？”瑞普瑞德神秘兮兮地问。

“准备好了。”莉兹双手互握，放在身前。她已经不需要那个纸袋了。瑞普瑞德快速又清晰地说：“蝙蝠最爱的食物既不是蘑菇，也不是蛋糕；饼干不是蟑螂喜欢的食物；老鼠会吃奶酪，但今天没吃；地底人最爱的食物不是饼干，就是奶油酱虾；哺乳类动物不吃蘑菇和饼干；地上人最爱的食物不是蛋糕，就是面包。那么我的问题是，谁吃了奶酪？”

唉，这也太不公平了吧！格雷戈尔心想。他讲了那么多让人费解的话，谁能想清楚啊？不过最重要的是，此刻莉兹已经彻底归于平静。

她两眼凝望地板，双手紧握，因为用力过大，指关节都发白了。约半分钟后，她瞅着瑞普瑞德的眼睛，脸上露出胜利的微笑，自信地回答：“是你啊！”

错了！格雷戈尔心想，瑞普瑞德最爱吃的食物是泡在奶油酱汁里的大虾。

瑞普瑞德表示认可,“嗯。”他的尾巴用力一甩,发出“啪”的声响,而他说话的腔调依然漫不经心,“太普,我想你可以把小靴子带到育婴室去了,让她给田鼠宝宝喂东西吃吧。你想去吗,小靴子?”

“当然了!”小靴子兴奋极了。太普“啪嗒啪嗒”地从桌底钻出,小靴子跳到他的背上。瑞普瑞德跟着他俩,一直走出门口,并喊道:“我不喊你们,就不要回来啊!”

房间里,其他生物纷纷嘀咕起来。他们似乎放松了不少,甚至还有些振奋。蟑螂阿敏把头伸到了拱门外面,代达罗斯不停拍打着翅膀。难道是因为小靴子走了,他们才松了一口气?不,似乎还有其他原因。可到底是什么?

格雷戈尔正想着,瑞普瑞德大步跨进房间。他居然冲莉兹笑了,那笑容有些高深莫测。“原来如此,”他念叨道,“原来如此,原来如此。”他蹲坐在地,头往前一倾,优雅地鞠躬行礼,“欢迎来到地下王国,公主殿下。”

第二部分

咔哒

10

格雷戈尔听懂了瑞普瑞德的意思，感觉好像被砖块劈头盖脸地砸中。公主！那只意味着一件事：这老鼠认为，莉兹才是预言中的公主，而不是小靴子，所以现在他肯定要把她也留在这儿。“不，不行！瑞普瑞德！你不能把她留下！”他站了起来，拉起她的手向门口走去，“走吧，莉兹，我们来送你回家！”

瑞普瑞德那巨大的身体堵在门口，拦住了去路，“唉，现在我不能让你们走，太不安全了。”

“他说得没错。”代达罗斯插话道，“在途经你家台阶底部的时候，赫尔墨斯和你妹妹被老鼠袭击，现在那里一定已经被他们派兵把守了。”

“那么，她就从中央公园那个出口走。”格雷戈尔说。

“我们派不出其他飞行者来送她，就算有，我也不建议这么做。那儿说不定也安插了巡逻兵。况且，你真的想把可怜的莉兹一个人丢在中央公园下面？她怎么搬得动那块石板？又怎么一个人摸黑回家？”瑞普瑞德振振有词。

格雷戈尔完全不清楚现在是什么时候，既不知道地上时间，也不知道地下时间。但说真的，不管什么时候，他都不能让莉兹一个人去中央公园。他一定要找爸爸来接她回去。等等，那也行不通啊，爸爸又生病了。而且，如果他们没法派出蝙蝠去洗衣房通风口送信，爸爸又怎么会得到消息？现在只有一个办法能让她回家了。“我带她去。”揣度片刻后，格雷戈尔说。

“你试试看吧，你一个脚趾头刚出王之城，就会被什么不明物体打中，将被立即送回地牢。”瑞普瑞德说，“你的蝙蝠也会跟你一起倒霉。”

格雷戈尔愈发感到绝望。在这儿，莉兹怎么可能生存！他必须送她回家，可瑞普瑞德的话也很有道理。“你为什么想让她留下？说什么‘公主’不公主的鬼话？那道题她都没答对！你中午明明吃的是虾子！”

瑞普瑞德瞧瞧莉兹，翻了一个白眼，“明白了吧？过去的一年，我都在对付他这个臭毛病，努力启发他，看到了吧？”

“格雷戈尔，那只是个谜题，并不是真实发生的。”莉兹说，“在谜题里，老鼠吃的就是奶酪。”

“你怎么知道？猜的吗？”格雷戈尔问。

“不是的，答案就是这个。他说了，田鼠不吃奶酪，另两个吃蘑菇和饼干的不是哺乳动物，也就是说蜘蛛和蟑螂不吃奶酪。而奶酪也不是地上人、地底人和蝙蝠喜爱的食物。那么剩下来的就只有老鼠，明白了吗？”莉兹说。

就连她的解释，都让格雷戈尔觉得头晕。“不，我不明白，莉兹，”格雷戈尔说，“我只想把你弄回家。”

“也许她根本不想回家。”瑞普瑞德说。

“她当然想！”格雷戈尔大喊。

“我们问问她好了。”瑞普瑞德温和地说，“莉兹，如果你知道，你要是不帮地下王国的人解决一道谜题，他们就都会死，那么，你是愿意停留，还是离开？”

“什么？”莉兹马上难过起来，“真的会发生吗？”

“不要告诉她！”格雷戈尔强烈反对，“她不是公主！小靴子才是！”

“那假如公主有个姐姐，你是叫她……？”瑞普瑞德问道。

“好吧！叫她公主！”格雷戈尔说，“但那个公主的称呼，是蟑螂们捏造出来的，这儿可没人喊我王子。”

“唉，如果你是因为这个觉得烦恼的话，从今往后，你就是格雷戈尔王子了。”瑞普瑞德嘲讽地说。

“我的妈妈、妹妹，还有哥哥，”莉兹还没回答瑞普瑞德的问题，就打断了他们，“他们也会死吗？”

“即使你留下来，他们也可能死，你也会。但因为你，他们也存在活下来的可能。如果你真的是预言中所说的公主，却离开了我们，那我们就一点机会也没有了。”瑞普瑞德说，“我相信在这一点上，屋子里所有生物都是支持我的。”

“名字让人迷眼，”尼莉莎突然说，“这一句是《时间预言》里的，看来就是这个意思了。我们有一位公主，但名字不对，这就是让人迷眼的地方。真正的公主一定是你，莉兹。你就是将帮我们破解利爪密则的人。”

“那我就必须留下，格雷戈尔。”莉兹果断地说，“我不能离开，让大家丧命。”

“爸爸怎么办？”格雷戈尔担忧地问。

“我不知道，”莉兹的呼吸又开始急促了，“我不知道。”

“我会派人送钱上去，再写一张纸条说明情况。你们那位好心的科尔马奇夫人，可以雇用一个护士。你们那里有人在从事这个工作，对不对？”瑞普瑞德建议。

“既然你能把信送上去，还不如让科尔马奇夫人来中央公园接莉兹！”格雷戈尔恼羞成怒。

“可我不走了，格雷戈尔。”莉兹闷闷不乐地说，“我必须留在这儿。”她又看向瑞普瑞德，“你怎么给科尔马奇夫人传消息？用老鼠吗？让生活在地上的小老鼠送？”

“没错。终于不用老为我的行为作解释了，真是轻松不少。”瑞普瑞德长嘘一口气。

“我这就去写信，搜集一些钱。”尼莉莎说，“瑞普瑞德，你还有什么需要吗？”

尼莉莎面色苍白，皮下血管已呈紫黑色。莉兹的到来，给她带来很大压力，她快承受不住了，看起来随时都会晕倒。

“没了。”瑞普瑞德说，“去吧，去看看医生，好好休息。”

“好的。”说完，尼莉莎便扶住墙，趔趄着向门口走去，“好的。”

“尼莉莎，你今天做的贡献很大。”忽然，瑞普瑞德崇敬地说。尼莉莎点头致意。

老天啊，这家伙居然向尼莉莎表达敬意，看来他的情绪的确不错。而瑞普瑞德开心的时候，就是格雷戈尔痛苦的时候。可他也明白，此时和莉兹争吵毫无意义，因为瑞普瑞德已下定决心把她留住。

这会儿，两名地底人推着餐车走了进来，上面摆满了热气腾腾的食物。格雷戈尔这才意识到，自己早已饥肠辘辘。他自制了一个烤牛肉三明治，在里面塞满了蘑菇，接着靠墙蹲坐下来，一边喝着牛奶，一边思考起下一步计划。

莉兹肚子里也是空的，她接受瑞普瑞德的推荐，拿了一片涂了黄油的面包。“来见一见破译室的其他成员吧！”这只老鼠说。他把尾巴绕在莉兹身上，领着她在屋里走了一圈。“我知道在你看来，他们肯定都很奇怪，但请相信我，你和他们的共同之处，远比坐在那边的格雷戈尔王子多。”

“为什么？”莉兹问道，又紧张地回头扫了一眼格雷戈尔。

“因为你们的思维方式很像。”瑞普瑞德说，“哦，对了，顺便问一句，你不喜欢唱歌，是吗？”

“不怎么喜欢，我不喜欢带歌词的音乐。”莉兹撇撇嘴。

周围传来一阵如释重负的舒气声。

瑞普瑞德喜形于色，连声嚷道：“太好了，太好了。”随后，他靠在莉兹耳边，小声嘀咕起来，故意不让格雷戈尔听见，“你一定要对他们有耐心啊，他们都很害羞。”

这句提示太适合莉兹了，她自己也很害羞，最严重时甚至没法和人交流。一直以来，她在交友方面都存在很大障碍。老实说，她只有一个朋友，是一个叫耶底底亚的怪小孩。他和莉兹同校同级，也和莉兹一样，学习能力远超其他学生。他只有八岁，却能告诉你任何事物的操作原理，汽车、电话、电脑……都难不倒他。有一次，他应邀到格雷戈尔家来玩，他整整一个小时都在谈论他们家的烤箱。最后，格雷戈尔迫于无奈，把这对孩子带到游乐场，想让他们一块踢球玩。结果莉兹惶恐不安，耶底底亚却迷上了交通灯。想让他们和正常孩子一样玩耍，真的会让人绝望！另外，耶底底亚坚持用全名来称呼莉兹——伊丽莎白，其他人要是只喊他“耶底”，他就会很难过。格雷戈尔觉得，听他俩聊天，互相直呼全名，他好像碰到了一对虔诚的朝圣者。“你觉得怎么样，耶底底亚？”“我不知道，伊丽莎白。”尽管如此，全家人还是很感激耶底底亚。如果没有他，莉兹连个朋友都没有。

莉兹一想到其他破译者也很害羞，心里便多了几分勇气。在做介绍时，她向他们分别礼貌地说了声“你好”。他们应该很喜欢她，一个个都从房间里出来了。代达罗斯一马当先，拍打着翅膀飞到半空，蝙蝠果然是和人类相处最融洽的生物。阿敏慢慢地爬了出来，她是只上了年纪的蟑螂，外壳上布满滑稽的灰色斑点，由于岁数太大，走路时都能听见她的身体在“咔咔”作响。海伦内安挣扎着，拖着身体爬到莉兹面前，向她浅浅地鞠了个躬，莉兹也慎重地鞠躬还礼。雷弗雷克斯也步态优美地爬了出来，对她表示欢迎，此后又急匆匆地爬回织网。

等莉兹认识完所有生物后，瑞普瑞德把她领到那面雕刻着怪树的墙前，介绍道：“这就是树形信息图，是好多年前创造出来的，目的是让生物的远距离信息传输变得更容易。它是由人类、老鼠、田鼠、蜘蛛、蟑螂和蝙蝠一起研制的，本身就是一项了不起的成就。要知道，它是在我们极其难得的和平年代诞生的，但今天依然能使用。你先看一会儿，再告诉我它给你什么感觉。”

格雷戈尔开始仔细端详那棵树。在他眼里，他只看到了这个：

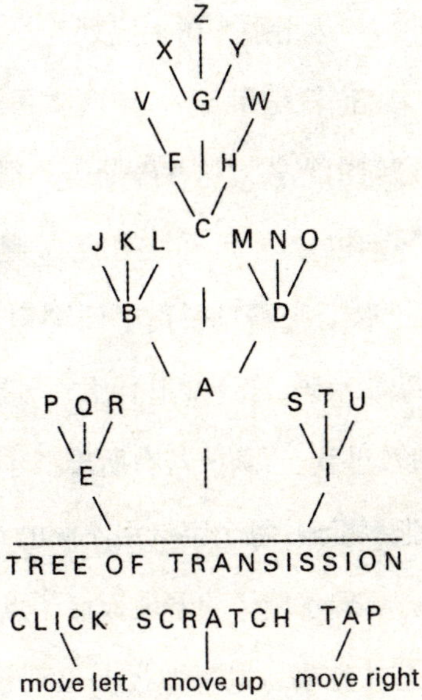

树形信息图

咔哒噌啪

向左　向上　向右

“就像一棵用字母表拼起来的圣诞树。”这是格雷戈尔的第一直觉。但他看得出来,这棵树一定和破解密码有关。

“我觉得……”莉兹犹豫地说。

“继续说,别担心会说错。”瑞普瑞德鼓励道。

“嗯,也许你使用的这些声音……咔哒、噌、啪……都是代指的字母。”莉兹说,“一声‘咔哒’是字母 E,一声‘噌’是字母A,一声‘啪’代表了字母I,对吗?”“完全正确。”瑞普瑞德说,“那如果你听见一次抓挠、两次轻敲,代表了什么?”

莉兹一边说,一边用手在树上比划着。“抓一下是A,第一次轻敲要向右转,也就是字母D,敲两次再继续往右,是字母O。”她的眼睛迸射出光芒,“这和摩斯密码很像,我们那儿发电报、传递信息,靠的也是声音,不过用的是‘嘀’‘嗒’声。”

“是的,不过摩斯密码只采用了两种声音,我们这儿用的是三种。关于摩斯密码,你还知道什么?”瑞普瑞德追问。

“爸爸以前教过我。”莉兹若有所思,“不过他用的不是树,他给我画了一张字母表,每个字母用不同的线和点来表示。”

“像这样吗?”瑞普瑞德冲着地板点了点头。

格雷戈尔这才觉察,原来地板上也刻着东西。他站起身来,一探究竟。

<table>
<tr><td>A |</td><td>H ||/</td><td>O |//</td><td>V ||\\</td></tr>
<tr><td>B |\</td><td>I /</td><td>P \\</td><td>W ||//</td></tr>
<tr><td>C ||</td><td>J |\\</td><td>Q \|</td><td>X |||\</td></tr>
<tr><td>D |/</td><td>K |\|</td><td>R \/</td><td>Y |||/</td></tr>
<tr><td>E \</td><td>L |\/</td><td>S /\</td><td>Z ||||</td></tr>
<tr><td>F ||\</td><td>M |/\</td><td>T /|</td><td></td></tr>
<tr><td>G |||</td><td>N |/|</td><td>U //</td><td></td></tr>
</table>

“没错,这和摩斯密码表很像。”莉兹领悟道,“看来,这是树形信息图的另一种表达方式。”

“又说对了。”瑞普瑞德说,“有人觉得,这张图是个极佳的学习工具。当然了，要想学到最好，还得去听那些声音。噌——噌——咔哒。啪——啪——噌。将不同声音组合起来，信息就能传递出去。”格雷戈尔也听过爸爸的摩斯密码课，是有点意思，但他并没有真正听进去。莉兹倒是很感兴趣，总想让他也掌握，好方便传递信息。而到现在，他唯一能记住的是“SOS”的代码，万一在船上，或在其他情况下被困住，就可以用这个代码来呼救：嘀——嘀——嘀——嗒——嗒——嗒——嘀——嘀——嘀。发送时，声音之间不需停顿，也能代表这是三个不同的字母，SOS。莉兹费尽心思，让格雷戈尔记住了这串代码。她在卧室的墙上敲打这串声音，吃饭时用餐叉敲击，甚至用手电筒练习：光快速闪动时，代表“嘀”，慢则代表“嗒”。格雷戈尔不胜其烦，只好赶快逃走。有时候，莉兹会不知疲倦地拉他练习五个小时，好像老师没给他布置家庭作业似的。

“那么，你们已经知道了这套密码的原理，还有什么问题？”格雷戈尔说。

“这不是密码，格雷戈尔。这只是发送信息的方式。就好像你拿起电话，开始说话一样。”莉兹说，“所有人都能明白你在说什么。”

“你以前也听过，老鼠用爪子弄出各种声音：噌噌噌，啪啪啪，咔哒咔哒。”瑞普瑞德提醒。

格雷戈尔想起在燃火地的岩洞里，有天晚上他被这种声音吵醒了，瑞普瑞德说没什么，让他继续睡觉。“在山洞里听过。”他说。

“没错，在山洞里听过。老鼠觉得，发出那些信息没有任何危险。但那些信息不是靠密码来传递的。”瑞普瑞德说，“可现在不同了，我们已经全面开战，所有的信息都被加密了。”他走到桌前，扯出一条盖满鸡爪印的白布，用力挥了挥，“这套密则！他们的利爪密则！也就是《时间预言》里提到的密则！我们需要莉兹帮忙破译的就是这个！”

格雷戈尔终于懂了。咔哒、噌噌、啪啪，这些声音都不是密码，它们的含义就像字母 ABC 一样简单。现在的问题是，老鼠发出的信息都根据密码编成，而在人类眼里都是杂乱无章的。A 代表的可能是 B、Q，甚至是 V，一切都取决于利爪密则。

莉兹取过一块白布，坐在地上研究着那些字母，“这是一种密码文字吗？一个字母其实代表的是另一个字母？”

“也不完全这样，”海伦内安爬到莉兹身边，“如果是普通的密码文字，用不了几分钟，我们就能破译。这里面另有玄机。”

“里面运用了一个把戏，让这套密则更加复杂。好像是某种替代法。”代达罗斯说。

“还没找到，我们，还没找到。”阿敏也爬了过来，浑身嘎吱嘎吱直响。

“我们没有多少时间了。嘀嗒、嘀嗒、嘀嗒……”瑞普瑞德沮丧地摇摇头，“哦，我又饿了。”他走到餐桌旁，往嘴里塞了一整块烤鸡。

“你拿到我帮忙做的饼干了吗？”莉兹头也不抬地问道。

“没，我没拿到。”瑞普瑞德怒气冲冲地瞪视格雷戈尔，“我的饼干呢？”

“在我背包里，应该还在医院。我曾经带到过战场。抱歉，我当时找不到合适的机会把它给你。”格雷戈尔说，“你想让我现在去拿吗？”

“对。我还是和你一起去吧，免得你又惹是生非。我会确保把纸条送到你父亲手里。”瑞普瑞德说着，用尾尖轻轻碰了碰莉兹的头，“你在这儿没事吧？”

“什么？”莉兹把注意力从字母里拔出来，“哦，我想是的。”

“好，我一会儿回来。”瑞普瑞德说。

格雷戈尔在门口站了片刻，再三确认莉兹不会突然失常，这才放心离开。她正聚精会神地和其他生物讨论字母排序问题，就连雷弗雷克斯也冒险出来加入了他们。那画面真的很温暖，所有生物都坐在地上。外人看着也许会觉得恐怖，但其中的温暖只有他们明白。

直到他们走到僻静处，瑞普瑞德才开始说话，他的声音里透着古怪，“听着，这次不要和我对着干。让她留下，我们都需要她破译密则，这是拯救所有你爱的人的唯一办法。”

“她也是我爱的人，是我的妹妹。她真的很聪明，但并不坚强。”格雷戈尔说，“她不像你，待在地底也能生存。”

“我明白。”瑞普瑞德叹了一口气，“我明白。但索罗维特应该知道她来了，说不定已经宣布战争期间不许她离开。战争结束后，又会怎么样？”

“那时候就不是我的问题了。我可以自己带她回家——”格雷戈尔突然顿住，他记起了《时间预言》的内容。

“当勇士横遭屠戮”

到时候，他根本没办法带任何人走。“趁我还有这个能力，不管用什么办法，我都必须赶快送莉兹回家。还有小靴子、我妈妈。”格雷戈尔说这番话时，更像是自言自语。

“你不会的，没人能做得到。但如果现在你顺从地让她留下，我发誓，战争结束后，一定会把她们三个人都送回家。”瑞普瑞德说。

“不。”格雷戈尔生气地说，“这是什么交易？战争结束了，再也没有把她们扣留的理由了啊！”

“孩子，仔细想想。如果我们赢得战争，到时候一切就都由索罗维特做主了。你认为她真的会让她们回家吗？”他压低嗓音，附耳私语道，“索罗维特早就跟我说过，如果小靴子在她手上，那蟑螂就站在她那边；如果莉兹如我所想，是……唉，如果真是那样，那她也是无价之宝。你爸爸会来找她们，你们一家就都成了她的囚犯，一辈子被困在这儿。只有我，能帮助你！”

这是格雷戈尔从未考虑过的一面。他顿时心生恐惧，惟恐一家人永远被困于地底。瑞普瑞德这话一说出口，格雷戈尔就明白，现在不仅存在这个可能，而且发生的概率很大。“我怎样才能知道我可以信任你？”格雷戈尔疑惑地问。

“我向你保证。”瑞普瑞德信誓旦旦。

“以老鼠的身份吗？”格雷戈尔苦涩地问。

“以愤怒者的身份。”瑞普瑞德严肃地说，“一个愤怒者，向另一个愤怒者庄严承诺：我一定会送他们回家。”

格雷戈尔思忖着，是否能信任一个愤怒者的话。就在这时，战斗的号角吹响了。瑞普瑞德头一歪，仔细聆听起号角的节奏。“老鼠正向王之城北墙袭来，就快到农田了。”

格雷戈尔随时会被召唤出去，可能再也无法回来。到时候又将发生什么？

“你到底怎么想的，地上人格雷戈尔？我们说定了吗？”瑞普瑞德问。

现在除了信任，别无选择。“好！”格雷戈尔大声说。

“好极了。现在去给自己找副盔甲吧！”瑞普瑞德说，“战场上见。”

11

这次谈话让格雷戈尔的身体愈发沉重。尽管在博物馆时，他已清醒地意识到自己将来会死，但此后却再也没想过这个问题。他选择否认、躲避，一头扎入现实，不再思考未来；更准确地说，他根本就没有未来，也没有办法拥有未来。有时——比如现在，残酷的事实迎面扑来，狠狠地扇了他一巴掌。现在什么也做不了，只能继续向前，等待那一时刻的到来。

格雷戈尔在走廊里穿梭着，看到周围人的面部表情决绝而悲怆。战争就在眼皮底下进行着。他想，王之城的人不需要预言就知道自己很可能战死沙场，他们担心家人和朋友。与这些怀揣同样情感的人相比，格雷戈尔显得更加形单影只。他觉得特别孤单，心里也更加难受。

他不确定该去哪儿找盔甲，随即转念一想，这儿有一间武器库，也许能找得到。到达目的地后，他发现武器库里人头攒动，大家都在整理装备。里面很挤，一名老妇人却一眼就发现了他，她拿着卷尺走到他身边。

“是来找保护盔甲的吧？”她问。格雷戈尔点点头。“我叫米拉维特，让我来帮你吧！”她拉开卷尺，迅速量了一遍他的身材尺寸，一阵风似的完成了这套动作，“你怎么打仗？凭一把剑？右手持剑？”

“没错。”格雷戈尔想，难道还有其他选择吗？

“那左手干吗？”她又问。

“什么都不做。有时侯我在这儿绑一个光源，帮助我看清东西。”格雷戈尔指了指前臂。

“就这样？”米拉维特略带失望，打量了一番他的前臂，她好像觉得远远不够。她领着格雷戈尔走到一面墙前，上面挂满了胸甲。“这是保护前胸用的。”她从墙上选取了一副擦得极亮的胸甲，它的制作材料为银和珍珠母。

她正把胸甲放在他胸前比划着，一个声音蓦地从他身后传来，“不，米拉维特，我希望他全身都披挂黑色。”

格雷戈尔不用转身就知道来者是索罗维特。一想到又要见到她，他不由得咬紧了牙关。

“为什么？”米拉维特皱着眉头问道。她居然没有立刻听从

索罗维特的命令！格雷戈尔一下子就喜欢上了她。

“能让他和飞行者隐成一体，给人以黑暗的感觉。”索罗维特说。

“噬咬者可不会对黑暗的感觉有什么想法。”米拉维特依然执拗地举着那副胸甲。

“他们不会，但人类会。黑暗意味着最后期限的降临和无限力量，会给追随他的人类莫大的信心。”索罗维特固执地说。

“好吧，如你所愿。”米拉维特妥协了。她将手中的胸甲重新挂回墙上，又另选了一块胸甲。它由黑色金属和乌亮贝壳做成。“这个呢？”

“还不错。”索罗维特说。于是，米拉维特给格雷戈尔换上黑衬衣、黑长裤，又为他披上胸甲和其他装备。索罗维特就站在一旁沉默地观看。这些东西加在一起也不重，他最不需要会拖慢速度的累赘物。

一个头盔罩在格雷戈尔的头上。他看了一眼镜中的自己：从头到脚都暗如黑夜。“好极了，我成了以前我想变成的坏家伙。”他想。以后他要和灾星面对面地打斗，灾星的皮毛洁如白雪，亮得能刺伤人眼，而他的黑色装扮同样不俗，或许能带来意想不到的威慑力。如果把这一切拍成电影，他肯定是观众深恶痛绝的大反派。不过，从另一方面来说……另一方面……穿成黑色的确能给人平添几分力量，这点格雷戈尔也无法否认，而且他看起来还是挺酷的。

米拉维特望着他，摇了摇头，“他还只是个孩子，这么穿并不合适。他看上去不够镇定，还不能穿这个颜色。”

格雷戈尔不大明白她话里的含义，难道说的是他表情不够冷酷吗？

“他以后就会了。”索罗维特说，“跟我来，格雷戈尔。”

他们一离开武器库，她就补充道：“我妹妹是装备专家，却不懂心理学。”她妹妹？索罗维特，米拉维特，这两个名字的确有相似之处，也解释了米拉维特为什么敢反对索罗维特。

“说到姐妹问题……我听说，你又有一个妹妹加入了我们。”索罗维特说，“跟我说说她的名字吧！”

走廊里空旷而安静，只剩他俩往前行走。格雷戈尔觉得，没必要不回答她，也不需要在这事上大做文章。他不想又被关回地牢，尤其是他现在要留神莉兹、小靴子和妈妈。

“莉兹。”他答道。

“她留下来，你有什么问题吗？”索罗维特说。

他当然有问题，而且是一大把！但不久前，他刚和瑞普瑞德达成了一致，让莉兹待在这儿破译密码，于是他不情愿地说：“只要她是破译密则的人，就没问题。”

“那要走着瞧。反正我坚信，小靴子不是解开问题的钥匙。”说完，他俩沉默地走了好一会儿。索罗维特突然又开口说道:“我把你投进地牢,也许的确有点过分。可现在你是我们军队的一份子,从本质上来说,你的确违背了我的命令。在军队里,首领给其他人下达指令,如果他们不遵守,那一定会引来混乱。这就是保持严明纪律的重要性所在。如果纪律混乱,一切都会泡汤。”

格雷戈尔思考起她的这番话。他想,也许这儿的确需要一个制定全盘计划的人,更关键的是,还要有信得过、能执行计划的人。

“你能遵守命令吗?”她问。

也许可以,也许不行。格雷戈尔暗想,到底该怎么做,得取决于具体情况。比如,如果索罗维特命令他制造瘟疫病毒,他就永远都不会听从。心里虽然是这么想的,他嘴上却说:“好像我一直都在听瑞普瑞德的话。”

“好吧,那我们就看看,今天你能不能听从我的命令!”索罗维特说。

当他俩到达圣殿时,索罗维特的结合艾杰克斯正等候在那儿。格雷戈尔以前也见过他,不过仅此而已。这只蝙蝠体型颇大,是同类中的巨兽,一身皮毛好像凝固的血液。有一回,格雷戈尔问阿瑞斯他对艾杰克斯的看法。“我不在乎他,其他蝙蝠也是如此。当然了,在乎我的更少。”听了这话,格雷戈尔对他就没有成见了。

格雷戈尔和索罗维特飞出宫殿，飞过城市边缘的高墙，一路向北，越过农田上空。似乎王之城的人都来到了田地，正以疯狂的速度干活。“这就是我们的应对策略。假如噬咬者逼近，我们要么尽力收割，要么赶快把庄稼摧毁，绝对不能给他们遗留任何食物。”索罗维特说。

农田一直延伸到另一堵城墙。这面墙不如王之城的高大，却更加厚实，超过三米半，简直固若金汤。墙头满是全副武装的士兵，跨坐在各自的蝙蝠上。城墙中间有一块空地，显然是给指挥官预留的。

艾杰克斯在空地着陆，格雷戈尔这才看清城外的大洞穴。之前他从这儿飞过好几次，都因为太黑，什么也没看清。这次人类提前做好准备工作，就像上次在燃火地一样，洞穴崖壁间布满燃烧的火把，以便随时开战。

火光熊熊，格雷戈尔发现战事还未打响，成百上千只老鼠已聚集在墙外。他们并未像原来那样挤作一团，而是排成整齐的队伍，除了偶尔动动尾巴、耳朵，一直在安静地等待号令。在他们头顶，人类骑在蝙蝠身上，正以十字图形飞翔。索罗维特一来，几只蝙蝠立刻从空中降落，向她汇报老鼠的数量、最新动态，以及目前坐镇指挥的将军是谁。

阿瑞斯很快载着瑞普瑞德飞了过来。这家伙看到格雷戈尔的装扮，就哈哈大笑起来，“哦，你在演戏吗？”

“是我亲自给他选的盔甲。”索罗维特微微一笑，“你觉得不好吗？”

瑞普瑞德冷嘲热讽，“他看起来好像棋盘上的黑武士刚摔下来！”旁边的几名士兵竭力抑制笑意，憋得捂住了自己的嘴巴。“你喜欢这装束吗？”他围着格雷戈尔转起了圈圈。

说老实话，直到瑞普瑞德嘲笑他前，他对自己的样貌还是满意的。“我管什么？我又不用盯着自己看。”他气呼呼地说。

“你是不用，可我们其他人没办法不看啊！”瑞普瑞德说。然后这只老鼠似乎忘记了他，聚精会神地和索罗维特召开起战事会议。

“田鼠们转移得怎么样了？”格雷戈尔问阿瑞斯。

“差不多了。燃火地还有很多啮啃者急需转移。”阿瑞斯说，“不过留在后面的都身强体壮。”

“你还好吧？”格雷戈尔问。

“有点累，你呢？”阿瑞斯说。

“哦，我好极了。索罗维特先让我在地牢里待了几天。后来我妹妹莉兹突然来了，瑞普瑞德认定她就是密则破译者。而现在，我看起来就像一个傻瓜。”格雷戈尔抱怨道。

“你看起来很好，黑色挺适合你。”阿瑞斯说。

“管他呢。”格雷戈尔说，“卢克萨好转了不少。我去探望过她，大概就待了半分钟。”

“他们不许我去看欧若拉和奈克。不过医生都说，他们恢复得不错。”阿瑞斯说。

“老天啊，我还没机会去看霍华德。”格雷戈尔突然很内疚，他一直担心卢克萨，居然把朋友们抛之脑后。

“他也恢复了不少。”阿瑞斯说。

他们盯着排列有序的鼠群看了一会儿，格雷戈尔问道：“为什么我们还不开战？”他有点不耐烦了，迫不及待地想上阵杀敌。

“索罗维特还在估量老鼠的情况，思考应对的策略。地下王国的战役主要以两种形式展开：第一种是突然袭击，在这种情况下，我们为了自我保护，立即展开反击；第二种是决战，两支军队在指定时间，在战场上集合。现在，我们面临的就是大决战。”

格雷戈尔想起有关古代战役的电影：两军将士在战场上列队，等一方率先发起进攻。今天的作战方式似乎对敌我双方都没有益处：人类有充分时间安排战略战术，不过他们必须离开坚固的城墙，才能将计划付诸实践；老鼠不用攻城，并很有可能削弱人类军队的力量，但这样也会让他们处于易受攻击的境地。双方各有优劣，或许这就是他们都同意决战的原因。

尽管如此，从目前情况来看，似乎还是人类略占上风。“我也不懂，但我觉得坐在这儿进行防守战，似乎是更好的选择。”

格雷戈尔怀疑地说。

“如果那样做，就必须忍受一帮老鼠围在城外的事实。”阿瑞斯摇了摇头。

格雷戈尔注意到，索罗维特和瑞普瑞德正看着他，低声讨论什么。紧接着，索罗维特走到他身边，冷静地说：“格雷戈尔、阿瑞斯，我们将把你们安排在发起二次攻击时的右五位置。这是瑞普瑞德的建议。我从没看过你打仗的样子，所以只有同意他的提议。”

索罗维特说得没错，她的确从未见过他战斗。他初到地下王国时，连把剑都没有。等他踏上刺杀灾星的旅程时，索罗维特也没和他们一起出发。后来，索罗维特本想加入丛林之旅，找到瘟疫病毒解药，但哈姆内特说，如果想要他做导游，她就不能去，并因此严词拒绝了她。当他从丛林回来，索罗维特因制造瘟疫病毒的罪名被暂时关押了起来。因此，无论是他参加战役，还是平日进行训练，她都没有机会目睹。好了，现在他可以向她展示本领了。也许等她意识到他是个好战士后，他就会令她望而却步。

二次攻击时的右五位置？他完全不懂她的安排是什么意思，但它对阿瑞斯来说似乎意义重大。大家开始各就各位，阿瑞斯直接飞到墙边，看来那是他们指定的战斗点。这儿共有三排士兵，都骑在各自的蝙蝠上，他们位于第二排。他很不开心地发现，马库斯和霍雷肖在自己身旁落位，一左一右地夹着他。“好极了。”他心中讥讽道，“都到这个时候了，她还给我安插保镖。”尽管心怀不满，但他还是血脉贲张，盼望擂鼓开战。他的生活一团糟，充满压抑和困惑。而打仗时，他至少知道自己在做什么，在那一段时间里，他可以暂时忘记烦恼。

世界一片宁静，而空气似乎在颤抖。忽然间，索罗维特低声说道：“行动。”

第一波蝙蝠起飞了。老鼠们接连跳起，纷纷磨拳擦掌。战争还未打响，格雷戈尔就感到阿瑞斯跃跃欲试，随时准备飞向长空。他们不再像上次那样盘旋犹疑，选择目标，而是紧随蝙蝠大军，整齐划一地向前飞去。

一场决战拉开了序幕，现在对格雷戈尔来说，打仗成了他的第二本能。愤怒者的情绪席卷全身，阿瑞斯把他送到哪儿，他就打到哪儿。在这个地方，他们的机动灵活性远不如在燃火地：洞顶也没有那么高，老鼠也排成了紧凑的队伍。他没觉得这是个大问题，可阿瑞斯的情况就不一样了。蝙蝠的翅膀很长，每回一往低空飞行，就会落入老鼠的攻击范围。即使他把剑抡圆，也没法保护阿瑞斯的全部翅膀。

此刻，老鼠们决心干掉阿瑞斯，这种企图远比消灭格雷戈尔要大。没过多久，他俩从两只老鼠中间飞过，他们便直接攻击阿瑞斯的翅膀。阿瑞斯躲了过去，但第三只老鼠猛然杀出，一爪刺进他尾部精细的皮肤，割开一条长长的伤口。

“你还好吧？”格雷戈尔大吼着问道。

“没事，以后可以缝合。”阿瑞斯说，“不会对飞行造成多大影响。”

“好，我们去把伤害你的老鼠揪出来。”格雷戈尔说。

就在他们准备再次俯冲时，一名地底人飞了上来，命令他们退回城墙。格雷戈尔想抗议，但阿瑞斯乖乖听命，立马往回飞去。他想也许这命令自有它的道理，况且他也必须向索罗维特证明，他已经学会了听从命令。不过，等他们落地后，他当着索罗维特、艾杰克斯和瑞普瑞德的面，还是忍不住发起牢骚，“他没事，只是割伤而已。”

“下来。”索罗维特说，接着又命令一名士兵，“给珀迪塔和马雷斯发信号。”格雷戈尔从阿瑞斯背上滑落，心里充满困惑。假如她担忧阿瑞斯的伤势，当务之急应该是直接送他去医院，完全用不着马雷斯和珀迪塔啊！

珀迪塔从战场上飞回，落在城墙上，马雷斯也不知从哪儿冒了出来。他的一条腿没了，如今已不能亲临沙场。格雷戈尔想，他和索罗维特在战事指挥中心合作密切，现在的角色应该是将军吧。

格雷戈尔本以为索罗维特会赞扬自己，而事实上却完全不是这么回事，她的言语让他震惊不已，“他根本就没做好参战准备。我说这话不是想批评他。我也知道,你和他在一起的时间不长,可是马雷斯,他的左侧实在太弱了,明眼人都看得出来。我们能想个办法,给他加强防备吗?”

“可以。”马雷斯答道,“两把剑应该不行,他惯用右手使剑。”

“你就加把短剑吧!”索罗维特说,“多一个武器,多一种进攻选择。珀迪塔,你来负责解决这个问题。”

“是,索罗维特。”珀迪塔应道。

“现在我不敢冒险让他一个人地面作战。他会愤怒者的旋转攻击吗?”索罗维特问。

“就算会,我也没见过。”瑞普瑞德说,“他主要靠神经调节,也很容易分心……”

“我会旋转攻击!”格雷戈尔抗议,“在丛林时,我就是靠这招打退毒蛇的,后来我们才逃了出去!”

“嗯。”瑞普瑞德半信半疑地说,“你能控制住自己吗?”

“是的。至少……嗯,就是到最后我有点头晕。”格雷戈尔坦言。今年以来,这可是他最轻描淡写的话。当时,他完全失控,卷进了丛林的青藤里,吐得一塌糊涂。他没法爬到阿瑞斯背上,那股晕劲过了好久才得以缓解。

“瑞普瑞德?”索罗维特喊道,“听起来,这应该是你擅长的领域。”

“我身上的事已经够多了。”这只老鼠有些抵触。

“你对阿瑞斯有什么看法？”索罗维特转过身，问艾杰克斯。

“考虑到他的翅膀面积，他的行为太过鲁莽，动作幅度太大，以为自己只有目前身型的一半。只有这么一处割伤，已经算他走运了。”艾杰克斯苦涩地说。

“不是这样的！”格雷戈尔赶紧为阿瑞斯辩护，“你们真应该看看他在燃火地时的样子。”

“燃火地空间大，但平时作战，很少能碰到那种情况。”瑞普瑞德说，“你也不要太敏感，我们只是在想办法，保你们这对结合活命。”

“我该给他什么类型的短剑？”珀迪塔问。

索罗维特凝视了一会儿格雷戈尔，随后从腰带上抽出一把短剑，把剑柄那端递了过去：“拿这个吧。”

那支剑精美绝伦，手柄处由璀璨的红宝石做成，剑锋更是光滑而强韧。他从其他人的表情可以看出，她赠送宝剑的事史无前例。

“我不能收，它是你的。”格雷戈尔表面推脱，内心其实很想要。如果他们真的要硬塞给他一把短剑，那他肯定最想要这把。

“我已经很少亲自打仗，再不用，这把剑就锈坏了。”索罗维特说。

“拿着吧，为你的整体形象加点分。”瑞普瑞德俏皮地说。

“谢谢。”格雷戈尔握紧剑柄，情不自禁地用短剑碰触长剑。两剑相交，发出悦耳的金属碰撞声。他仔细检查了一番，两把剑完美无瑕，连一丝磨损也没有。这把短剑堪称一流，强度可与他的宝剑媲美。索罗维特居然舍得赠出这样的宝贝，他不由得对她多了一丝好感，只是那感觉稍纵即逝。

“我们能回去了吗？”格雷戈尔将短剑插入右臀处的剑带，那动作如行云流水，他迫不及待地想试一试新武器。

“你们俩？算了吧！”索罗维特答道，语气间透露出不屑，“我要把你们俩都送回去，重新接受训练。”

12

起初，格雷戈尔以为她在开玩笑，可转念一想，她根本就不是会拿他开玩笑的人。她说要他去参加训练，那他就必须去训练。格雷戈尔努力控制着脾气，只是他离开战场还没几分钟，愤怒者的状态还残留在体内。索罗维特的命令无疑羞辱了他，让他的心一阵阵刺痛。“你疯了！那儿需要我！你需要我！”他大吼道。

索罗维特眉毛一挑，“我们和噬咬者斗了几百年，我想缺了没受训过的小男孩，我们也能应付过去。”

“哎，那可是新闻。”格雷戈尔轻蔑地说，“自打我到这个地方，你总是哪儿最危险，就把我往哪儿送。”

“可你那糟糕的格斗技巧总是吓我们一跳。”索罗维特说。

“我可以战斗！你问问瑞普瑞德！在燃火地，他把我安排在最前线！”格雷戈尔反驳道。

“唉，当时我必须派人看着你啊！我当时想，把你夹在珀迪塔和我之间，说不定你还能活着回来。”瑞普瑞德耸耸肩，“你不要以为打仗是一件轻而易举的事。”

“什么？你在撒谎！”格雷戈尔大喝。这臭老鼠太可恶了，居然把派他上前线说成是一种保护，实在让人怒不可遏。他一把扯掉头盔，刚准备向瑞普瑞德的脸扔去，眼角却恰好瞥见珀迪塔轻轻摇了摇头，动作小得几乎察觉不到。格雷戈尔立马改变主意，他也不知道为什么——大概是出于对珀迪塔的尊重吧，头盔最后被他夹在胳膊下。周围的人都在密切关注他，他必须整理好情绪，控制住脾气。他深深地吸了一口气，强压住心头怒火，“好吧！训练课什么时候开始？”

“你马上就会被送过去。”索罗维特说。格雷戈尔微微点头，爬回阿瑞斯背上。当阿瑞斯向城里飞去，格雷戈尔正好听见索罗维特笑道：“你看，现在换谁在疏远他了？”瑞普瑞德也轻轻笑了，“他这钩上得倒挺快。”

格雷戈尔很想回到战场，痛骂瑞普瑞德一顿，怪他不该这样考验自己。他已经知道，瑞普瑞德这么做，只是为了测试他能否保持头脑清醒、遵守命令，而他差不多完全失败了。

“我当时真该闭嘴。”格雷戈尔后悔地说。他刚才的行为，更加证明他很难服从命令。

“做到很难，尤其当时他们还在挑衅你。”阿瑞斯闷闷不乐地说，“其实我也花了很久才学会……像你说的……学会闭嘴。”

回到王之城，他们去医院报道，医生缝合了阿瑞斯的翅膀。格雷戈尔身上未添新伤，只是腿肚子上的缝合线再次崩开，伤口处的包扎绷带也脱落了。医生先打发他去泡了澡，这次换了一种散发苦味的药水，接着将他的伤口重新缝好。他卸掉盔甲，换上新衣，又把剑带系在身上。弄完这些后，他和阿瑞斯就可以走了。

“我必须睡觉。”阿瑞斯说，“我在燃火地和王之城来回飞了多次，都快累死了。”

格雷戈尔本来准备去看一看妹妹们，却又想到自己已经在医院，卢克萨说不定也醒了，上次的探视时间还剩四分钟，所以他放弃了先前的这个念头。走着走着，他突然觉得一切都不重要了，他此刻最想见的人就是妈妈，对妈妈的思念瞬间如潮水汹涌而至。

医生允许格雷戈尔进入病房，但警告他，千万不要让妈妈难受。妈妈正躺在床上，枕头把她稍稍垫高了一些，她的眼睛还睁着。格雷戈尔瞅了一眼，就知道妈妈的高烧已经退去，不过她还是很累。他拉过一把椅子，坐在病床前，抓住妈妈的手。

“嘿，妈妈。”他激动地叫道。

“嘿。我刚刚还在想，到底什么时候才能再见到你。”她说。

“抱歉，最近发生的事太多了。”格雷戈尔说。他没法告诉妈妈到底发生了什么，更不知道该从哪里说起。此外，医生嘱咐了，不能让妈妈难受。于是他趴在床边，不想作任何解释，只是安静地享受母亲的慈爱。妈妈用手轻抚他的头发，他缠绕如乱麻的心结——那些愤怒、恐惧、耻辱和绝望，被一一解开。他想永远待在妈妈身边，做一个乖巧的孩子，让她安慰呵护自己，只要妈妈在，一切就都会好起来。

“我听说战争已经开始。有时还看见别人抬着伤员，从我的病房外经过。你不想跟我说说吗？”妈妈问道。

格雷戈尔头也不抬，轻轻地摇起脑袋。

“我不能逼你说什么，这我知道。”妈妈捏着格雷戈尔的后颈，有些无奈地说，“那就跟我说说，家里现在怎么样了？”

所有人都身陷泥淖：奶奶在医院；爸爸旧病复发；妈妈躺在病床上，虚弱得没法起身；莉兹受困在破译室；小靴子在照料生病的田鼠孤儿；格雷戈尔注定要死。

虽然情况不如意，但他依旧抬起头，故作轻松地说：“大家都还撑着呢，妈妈。”

“好啊！我现在也只能信任你了，格雷戈尔。你觉得怎么做是对的，就去帮我们做吧！”妈妈鼓励他，“我爱你，宝贝！”

“我也爱你。”格雷戈尔有些激动,“你该睡觉啦！”他亲吻妈妈的额头，然后匆匆离开病房，因为他怕自己会忍不住崩溃,把实情都告诉她。

格雷戈尔迫切地想找一个人,卸下厚厚的伪装,向对方尽情倾诉。他径直向卢克萨的房间走去,不停地纠缠医生,他们总算同意放他进去,只是探视时间依旧很短。他们让他用消毒液洗手,不过这次他已经不用戴面罩了。六个小时以前,他来看望过卢克萨,现在她明显好转了许多。病房里雾气缭绕,她依然有些气喘,但已能依靠一堆枕头坐起来。她腿上搁着一个餐盘,里面盛满肉汤、布丁,还有看起来像土豆泥一样的东西。她用餐叉把土豆泥弄成一座小塔，这行为简直和格雷戈尔的妹妹一样。她一看见他,脸上立马光彩四溢,他也感到心头的阴霾瞬间消散。

“嗯……中饭吃的什么？看起来很好吃啊！”格雷戈尔说。

卢克萨瞧瞧餐盘，皱起了眉头,“这东西只能用来砌大楼吧！我嗓子还疼,所有喜欢吃的东西现在都不能吃。”

“所有人都喜欢布丁。”格雷戈尔说。他舀起一勺布丁,递到卢克萨嘴边。她顺从地吃进嘴里,痛苦地吞咽着。

“唉——”她发出难受的叹息。突然,她发现了插在他剑带上的短剑,不由得睁大了双眸。“你做了什么？她居然给你这个？你把索罗维特杀了吗？”

“没有，是她给我的。”格雷戈尔说。

“哦，我恨你！以前，我想拿一下她都不肯。”卢克萨嗔怪道。

格雷戈尔抽出短剑，递给她，“别客气，随便看。”

卢克萨翻来覆去地把玩，欣赏着这精美的武器，“你现在成什么了？她的爱将吗？”

“哦，是啊！她给我穿上一身愚蠢的黑色盔甲，又把我从战场上赶走，非要我再去学习战斗技巧才行。”格雷戈尔不满地说。

“你又回来接受训练了？我想告诉你，不要觉得她是在针对你，她一直都是这样做的。”卢克萨说。

“真的吗？”格雷戈尔不解。

“当然了。在她眼里，所有人都不够好。她要是能确定瑞普瑞德不会吃她，连他都会成为她的打击对象。”卢克萨说。

这话让格雷戈尔好受许多，看来重新受训也没什么大不了，况且如果他此刻在打仗，就没机会和卢克萨相见了。“你还要在医院待多久？”

“我现在就应该出院。”卢克萨不高兴地说，“他们已经让霍华德出去了，他还在给别人看病呢。”

“你的病情比他严重。”格雷戈尔说。

“我觉得这不重要，反正不管我在哪儿，他们都不会让我自由做事的。现在我已经回来了，索罗维特一定会派人二十四小时监视我。”卢克萨说，“他们居然没给你派保镖，我都有点吃惊。”

“胡说！她给我安排过两个保镖，像鬼一样缠着我。”格雷戈尔说。

“你是怎么摆脱他们的？”卢克萨诧异地问。

格雷戈尔一下子面红耳赤，这问题他还没想好答案。他可不能脱口而出，直接说“哦，因为索罗维特知道我已经爱上你了”。他最好还是开动脑筋，找一个别的理由吧。“嗯……我想是因为，我的两个妹妹和妈妈都在这儿了……你真应该多吃点东西！”

卢克萨又努力咽了两勺布丁。“马雷斯说，你妹妹莉兹也准备留下来。”

“是啊，瑞普瑞德觉得她是破译密则的人。他们让她待在一间屋子里，墙壁上画着一棵怪树。”格雷戈尔说。

“树形信息图。亨利和我必须学习那上面的内容，太可怕了！我们的老师是个啮啃者，大概有一千岁！他让我们俩一连几小时只许用那种方法传递信息。”卢克萨笑了，“有一天，亨利写了‘救救我，我快无聊死了’，啮啃者老师发现后，就再也不愿做我们的老师了。”

格雷戈尔也笑了，然而在这笑声背后，他感觉有些不舒服，因为无论何时，她都忘不了亨利。亨利和卢克萨、阿瑞斯曾经很亲密，后来他背叛了大家，坠入万丈悬崖，粉身碎骨。

“感觉那时候，离我好像有一辈子那么遥远。”卢克萨低声说。

“这里的一切都变得特别快。”格雷戈尔说。

“是的。”卢克萨用餐叉搅动着土豆泥，“看看你我就知道了。”

这会儿，一股强烈的冲动撞击着格雷戈尔的心：现在正是表白的好时机，要说得严肃一点，以后也许就没这样的机会了。谁知道他还能活多久？再多活一天？一个星期？可不知怎么的，他怎么也说不出话来。两人陷入了沉默，他仿佛听见宝贵的时间在流逝。

嘀嗒、嘀嗒、嘀嗒、嘀嗒、嘀嗒、嘀嗒、嘀嗒、嘀嗒、嘀嗒、嘀嗒、嘀嗒、嘀嗒、嘀嗒、嘀嗒、嘀嗒……

有人出现在了病房门口，“地上人，竞技场有人召唤你去参加训练。”

“好的。”格雷戈尔答应道。

“别忘了你的短剑。”卢克萨将武器递还给他。

他接过短剑，插回剑带，他从她的声音里听出了失望。她也知道，他俩以后在一起的时间所剩无几。他能无惧气势汹汹的老鼠大军，却为什么没有勇气吐露真情？

突然间，他摸到了口袋里的那张照片。他把照片抽了出来——他俩正在翩翩起舞——正是这张照片，让索罗维特深信他爱上了卢克萨。他将那张证据放在卢克萨的餐盘上，铿锵有力地说："这就是我能摆脱保镖的原因。"说完，他便迅速向门口走去，他害怕看见她的反应。

但他刚转过一个弯，就瞥见卢克萨的脸上洋溢着微笑。

13

一名地底人身披盔甲，在走廊尽头候着格雷戈尔。等他换好衣服，阿瑞斯也被叫醒了。他俩朝训练场赶去。

“睡得好吗？”格雷戈尔问。

“只睡了二十分钟。”阿瑞斯疲倦地说。

“说不定等训练结束后，就能好好休息了。”格雷戈尔安慰道。他自己也需要睡一会儿。地下王国没有太阳，他无法分辨是白天还是黑夜，只感觉现在瞌睡虫不断找他麻烦。

他们飞抵竞技场后，发现那儿挤满了田鼠。这儿成了临时难民营，用来收容经历了严峻考验的田鼠——他们先是被逐出家园，又在燃火地被灾星宣判死刑，最后依然坚强地挺过了难关。操场上原本长着青苔，此时铺满一层厚厚的稻草。墙边设立了食品站、卫生站和医疗站。竞技场还专门辟出一块地方，给田鼠们上厕所用，那里散发着浓烈的消毒水味儿。但地方不够大，使用厕所的田鼠也过多，所以无法掩盖排泄物和疾病散发出的异味。

他们在空中盘旋着，看见一只蝙蝠正在飞行，背上还载着好几只田鼠宝宝和一个满头黑色卷发的小男孩。“嘿，哈泽德在那儿。我们飞过去打个招呼吧！”格雷戈尔说。

那只蝙蝠带着哈泽德在墙边降落，格雷戈尔连忙在这个小男孩前面着陆。他还没来得及打招呼，一帮吱吱乱叫的田鼠就涌了过来。阿瑞斯立刻张开翅膀，在田鼠和那只蝙蝠间形成一道壁垒。

“怎么了？发生什么事了？”格雷戈尔大声问哈泽德。

“和田鼠宝宝有关，我们正努力让他们和各自的父母团聚，”哈泽德说，“但这工作难度太大。”

想想也是，育婴区目前住着无数田鼠宝宝，他们的父母流散在各处：或惨死在冥府，或躺在王之城的医院，或留在燃火地，正等着被空运过来。也可能就在这群躁动不安的田鼠群里，绝望地想知道自家宝贝是否还活在世间。

“嘿，安静！安静！”格雷戈尔吼道。他站在阿瑞斯背上，双手高高举起。田鼠们见有人指挥，安静了不少。“这样不行，你们一定要保持安静才行。往后退，否则肯定会误伤同伴！”就在这时，几名地底人及时跑来帮忙。他们让田鼠后撤，给蝙蝠们留一点呼吸的空间。“哈泽德，你准备怎么开展这项工作？”

“我们正在准备一份名单。我负责带宝宝们过来，一次六个。我会大声念出他们的名字，看看这儿有没有他们的父母，再让他们各自领回家。”哈泽德答道。

“他们安排你做这个？”格雷戈尔惊奇地问。这里的人居然让一个七岁小孩担此重任，看来他们真的缺乏人手。

“我是最合适的人选。因为我能和小宝宝们说话啊！”哈泽德这样说道，但他淡绿色的眼睛里透着疑问，“他们把自己的名字告诉了我，可我的嗓门不够大，格雷戈尔，你能帮我喊一下吗？”

“当然可以，那是谁？”格雷戈尔指着一个小宝宝，那小家伙儿身上点缀着灰白斑点。

“她叫斜三角。”哈泽德抱起小宝宝，递给格雷戈尔，“就她一个，没别的家人。”格雷戈尔把颤抖不已的小宝宝举过头顶，大声喊道：“听好了，她的名字是斜三角，有谁知道他是谁家的孩子吗？”

鼠群中立马传来一阵哭叫声：“是我的！是我的！”队伍自动分开，一只田鼠冲了出来，不停地说：“她是我的宝宝！”斜三角一听到妈妈的声音，便扭动着身体从格雷戈尔的手里挣脱，又是哭又是叫。

阿瑞斯鼻子点地，小宝宝往前跑了几步，从他脖子上滑下,一个猛子扎进妈妈的前腿间。田鼠妈妈赶忙抱紧宝宝,又用哀求的眼神看向哈泽德,“我还有两个孩子，欧几里得和根号,他们在吗？”

“现在飞行者背上没有,不过育婴区还有上千只田鼠,说不定在那儿呢。”哈泽德说。

田鼠妈妈点点头,带着斜三角离开了。

格雷戈尔继续帮忙喊名字。两个田鼠兄弟很快被认领。还剩最后一只黑色宝宝,可不管怎么喊,都没田鼠应声。

“他的名字是牛顿。”格雷戈尔把他高举过头顶,大声呼喊着,那声音整个竞技场都能听见,“牛顿！”可还是没有等来回应。

“我想他应该是从丛林来的。”一个声音说道。格雷戈尔心中一沉：卢克萨曾告诉他,在火山那儿被毒死的田鼠来自丛林。

“我们都可以认领他。”前排一只田鼠想收养他。

“我只能把孩子归还给他的父母。”哈泽德说,“说不定他们还在燃火地呢。”

田鼠没有表示反对,大家都不想把情况弄复杂。

“我现在带他回育婴区,再带新一批宝宝过来。”哈泽德说。

“好了，听好了！哈泽德要再带一批宝宝过来。你们一定要让出地方，不要挤到他着陆的地方，好吗？”格雷戈尔大声说道。田鼠群里传来一阵低沉的声音，大家纷纷表示赞同。

两名地底人来了，他们提出要接替格雷戈尔的工作，等哈泽德回来后再帮他。“他们在训练场等你，地上人。”其中一个人告诉他。

于是，阿瑞斯载着格雷戈尔向空中飞去。没找到孩子的田鼠依然站在原地，一动也不动。他们默默地忍受着痛苦，只要自己的孩子能出现，等多久也绝无怨言。突然，格雷戈尔感到强烈的无助、悲伤侵袭着他的内心，那感觉如此熟悉，就和当初目睹火山坑里的田鼠惨死一样。就在这一刻，他终于明白了他必须杀死灾星的原因。

“我们去参加训练吧！”他说。此时此刻，他渴望短剑能给他带来优势，哪怕只是一点，他也要抓住。

“没错。”阿瑞斯说，“艾杰克斯说得有道理，我必须掌握更好的飞行技巧。。”

到达训练场后，格雷戈尔从阿瑞斯背上滑落，跳到珀迪塔身边。她张口就解释起他俩被单独叫出来、重新接受训练的原因，但格雷戈尔立即打断了她。

“不用再说了，你们这么做很有道理。多了把短剑，对我也更好。那我该怎么使用它？”格雷戈尔问道。

珀迪塔赞赏地拍了拍他的肩膀，训练就这样开始了。训练内容主要集中在防御姿势上，她也不忘给他展示几招基础攻击的方法。“你们必须和噬咬者进行肢体接触，才能把它杀死。”珀迪塔说。她说得没错，自从发现短剑比宝剑短许多后，他就领悟了这个道理，而他和老鼠搏斗的距离还没有那么近过。

课程开展得很顺利。手里有了两把武器，打起来果然得心应手。格雷戈尔想起在丛林时，他也是左手持火把、右手用剑，展开旋转攻击。看来能否做到双手并用，在战场上的确是个关乎生死存亡的问题。

“好，格雷戈尔。好极了！我们配合你的飞行者，再试一次。”珀迪塔说。

格雷戈尔在地上训练时，阿瑞斯在空中也没闲着。他一直向艾杰克斯学习如何用不同的姿势最大限度地减少翼展。艾杰克斯不情愿地告诉珀迪塔：“现在他至少能遵循我的指示了。”艾杰克斯能说出这话，看来阿瑞斯一定做得很不错。

格雷戈尔和阿瑞斯一起试了一次。他感到阿瑞斯进步神速，飞行机动性变得和以前大不一样，他的动作更加敏捷，也更出乎意料。在珀迪塔和艾杰克斯演示了几次模拟实战后，瑞普瑞德突然出现了，他们便真刀实枪地演练起来。他们把瑞普瑞德当成假想敌，向他俯冲过去。一开始，格雷戈尔的动作还有所保留，但瑞普瑞德一个劲儿地冲他咆哮，逼他全力以赴。他本以为瑞普瑞德不会弄伤他们，谁知这家伙一有机会突破防线，就毫不留情地在他们身上留下抓伤，或是刺出小洞。训练结束时，格雷戈尔和阿瑞斯已是遍体鳞伤，就连瑞普瑞德也挂了一些彩。

“好多了。”瑞普瑞德挥手示意他们落地，接着又朝格雷戈尔说，“但你老是忘记手里有短剑，忘记要和长剑互补。”

“是的，我也感觉到了。”格雷戈尔附和道。

“还有阿瑞斯，在你下落想要张开翅膀时，动作要猛！哗！要是用得好，这一招能切断敌人的脖子。”瑞普瑞德说。

“我一直都在这么教他。”艾杰克斯说。

“我会继续努力的。”阿瑞斯说。

这时，蝙蝠信息员飞了过来，给阿瑞斯传达一道命令，让他加入下一组空中搬运队。

“他已经很累了。”格雷戈尔保护性地说道。

“我们都是。”蝙蝠说。

“我可以。”阿瑞斯倔强地说。

“那训练呢？”格雷戈尔问。

“他的任务已经结束，现在我们来看看你的旋转攻击。”瑞普瑞德说。

阿瑞斯起飞离开。格雷戈尔则开始向瑞普瑞德展示这一绝招。可是不到危急关头,他显得心有余而力不足。他脚感不佳,一转就立马开始头晕。“在丛林时我做得比现在好多了。”他告诉瑞普瑞德。

“好吧,那你现在的水平简直臭不可闻。”这家伙不屑一顾,“我们得先从头晕问题着手。你必须学会怎么找点。”

瑞普瑞德给他示范:要在某个地方选定一个点,每转一圈,眼睛都要最终落在那个点上。“不过我是用声音来找点的,也就是回声定位法,当然了,这招你不行。”

“哦,那个啊!不一定哦!”格雷戈尔皱起了眉头。

“看你那沾沾自喜的样子,我是不是可以理解为,你终于取得了突破性进展?”瑞普瑞德惊讶地问道。

“差不多吧!在地牢里的时候,”格雷戈尔说,“发生了点什么……”

“好了,从现在起,我全权负责训练他。”瑞普瑞德对珀迪塔说。

格雷戈尔还没反应过来,就被带到了宫殿底下的老训练场。他要在彻底的黑暗中和瑞普瑞德打斗。不过在格雷戈尔看来,现在已经不是彻底的黑暗了,他能运用回声定位法了,能用那神奇的技巧“看见”周围的一切。他只消发出“咔哒咔哒”声,或是咳嗽几次,甚至朝某个方向说点什么,就能获取周围物体的形状、热量和动作的详细信息。

“早知道这样，几个月前就该把你扔进地牢。”瑞普瑞德嚷道。

“这感觉很奇怪，我好像多了一种新的感官。”格雷戈尔说。

“没错。我们再来尝试旋转攻击法。这次你在墙上选一个清晰的点，每次转回来，都要捕捉到它。”这只老鼠指示道，“等等，先用我做目标点吧。”

格雷戈尔尝试了一番。转前几圈时，他可以用回声定位法捕捉到瑞普瑞德，但再转一会儿，他就迷糊了，头晕得不行。同时进行的次数太多——旋转、找点，还要用耳朵去“看”，他觉得大脑有些不够用。最后，他被什么东西绊到，狠狠地摔在了地上。

“行了行了，今天就到这儿吧，已经够了。”瑞普瑞德说。

“不，还没有，我还没完全掌握啊！”格雷戈尔说。

“我们下次再练。”瑞普瑞德不由分说。

“也许根本没机会！”格雷戈尔说，“或者等下次来了，我就得面对无数老鼠！”

瑞普瑞德说：“你太累了，再练习会有反效果。”格雷戈尔刚想反对，这家伙就厉声打断了他，“格雷戈尔！你今天已经取得了巨大进步，现在该休息休息了！”

和原来相比，今天他的授课风格发生了惊天逆转。以前总是格雷戈尔想放弃，瑞普瑞德则催着他继续练习。

格雷戈尔意犹未尽地追问："你会和我练吗？"

"等你吃完饭、睡过觉后，我们再继续。现在我们去看看莉兹吧，你可以在她房间休息。"瑞普瑞德提议。

"好啊，看看他们有没有解开密则。"格雷戈尔说着，转而又担忧起来，"要是他们破译失败，我们会怎么样？真的会输掉这场战争吗？"

"如果三明治的话可信，那我们就会输。"瑞普瑞德说，"而且就算没有预言，我也会告诉你，事实的确如此。我们迫切需要他们发挥聪明才智。走吧！"

一进入破译室，格雷戈尔就能感受到沮丧的氛围。地上堆着写满加密信息的白布，已经堆到了脚踝。大家都围坐在莉兹身边，她手里握着一支粉色记号笔——一定是她背包里的，在白布上匆匆写着。"那么这个词就是 T……H……E……Q……哦不……又多了一个 H。这又不对了。"

全体成员失望地叹了一口气。

"怎么样了？这个阶乘密码有进展了吗？"瑞普瑞德问。

"没有进展。"代达罗斯应道，"海伦内安之前试了一下双字母倒置，也行不通。"

"太让人恼火了。这里面肯定藏着一条规律，而且是很简单的规律。要不然，噬咬者不会那么轻易就记在脑子里。"海伦内安分析,“一定是条他们都不会忘记的规律。”

“我们的新队员表现怎么样?”瑞普瑞德问道,他把尾巴绕在莉兹肩头。大家听见他提到莉兹,顿时轻松起来。阿敏赞许地说:“只要一次,教她,只要一次。”

“她的思维方式很不一样。”代达罗斯弯下腰,用鼻子碰了碰莉兹的头。

“她也不唱歌。”雷弗雷克斯补充道。听完这话,大家都笑了。

尽管受到大伙儿的表扬,可莉兹看上去并不开心。“我真的没帮上什么忙。”莉兹说,“我没有破译密则,也没帮上谁,就和我读到的预言说的一样。”

“你看过预言了?”格雷戈尔问。他不敢相信,莉兹居然如此平静地接受了他的死亡。

“我让尼莉莎给她抄了一份。”瑞普瑞德说。

莉兹把手里的预言递给格雷戈尔,“她的书写很漂亮,不是吗?”

格雷戈尔看着预言,提及他死亡的那两句立马映入眼帘:

“当恶兽鲜血挥洒,勇士使命也已完成。”

“是很漂亮。”格雷戈尔说。为了保护莉兹,他们改动了预言的一点内容,他对此感到十分欣慰。就在这时,餐车被推了进来,食物的香味飘满房间。“好了,在你们都变成废物前,最好吃点东西。把这摊乱七八糟的东西弄走吧,我们先吃一顿!之后的半个小时,大家不要说什么‘我们试一下……’这种话。”瑞普瑞德吩咐。

格雷戈尔和莉兹将白布收好,根据瑞普瑞德的指示,堆放进老鼠的房间,这样可以给他做一个舒服的窝,比人类准备的舒服多了。其他队员把食物堆在地板上,然后他们围坐成一圈。美食五花八门,有生的也有熟的,勾出了大伙儿胃里的小馋虫。

瑞普瑞德看来是下定了决心,要让大家把破译的事抛之脑后,他眉飞色舞地讲起滑稽的小故事,连阿敏都被逗得哈哈大笑。格雷戈尔从未见过他这样,他表现得极富魅力,拼了老命想赢得大家的爱戴——令人惊异的是,他居然都做到了。要是你初来乍到,说不定会以为他异常喜爱这支古怪的队伍。但格雷戈尔更了解他,知道他的目的是破译密则,如果他觉得笑声能让大家离目标更近,那他卖力搞笑也是自然的。他不仅擅长讲笑话,演技也十分高超。例如,要是地上有个香蕉皮,他会不惜一切踩上去滑倒,博众人一笑。

格雷戈尔吃了一份烤鱼,几片抹了黄油的面包,一些绿色蔬菜,又消灭掉几乎一整块蛋糕。五分钟后,他又饿了,便把剩下的蛋糕吃完，还喝了一大杯牛奶。他已经好几周没正经吃过饭了，现在正好补充能量。他看向不远处的莉兹，她正对着一碗炖菜挑挑拣拣。“吃完吧，莉兹，这对你的身体好。”

“我知道，我马上就吃完。”她答应道，舀起浅浅一勺，送进嘴里。

“我跟你说过的吧，你父亲那边已经安排妥当了。现在他全天候都有护士照顾，会好起来的。”瑞普瑞德安慰她说。

“我知道。我只是……我在想我妈妈。我明白，要是她发现我在这儿，一定会难过得不得了，可我已经好几个月没见过她了。”莉兹伤心地说，眼里噙满亮晶晶的泪花，“也许我可以在她睡着的时候，偷偷去看她一眼。”

“这么做没什么问题。”海伦内安说。

“会让这孩子心情平复。”代达罗斯附和着。

格雷戈尔对他们的看法不敢苟同。妈妈情况不好，莉兹看了只会更加着急。而且万一妈妈醒了，看见她的第三个孩子也在这里，肯定会发疯，假如再一闹，病情势必更加恶化。可莉兹已经好久没见过妈妈了，思念之苦折磨着她脆弱的心灵，这样是不是太残忍了？

“就一分钟。”莉兹哀求道。

“由你说了算。”瑞普瑞德对格雷戈尔说。

“多谢。”格雷戈尔很是意外。臭老鼠大部分时间都在对他发号施令，而现在他居然听得进别人的意见。嘿！转眼间做主的变成了格雷戈尔。“好吧，莉兹。我陪你去，如果她睡着了，你就能进去看看；如果她醒着，那你就不能进去，她看到你会担心死的，那样会加重她的病情。不过不论怎么样，你必须把炖菜全都吃完。”

莉兹连忙狼吞虎咽起来，格雷戈尔趁机做好准备。妈妈刚来到地底时，身体健康又强壮，可目前她卧病在床，消瘦了许多，瘟疫还在她身上遗留多处伤痕。格雷戈尔敢肯定，一旦妹妹看到，就会再次诱发她的恐慌症。

等莉兹吃完炖菜，格雷戈尔就带着她出去了。对莉兹来说，这座宫殿是个全新的地方，也挺阴森恐怖。她紧抓格雷戈尔的手，任由他牵着自己走过无数级台阶，走到下面的医院。周围的画面渐渐变得残酷起来：每个人愁容满面，空气里飘着浓浓的药水和消毒水味，新置的火把在熊熊燃烧，所到之处都是烟雾缭绕。

他们来到通往妈妈病房的走廊，他让莉兹在这头等着，自己先去查看一下。他做了两手打算，即便这样对莉兹不公平：一种是，妈妈正醒着，他和妈妈快速打个招呼，就能带莉兹返回楼上了；另一种是，妈妈还在睡觉，他就试着把妈妈叫醒，问候几句再走。可他一走到妈妈房前，便发现遇到了一个大问题——八只受了重伤的田鼠躺在病房地毯上，妈妈却不翼而飞!

“他们肯定把她转移到小房间去了。”这是他脑海里首先冒出的想法,接着一个不祥的念头又击中了他的心。“哦不!我要见医生!”他一边惊慌失措地叫着,一边往大厅那儿冲,“我要见医生!”

他冲过走廊,从莉兹身边跑过去,毫不理会她的惊诧。见到一个医生,他赶忙抓住她的肩膀。医生是一位小个女人,疲惫在她眼部堆起深深的眼袋。“她在哪儿?我妈妈在哪儿?”

“哦,是地上人!”女人有点发愣。

格雷戈尔看见她的眼里多了些警惕,这才发现他刚才一时情急,竟然把医生按在了墙上。他还是不肯松手,追问道:“她在哪儿?”

“格雷戈尔!格雷戈尔放开她!她和这事没关系!”霍华德不知从哪儿冒了出来,把他从医生身边扯开。

“怎么回事?”格雷戈尔问道。

“索罗维特没提前通知医院,直接派了一队护卫来。他们奉命送你妈妈去芳特。”霍华德说,“我们也无计可施。”

“为什么?她为什么要这么做?我已经留下来了,她知道我不会离开这儿啊!”格雷戈尔说。

“这么做是为了更加保险吧。”霍华德说,“毕竟从这儿去你家,只要飞一会儿就行。”

飞一会儿？说距离一百万公里都不过分！那距离差不多等于穿越宇宙，飞到时间尽头，再回来一趟！格雷戈尔现在觉得，自己和家之间相隔几百万光年。

“我要去找她。”格雷戈尔大喊道，“我要叫上阿瑞斯，我要——老天啊！”他刚想起阿瑞斯被派去做空运了，“我去哪儿才能再找一只蝙蝠来？”

“你不能那么做，你必须明白这点。”霍华德说，“格雷戈尔，和这儿比，芳特要安全得多，那里没有被攻击的危险，医院里的病员也不多。”正说着，莉兹拉了拉他的手：“他们对妈妈做了什么？妈妈在哪儿？”

格雷戈尔拽过莉兹，温柔地抱着她。“没事的，妈妈没事。”为了莉兹，他强迫自己镇定下来，“他们只是把她转移到了另外一家医院。”

“医院在芳特，那儿是我的家……这是莉兹吗？”霍华德问。

“我想——我要——去看她。”莉兹倔强地说。

完了，恐慌症要发作了！格雷戈尔暗暗担忧。

“我妈妈生活在芳特，她在医院工作，我现在也是。我肯定，她会好好照顾你妈妈的。”霍华德说。

“我要和索罗维特谈谈。”格雷戈尔说，“她在哪儿？”

“她现在一定在监督战事。”霍华德说。

“莉兹，你先回破译室去好吗？”格雷戈尔说。

“我不——不认识路！”莉兹说。

“我带你去。”霍华德温和地说。他们家一共五个孩子，他是老大，格雷戈尔记得之前他就把小靴子、哈泽德哄得很好。

“谢谢你，请把她带回去吧。我要去问问关于我妈妈的事。”格雷戈尔说。

回战场绝非易事，就连离开宫殿也要费一番周折。因为宫殿最低的门窗离地面也有六十多米，并且没有蝙蝠送格雷戈尔下去，升降平台处的护卫也拒绝帮忙。

谢天谢地，他总算在圣殿找到一只不会对人起疑心的年轻蝙蝠，蝙蝠答应送他去竞技场参加“训练”。先去竞技场吧！虽然那儿的方向和战场完全相反，但至少这样能先离开宫殿。

蝙蝠把他送到竞技场后就飞走了。蝙蝠前脚刚走，他便向城外跑去。马路被车辆堵得水泄不通，车内装满了食物和供给品，都是要送到王宫的。他尽可能避开人们，躲开那些充满疑虑的眼神，然后来到城市最北端的城墙根。

算他走运，城墙上开了一扇门，供农民运送收割的庄稼入城，终于不用再挖空心思穿过去了。不过看守一定会认出他来，因为他是地上人，而且还是勇士。他们一定会严格执行命令，阻止他出城。他可不想被送回去，更不想冒还没解决妈妈的事情就被索罗维特惩罚的风险。他急中生智，偷偷溜上一辆回庄稼地的马车,躲在筐子后面。这样做,至少能缩短他和战场一半的距离。

马车驶离城市，格雷戈尔思考着自己应对索罗维特说的话。他要告诉她,不管怎么样,她都必须把他妈妈送回来,否则他就不帮她作战。他知道,他可能将被丢进地牢,但最后的最后,索罗维特还是会需要他,毕竟和灾星作战绝对少不了他。要不然,她怎么会加紧训练他,希望他服从命令?她会不会看穿他的心思?把他的行为又当成对她权威的挑战,拿他开刀?唉,也许从另一个角度着手效果会更好,不如告诉她,莉兹有妈妈在身边才能工作……

马车在离城市几公里的地方停住。农田里有一套煤气照明系统,周围灯火通明,他还是得小心行事,以免被人看见。他从马车后面迅速滑落，顿时陷进了齐腰深的庄稼里——那是一种类似小麦的农作物。他俯低身子,在农田里摸索着前进。地底人的收割工作正向城市方向展开，所以这片区域暂时没人。他走到庄稼地的尽头,在他和一堵城墙之间,只隔着一片作物的根茎,而墙外战事正酣。最后一段路,他决定直接跑过去。都已经到了这儿,还有谁能阻挡他?就凭几个农民吗?

他沿着光秃秃的农田拼命奔跑着,也听到了几声叫喊,但没有人穷追不舍。或许,这些人认为前有高墙阻隔,加上没有飞行者帮忙,即便他到了墙脚也是白费心机。可是没关系,只要他能跑到城墙边，就能和索罗维特对话。这会儿，一只蝙蝠在他头顶上盘旋着，也许会把他出现的消息汇报给城墙上的人。他仰视着那蝙蝠，不由地分了心，他想，士兵们说不定已经来了，要把他带回去。

格雷戈尔正想着，一不小心被绊倒了。他本以为是自己被残梗绊住了，可手一撑地，却发现身下薄薄的一层土地突然开始抖动。“地震了！”他惊呼。

就在这时，一只长近一米的爪子捅开大地，差点落在他的胳膊上。他这才发现，原来不是地震。

14

格雷戈尔胳膊一缩，本能地打了个滚，灵巧地避开了那只爪子。他刚准备跳起来，脚下的土壤竟又裂开，同时另一只巨掌破土而出。他收回腿，像螃蟹一样匆匆后退，眼瞧着那五根利爪又收了回去，在地上划开一道深沟。

恍惚间，格雷戈尔以为是灾星——看来那只白色巨鼠又长大了，而且比例失衡得厉害，居然长出了铁锹一般致命的大掌。可再想想，那手掌不是普通老鼠的，就算是灾星，也不可能长出近一米长的大巴掌。到底是什么动物啊?

格雷戈尔好不容易站起，想逃离这个地方。忽然，泥土如喷泉般四处喷溅。慌乱中，他发现眼前多了一朵古怪的粉色大花，有阴沟盖那么大。“食人花！就和丛林里的一样！”他想。那

根多肉的触须伸了过来，擦过他的嘴唇和眼睛，令他不禁毛骨悚然。“啊啊！”他惊叫着跳开，跌跌撞撞地后退，手摸上了剑柄。但还未拔剑，他就停止了动作——因为他并没受到攻击。

格雷戈尔遭受了一连串的惊吓。他稳住心神，仔细端详这种生物。他们显然不是植物，也不是老鼠，他确定他们属于啮齿目动物。他们体型极其庞大，全身覆盖短而硬的黑色毛发，身后拖着一条长而有力的尾巴。他们都长着四只大掌，顶端带有五根摧毁力惊人的尖爪，身体后侧的脚掌比前面的手掌要小，力量也相对较弱。刚从地底钻出的应该是他们的鼻子，看起来就像一朵巨大的粉色花朵，周围环绕着张牙舞爪的触须。

这动物外貌极其古怪，却又有点眼熟。为什么？格雷戈尔突然想起了原因。

七岁那年骄阳似火的夏天，他们全家都待在弗吉尼亚州的家庭农场。爸爸在地下室教他打乒乓球，球落到地上，他在后面猛追，一直钻到一把老扶手椅底下。他捡好球，起身发现了它——一只星鼻鼹鼠。它一定是不小心摔下来的，正被困在窗井，闷闷不乐地在沙粒地上慢慢爬着。当然，他看到的鼹鼠只有几两重，和面前这几百斤的大家伙完全不能相提并论。不过与把他围住的大鼹鼠相比，除了体型不同，地上的星鼻鼹鼠跟他们还真的很像。爸爸曾告诉他，鼹鼠喜欢待在地下，前腿力量惊人，善于掘洞，视力不是很好，但那外形奇怪的鼻子却极其敏感，只要一闻，就能知道面前有什么。最后他和爸爸从工具棚里找到一把铁锹，轻轻把小鼹鼠铲了上来，让它重获自由。从此之后，这种小生物给他留下了极其温暖的印象。

“哇，我来仔细看看。”格雷戈尔笑着说，“我想我以前在家时，也遇到过你们的一位朋友。”

可地下王国的鼹鼠又是怎么回事？以前没人跟他提过。瘟疫猖獗时，他应该听说过他们啊，毕竟他们都是哺乳类动物——很有可能和其他温血动物一样受到了感染。会不会没人知道他们的存在？也许是由于他们常年生活在地底深处，而这里的人却在地面繁衍生息，因此从没见过他们。他想和这些大家伙交流，可他们似乎只会发出安静的喘气声。他们听得懂英语吗？

四只鼹鼠都从地里钻了出来。他们嗅着格雷戈尔身上的气味，用触须抚摸他的运动鞋，感知他的身体。他们好像想弄清他的身份。难道他们没见过人类吗？想来一定是没见过地上人。地上和地底人有着显著区别，每个见过他的人都知道，他不是从王之城来的：他的皮肤不同，散发的气息也不一样。

格雷戈尔张开手，伸到鼹鼠面前。他们用鼻子温柔地触摸他，他却感到了一丝焦虑。他们会不会伤人并不重要，是不是不小心从这儿打洞冒出来的也不重要，重要的是，他们突破了人类的防线。倘若索罗维特知道它们在这儿，肯定会派人严肃处理。他不想知道到时后果会有多么严重，只觉得自己应该尽快行动。

“嘿！”他迫切地说，“嘿，鼹鼠！你们必须赶快离开这儿！”他指向地道开口，“快走吧！嘘，动作要轻！”

格雷戈尔引起了鼹鼠的注意。他们停止了嗅闻的动作，头直接向他靠了过来，并没有一只有离开的意思。格雷戈尔急躁地说：“听着，老兄，你们必须走了。明白我在说什么吗？现在战争爆发了，他们不希望你们待在这儿。”他推着距离最近的鼹鼠，想把对方弄进地洞。天啊！他简直是在妄图撼动一辆公共汽车！

鼹鼠们不仅没有离开，反而焦躁不安起来。格雷戈尔感觉得出，他们至少听懂了一小部分他说的话。

一名巡逻兵骑在蝙蝠上，从格雷戈尔头顶飞了过去，他能看清巡逻兵脸上的震惊。蝙蝠径直向城墙飞去，索罗维特正在那里坐镇指挥。要不了几分钟，他们就会派兵驱赶这些可怜的动物。

“快走！”他冲着鼹鼠大吼，“趁还没受伤，赶快走！他们不想看到你们！这儿是人类的地盘！人类！”

最后几个字刚一出口，鼹鼠们就发疯了。喘息声一下子变得沉重而急促，甚至透出熊熊怒火，他们冲格雷戈尔咆哮起来。

“为什么？我说了什么啊？”格雷戈尔十分不解，赶忙挥剑保护自己。他并不想和鼹鼠为敌——他只想保护他们啊！可现在也没选择了。

维库斯在预言室里说的话再次在他脑海中响起：“记住，即便身处战场，也有需要克制自己行动的时候。到时侯，你要及时停下手中挥舞的宝剑。”看来当前就是他说的那个时刻了。他不知道到底是什么诱使鼹鼠发起攻击，他们肯定对自己产生了误解。他无意伤害他们，只是希望他们能安全离开，不过他也会保护好自己。

之前温和又迷惑的鼹鼠，立刻变成了狂躁的野兽，它们的动作比格雷戈尔预想的要快得多。转瞬间，他就被团团围住，可怕的利爪从四面袭来。他别无选择，只得采取旋转攻击法。他本想用回声定位法找定位点，但这技巧他刚刚掌握，还没达到随心所欲的程度，没法完全依赖，所以他选择了利用自己的眼睛。于是，他选定远处一辆马车，将马车的形象深深刻进脑子，每转一圈，就用眼神锁定一次。但鼹鼠的攻击弄得他应接不暇，很难同时注意定位的事。

四只鼹鼠，乘以十根锋利的前爪，就等于四十柄利剑同时向他挥来。“这东西真需要好好修剪一下指甲。”他不由得这么想着。可是很快，他就发现这只是他的空想。每回他用尽全力，挥剑砍向一根利爪，他就感受到一股强大的抵抗力，还听到“哐当”一声脆响,同金属与金属的碰撞无异。他能抵挡他们的攻击,却无法砍断那根根利爪。“到底是什么材料做的?”他控制不住自己,大声问道。他想,这些鼹鼠要来到农田这一侧,就必须刨开坚固的岩石,也许还有其他防御工事。他们的利爪一定由某种特殊材料构成。没办法,他只能全神贯注地抵挡它们的进攻,暗自希望自己的宝剑能撑住。

格雷戈尔又转了一分钟,意识到光是这样远远不够。他不能永远处于防御状态,他们很快就会耗尽他的体力,然后毫不留情地将他撕成两半。于是他改变策略,转而攻击粉色鼻子附近的触须。没过多大会儿,一只鼹鼠发出一阵痛苦的惨叫声。格雷戈尔不由得停下了动作,他不知道自己这样做到底对不对。正犹豫时,一根利爪径直向他身体左侧刺来,撕开了他的衬衣,割掉了他的剑带。剑带掉在他脚边,他想把对方踢走,慌乱中却踩错了步子。又一根利爪趁机挥了过来,在他左臂上留下一道深深的切口。老天啊,索罗维特说他左侧的防备过于脆弱,她说得没错!鼹鼠们立马就发现了!疼痛让他的肾上腺素急剧分泌,他忘记了要找定位点,忘记了珀迪塔教他要运用短剑,忘记了他其实很喜欢鼹鼠,忘记了一切——此刻,求生的欲望压倒一切。

对了!粉色大花!还有舞动不停的触须!现在他应该拿它们做攻击目标,还有偶尔闪过的亮晶晶的小眼睛,和他们在抬掌瞬间暴露的柔软的腋下。格雷戈尔高速旋转着，他不会跳舞,此时的步伐却优美得惊人。他的双脚疾速移动,步伐极其复杂,在平时的镇定状态下,他绝对无法再现这样的步伐。他闻到了鲜血的味道,既有鼹鼠的也有他的。突然,人类的气息填满了全部空气,鲜血飞溅到他脸上。冥冥之中,大脑深处有一个声音告诉他:你不再是孤军奋战了。

这时候，蝙蝠上的战士们纷纷落地，将剑插进鼹鼠的后背、脸部,将他们全部杀死。格雷戈尔慢慢减速，摇摇晃晃地站住，正好看见索罗维特利剑翻飞，砍掉最后一只鼹鼠的头颅。接着她用近似狂怒的声音下达起命令,格雷戈尔听不懂她在说什么。他只听到断断续续的词语,比如:地上人……医院……违反……掘地兽。

掘地兽……掘地兽!

格雷戈尔顿觉头晕目眩,胸闷恶心。有人把他架到蝙蝠背上，他感到左臀处传来一阵钻心的剧痛，忍不住失声大叫起来。几分钟后,他被送到了医院,四仰八叉地趴在手术台上。他嘴里多了一股苦涩的味道,接着他就什么都不知道了。

后来,还是臀部伤口的疼痛让他醒了过来,不过已没有先前那么厉害,只是愈发的灼热,一阵阵地抽痛。他费力地睁开眼睛。手术开始前,他们肯定对他用了什么药物,霍华德以前说过,这种快速起效的药只留给紧急手术使用。维库斯的脸出现在他床边。见老人已经回到王之城，他心里感觉好受了很多。他是唯一能保证他不受索罗维特掌控的人，可以让他免遭被投进地牢的命运。

“谁？”格雷戈尔只能勉强吐出一个字，但维库斯明白他的意思。

“我们叫他们掘地兽，我们都以为他们早就灭绝了。”维库斯说，“现在看来，地下王国还残存了一些秘密生活的掘地兽。农田那儿的四只一定不是他们全族，其他地方肯定还有，而且已经和灾星结盟了。”

“为什么？”格雷戈尔惊愕地问。

“很多很多年前，这片土地属于他们，王之城就是在他们领土上建立起来的。”维库斯的声音里透着疲倦，“三明治来了以后，他想要这块地方。掘地兽不肯走，他就发动了一场战争。”

“他赢了。”格雷戈尔说。即便他现在神志不清，也能感受到其中的不公平。这里真的不错，王之城选了一块风水宝地，有河流，有泉水，相对其他地方也是易守难攻。在三明治来到地下、宣布这儿归人类所有之前，掘地兽到底在这块土地上生活了多久？

“的确，他赢了。两方开战，人类眼看就要战败，这时三明治心生一计，在掘地兽的水源里投了毒。掘地兽不知道人类还有这么一手，大部分都被毒死了，仅剩几只逃走活了下来。”维库斯说。

“杀手……你们。”格雷戈尔艰难地说。哈泽德就是这么形容人类的，其他地下王国的生物也是如此，只是不会当着他们的面称呼。“原来这就是原因。”

“对！这就是我们被称为杀手的原因，”维库斯说，“也是如今还有那么多生物恨我们、怕我们的原因，同样也是掘地兽希望我们死的原因。”

“他们没攻击我，”格雷戈尔说，“一开始没有。”直到他说这儿是人类的领土后，鼹鼠们才发了狂。

“他们一定意识到了你不是我们这儿的人。”维库斯说，“至少他们对你的身份产生了怀疑，这已经是个天大的好消息了。”

格雷戈尔闭上眼睛，沉浸在痛苦的思绪中。现在看来，三明治——王之城的奠基人，其实是凶残的头等刽子手，他想在地底建立一个全新的世界，这种想法既有远见，又令人寒毛倒竖。而时至今日，这里的人依然费尽心思，想弄明白他刻在预言室的精美文字，弄清他们将如何生、如何死。在这片神秘的国度，预言的地位极其崇高，崇高到连格雷戈尔都从未怀疑过：预言者到底是好人还是坏人。此刻一切真相大白，他的头顶犹如炸开一个晴天霹雳。他冒尽风险，执行的不过是一个为虎作伥的任务，愚蠢地为曾灭绝整个种族的屠夫效命，目的也仅仅是为了保护他的不义之财。而他，格雷戈尔，居然接过了他沾满血腥的剑，并视为无上荣光！

“不好。”格雷戈尔说。

“简直是可恶至极。我们在地下的生活，就建立在羞耻的基石上。”维库斯说。

“现在怎么办？”格雷戈尔问。

“我们正在为此付出代价。”维库斯说，“掘地兽们挖地道进入宫殿是迟早的事，之后灾星也会循道进来。”

15

格雷戈尔明白，听了维库斯的话，他就应该立马站起来准备迎战。就在他们说话的时候，掘地兽说不定已经挖到了竞技场——田鼠难民赖以生存的地方，或者是育婴区，甚至可能已经到了他正躺着的医院下方。掘地兽身后，跟着的也许是即将屠戮宫城的老鼠大军。按理说，他必须全力备战，可他为什么竟然连动弹的念头都没有？

他可以怪罪麻醉药、伤口，也可以诬赖疲倦的身体，但他十分清楚，是内心深处的呐喊让他动弹不得。自从来到地下王国，他每次打仗，都坚定不移地认为自己站在正义的一边：他抵抗蚂蚁，不让他们破坏瘟疫解药；他在丛林里与毒蛇殊死搏斗，保护自己和朋友们；他还加入解救田鼠们的行列。然而，鼹鼠的遭遇让他怎么都觉得不对劲。几小时前，他还不知道他们是谁，也不知道他们的故事。展开旋转攻击时，他无意伤害，只是出于自我保护。可现在他们全都死了！如果维库斯说得没错，那而今站在正义方的是鼹鼠。王之城是他们的，人类才是入侵者，靠卑鄙的手段窃取了他们的家园。

更让人难受的是，鼹鼠一开始并未贸然袭击他。他们至少给了他一个机会，让他阐明自己的立场，而事实上他和那些当年赶鼹鼠离开家园的人类是一伙的。这让他心里很不是滋味，他一直以为自己是对的，却没想到站错了队伍。但他不是要和老鼠为伍——在燃火地亲眼见到田鼠的悲惨命运后，他依然觉得保护他们没有错——他应该支援鼹鼠……当然了，天知道老鼠为了掩盖他们的邪恶行为，在煽动鼹鼠时又捏造了什么样的理由。老鼠和人类一直不和，双方的暴行同样都触目惊心。其实，在他对鼹鼠动手前，他一直都隐隐约约有这样的感觉。

护士端着止疼药来了，格雷戈尔赶忙把药吞下，只恨动作不能再快一点。其实，他最想阻断的疼痛来自内心深处。

当再次醒来，格雷戈尔发现病房地面摆满了简易小床，床上躺着缠了绷带的人和蝙蝠。尽管他是地位特殊的勇士，但在这种人满为患的情况下，医生也建议如果可以，他还是转移到宫殿其他地方去为好。他很高兴能出院，远离那些已让他招架不住的痛苦呻吟，远离那些横流的鲜血。他也想赶快去趟破译室，瞧瞧那儿有没有什么进展。他看得出来，伤员数量正在剧增。如果他们再不把密则破译出来，最后所有人都会丧命。

格雷戈尔扶着墙壁，沿着走廊，慢慢向破译室走去。莉兹肯定在那儿，希望小靴子也在。想到妈妈被转移到了芳特，他不由得心存感激，因为哪怕少一个待在王之城的家人，对他来说都是幸事。

宫殿的每一寸空间都挤满了人，不仅有受伤的士兵，还有不少家庭一家老小都搬了进来。格雷戈尔跛着脚艰难地移动着，听到了一些只言片语，得知老鼠已经循着掘地兽挖出来的地道打到了农田那边，而现在地道已挖到了城墙附近。所有王之城的居民，都奉命搬进王宫避难。看来灾星已经来了，他的速度比格雷戈尔预想得快多了。

他走进破译室，发现队员们正坐在地板上，挤在一起吃饭。莉兹和小靴子像两只燕子飞过来，紧紧地抱住他。

"嘿，是你啊！嘿，你！你好啊！"小靴子打着招呼，声音里流露出不安。

"你要留下来，是吗？你准备待在这儿了吧？"莉兹迫切地问道，紧搂着格雷戈尔的腰，生怕他会凭空消失。

"当然了，只要这儿还能给我腾个地方。"格雷戈尔说。

卢克萨突然在老鼠房间的拱门里出现了。她的气色好了很多，皮肤上那灼热的红色已然消退；呼吸恢复了正常，只是偶尔咳嗽两下;一双紫罗兰色的眼睛透着疲惫,却很清亮。

自上次格雷戈尔把照片给她后,这还是他们第一次见面。他本以为自己会不自在,但此刻看见她站在面前,他的心里只有高兴。

“你也住在这儿?”格雷戈尔问。

“我的生活区给伤员用了。瑞普瑞德很好心,他把老鼠屋让给了我和哈泽德。”卢克萨做了个鬼脸。

欧若拉和奈克也搬进了破译室，和代达罗斯一起住在蝙蝠屋。太普也在,对小靴子的关注更胜从前。

“我们都达成了共识:想住在这儿,就必须保持安静,不能打扰破译队的工作,要不就离开。”卢克萨说,“瑞普瑞德跟我们说得很明白,不过现在是吃饭时间。你饿吗?”

格雷戈尔早已饥肠辘辘。他和大家坐在地板上,一口气吃了好几斤炖牛肉。最近他觉得自己变成了掠食动物,像一头饥饿多时的狮子，能一次吃光许多食物，而接着几天都不用进食。随着战况日趋激烈,以后可没法按时一天吃三顿饭。

阿瑞斯最后也来了。格雷戈尔用手敲了敲他的爪子——那是结合之间特有的打招呼方式。阿瑞斯飞速吃掉两条鱼,吃完就直接去蝙蝠室睡觉了。

瑞普瑞德又来了,命令大家卧床休息六小时。这只老鼠没有额外关注格雷戈尔，只是简要地说了一句:“一会儿战场上可能需要你。”

卢克萨站了起来,并扶起格雷戈尔。他站稳了,却没有松开卢克萨的手,反而握得更紧。

“上床睡觉!”瑞普瑞德神情严肃,用鼻子拱了拱他疼痛不已的臀部。

“我们明天再谈。”卢克萨说。

人类房间宽敞洁净,里面放着两张不大不小的床,还有一个隐秘的壁橱和厕所,以及带水龙头的脸盆,随时都有凉水供应。格雷戈尔不禁想恢复在家睡觉前的那套惯例,于是他带着妹妹们先去刷牙,可是没有牙刷,只好用手指代替。他又让小靴子睡前上了一次厕所,以防她睡觉时尿床。最后,他帮妹妹们掖好被角。

“跟我讲一个和我有关的故事吧。”小靴子说。她最喜欢听她自己的故事了。他心中有无数个和小靴子有关的故事,此时却说不出一个快乐的来——小靴子坐旋转木马, 小靴子过万圣节,小靴子和生日蛋糕……现在一切都糟透了,他需要极大的情感力量,才有勇气回忆美好的过去,而那力量恰恰是他此刻最缺乏的。万一说着说着,他先哭起来怎么办? 小靴子一定会被吓死。

“今天晚上不行,小靴子。”格雷戈尔说,“大家必须直接睡觉。”说完,他亲了亲两个妹妹的前额。

“你能在这儿我真高兴。”莉兹小声说。

“我也是。”格雷戈尔说。他爬上另一张床，翻来覆去，想找个能减轻臀部痛楚的合适位置。可不管怎么试，还是疼得厉害。他刚才吃得太多，加上情绪焦急、伤口疼痛，所以一点睡意都没有。他静静躺了一个多小时后，妹妹们均匀的呼吸声终于把他拉进了梦乡。

“格雷戈尔，格雷戈尔。”他听见妈妈在呼唤他，一个激灵坐了起来，连臀部的伤痛都忘记了。他用手按着伤口——好像这样做就能阻止抽搐的疼痛，眼睛打量着四周。什么都没有！妈妈怎么会出现在这儿？就算在，她的声音也一定不是他梦里的样子。梦中的那个声音十分镇定而有节制，像一位母亲要掌管一切。哦，如果父母能重新管教孩子们，该多么美妙啊！他们就会得到保护，知道下一步该做什么。他知道爸爸妈妈都很爱他，也在尽力做到最好，但现在家里最有家长样的却是他。他扭头看向妹妹们，发现莉兹没在床上。都这个时候了，她能去干什么？唉，说不定又去破解那该死的密码了。他刚准备起床，喊她回来睡觉，一个声音忽然响了起来。

“好点了吗？”是瑞普瑞德。

睡觉前，格雷戈尔已将门帘拉上，但没拉紧，留下了一条小缝，好让主室的光线透进来——他不想让妹妹们在一片漆黑中醒来。他在床上艰难地移动着，直到能通过缝隙漏进的光看到瑞普瑞德:他正蜷成一团,躺在地板上,莉兹依偎着他。

“是的,有你在旁边,我感觉好多了,你特别暖和。”他妹妹说。

“慢慢来,慢慢地做几个深呼吸。”瑞普瑞德说。听到这儿,格雷戈尔明白,一定是莉兹的恐慌症再次发作了。可她为什么不来找他?为什么要去向瑞普瑞德求助?“想再做一点数学题吗?”老鼠问。

“不用了,”莉兹说,“就这样待一会儿就好了。”

格雷戈尔对此很奇怪:莉兹突破心理障碍,蜷伏在一只大老鼠身边。不可一世、好像几乎厌恶所有人、即便有老鼠做伴也要独睡的瑞普瑞德,居然在悉心安慰他的小妹妹!不过两者谁更奇怪,他也说不上来。

“她是怎么死的?你说像我的那个?”莉兹问。她又在说什么?谁是怎么死的?瑞普瑞德什么时候认识过像莉兹的老鼠?

“她叫丝绸锋利。是在苹果园死的。”瑞普瑞德说。

“我知道那个地方,格雷戈尔跟我说过。大坝决堤了,洪水涌了进来。她是被溺死的吗?”莉兹问。

“我想去救她,”瑞普瑞德摇摇头,“可已经太迟了。”

“你的妻子呢?还有孩子们呢?”莉兹问。

“全死了,连说再见的机会也没有。”这只老鼠沉默了许久,又说道,“我在外流浪了好几个月,我想自杀,试了好几次,但不幸都没成功，想死也不容易啊！”

格雷戈尔的手指深深抠进毯子，他把刚听来的瑞普瑞德的遭遇整合在一起：妻子？瑞普瑞德有过伴侣。孩子们？看来他还做过爸爸。他有一个孩子叫丝绸锋利，和莉兹很像。哈姆内特让大坝决堤后，他就一个家人都没有了。可是，哈姆内特是瑞普瑞德不讨厌的少数人之一啊！当哈姆内特出现在丛林里，瑞普瑞德为什么不直接撕开他的喉咙？因为他知道哈姆内特不是故意的吗？还是因为他看见他在洪水中拼命拯救受害者？又或者是觉得他已承受了太多的罪责？

“所以你回来了。”莉兹说。

“一想到他们都死了，自己一无所有，我实在受不了。”瑞普瑞德说。

借着外面透进来的光，格雷戈尔看见瑞普瑞德双目紧闭，脑袋耷拉在前爪上。莉兹伸过手去，轻轻抚摸他的耳朵。“那是什么时候的事？”她柔缓地问道。

“哦，是我下定决心要改变一切的时候。”瑞普瑞德低声答道。

莉兹抬起胳膊，搂住瑞普瑞德的脖子，又将脑袋凑过去。几分钟后，他俩都睡着了。

16

太多问题，太多要承担的东西，太多要弄明白的事情。第二天一早醒来，格雷戈尔大脑里一片空白，没法思考早饭吃什么。小靴子把食物堆到他的盘子里，而他机械地咀嚼着，味同嚼蜡。

早餐后，除了破译室的东西原封不动，其他房间都给收拾妥当。然后大家开始各行其事：太普带小靴子去育婴区，他们去那儿能帮上忙；欧若拉和奈克做哈泽德的手下，帮他一起寻找田鼠失散的家人，让田鼠家庭团聚；阿瑞斯飞走了，去看看空运队还需不需要他。格雷戈尔和卢克萨在走廊里徘徊着，瑞普瑞德匆匆从他们身边擦过，“你们两个，半小时后去城墙见我。到时候你们就能看到我们的对手是谁了。”

瑞普瑞德一走，卢克萨盯着格雷戈尔问："你说，他为什么要给我们半个小时啊？"

"不知道。"格雷戈尔说。他想起了昨晚偷听到的对话，得知瑞普瑞德痛失爱妻和女儿，连说再见的机会都没有。难道这半小时，就是瑞普瑞德给他"再见的机会"？若真如此，格雷戈尔不想浪费，他要和卢克萨单独相处，好好地聊一聊。可是王宫内人满为患，他们能去哪儿聊？突然，他有了主意——去博物馆！或许那边还没被征用。"来吧，我要给你看个东西。"

卢克萨一脸疑惑。格雷戈尔抓起她的手，她也没有反对。他俩一起穿过走廊，穿过拥挤的人群，但自始至终没有松手。果不其然，博物馆还没被征用，外面的走廊已被封锁起来。他们跨过封锁线，偷偷溜进博物馆。

一到馆内，格雷戈尔就不知该做什么了。

"你要给我看什么？"卢克萨问。

格雷戈尔思绪万千，他其实并没有什么东西给她看，只不过想去个隐秘的地方，不用担心他俩的聊天会被人听到。现在他来到了博物馆，可以享受两人世界。但他一想到要说出口的话，又觉得尴尬起来。"嗯，就是……"格雷戈尔的目光来回巡视，最后落在那叠哈泽德生日聚会的照片上，"那些照片，"他说，"我觉得你可能想看一看。"

他在地板上铺了几件旧衣服和一块旧帆布，二人背靠着架子，席地而坐，一张张地欣赏那些照片。更确切地说，是卢克萨在看照片，格雷戈尔则在看她。不同的表情在她脸上交替出现。望着竞技场内的节日氛围、聚会时的精美装饰，她满脸堆笑。小靴子身穿公主服饰、喂太普吃蛋糕的画面，更是惹得她哈哈大笑。而哈泽德紧抱塔利亚的照片，又让她不由得面露悲伤。那可怜的小蝙蝠，在燃火地的火山喷发时不幸丧命。

“我想，这张照片能帮哈泽德一个大忙。”卢克萨说，“他总怕忘记死去亲友的脸。他现在就快记不住妈妈的面容了，对哈姆内特大概还有印象，毕竟他和我长得很像。皱边儿的形象他还记得很清晰。”

“没错，皱边儿那样子，想忘掉都难。”格雷戈尔说完，那只巨蜥就栩栩如生地浮现在他的脑海。

“他担心会遗忘塔利亚。”卢克萨说，“我可以把这张照片送给他吗？”

“当然了。格雷戈尔说，“多拿些吧，你们俩多留点。”

卢克萨仔细翻阅照片，挑了一堆出来，突然又皱起了眉头，“这儿没有我和你的合照，我们应该每人保存一张。”

她说得没错。他已把跳舞的那张照片给了她，真希望现在手头还有一份，可以一直放在口袋里，直到……直到……唉，管不了那么多了。“照相机里说不定还有胶卷。”他说着，查看了一会儿，结果确实还有。那台相机即拍即出照片，他们现在拍，照片立马就能洗印。于是他举起照相机，将剩下的胶卷一口气拍完。

在那短短几分钟，博物馆外的世界一下远离了他俩，他俩只是两个十二岁大的孩子，钻进大头贴拍照亭，叽叽喳喳地嬉戏，做鬼脸，大笑。他们就这样一直玩到格雷戈尔说“好，这是最后一张了”，两人便靠在一起，卢克萨的脑门贴着格雷戈尔的脸颊，刚刚那股傻乐劲儿也消失了。“最后一张了，”格雷戈尔想，“这辈子的最后一张照片。”“咔嚓！”照片慢慢出来了。照片上的两个人都在笑，但很勉强，一看就知道笑容蕴含着巨大的悲伤。这才是真实的他们，他俩不是无忧无虑的孩子，要做的重大决定不是去买冰淇淋，抑或直接去看一场电影。残酷的环境迫使他俩早熟，肩负着千钧使命。而战火已燃烧到家门口，纵然会有太多依依惜别，他俩还是随时都会分开。“我拿这张吧。”格雷戈尔说，“你就收着跳舞的那张。”等战争结束，他只希望卢克萨记得这个时候的他们，享受真正快乐时光的他们。

“我想我们的半小时时间也差不多过去了。”卢克萨压低嗓音说。

“是啊。”想起瑞普瑞德在城墙上等着他们，格雷戈尔不由得惆怅地说，“卢克萨，要是以后我再也不能像现在这样见你……我希望你知道……我……”此时此刻，他已不害怕说出心里的秘密，但痛苦堵住了他的嘴。他知道他们不会有未来，一想到这儿，他就如鲠在喉。

“我知道。”卢克萨接过话头，“我也是的。”

如果不是他们时间有限，如果不是战争加快了所有事情的进程，给他们一种“想做什么就赶快行动，要不永远都没机会了”的紧迫感，接下来发生的一切也许要花好几个月，甚至好几年才能自然发生。

他俩的脸靠得很近，不用扭头就吻在了一起。一种奇异的感觉席卷格雷戈尔全身，和愤怒者的感觉完全不同，这是一种更加温暖、让人又痛又痒的感受。他俩分开嘴唇，格雷戈尔凝望着卢克萨的脸庞，知道她也经历了和自己一样的感觉。

走廊里突然一阵混乱，米拉维特走了进来，手中托着格雷戈尔的全副盔甲。“你在这儿啊，我在宫殿里找了你很长时间。我接到命令，要给你做好作战准备。”老妇人说。她向格雷戈尔招招手，马上就开始给他穿戴甲胄。“卢克萨，穿好盔甲，对你有益无害。”

“索罗维特不想让她参战。”格雷戈尔说。

“要是掘地兽挖进宫殿，索罗维特的想法就根本不重要了。到时候，每个男人、女人，甚至孩子，都要加入战斗。”米拉维特说，“她啊，最好还是提前穿好盔甲吧！”

“没错。但我先要去趟城墙。”卢克萨说。

“去完了就来看我，亲爱的。”米拉维特坚定地说。出乎格雷戈尔意料的是，她伸手轻轻拍了拍卢克萨的脸蛋。她和索罗维特差别真大啊！索罗维特从不对卢克萨流露任何真情实感。

格雷戈尔穿戴好黑色盔甲，和卢克萨一起走进圣殿。阿瑞斯已经在等他们了。没过多久，他们就飞到了城墙。他们迟到了片刻，但瑞普瑞德没有小题大做。他忙得不可开交，正监视着整个行动，而索罗维特就站在他身后。

“你想让我们开始作战吗？”格雷戈尔问。

索罗维特说：“时间还没到，格雷戈尔，不过请你靠着我站。”她又看到了卢克萨，便反对道：“你不应该在这个时候出现在这儿，战事指挥中心需要你。”

“瑞普瑞德让我过来的。”卢克萨说。

“瑞普瑞德他错了，他现在也发现了。”这老鼠怪怪地说。

“我更想留在这儿。”卢克萨坚持道。

“不行，维库斯马上就要和纺织工、爬行者协商结盟的事了。我们都认为你的出席至关重要。艾杰克斯会载你去。”索罗维特说。

“好吧！”卢克萨说。她最后看了格雷戈尔一眼，登上蝙蝠飞走了。格雷戈尔恋恋不舍，眼神一直追随着她逐渐远去的背影。

瑞普瑞德用尾巴猛戳他，将他一下子拽回现实。“索罗维特指出，她的存在，会让我们的某位士兵分心。”他含沙射影地说，“谁希望发生那样的事啊？”

格雷戈尔一声不吭。卢克萨回去了，他其实偷偷地感到高兴。她的确让人分心，即便是现在，他依然忍不住去想她在做什么。他与自己的内心进行着斗争，逼自己把注意力放到眼前。

战役依然在进行。和几天前那场很像，战场上的老鼠似乎正按某种阵型列队布阵。只不过上次他们始终保持距离，与指挥中心相距二十多米，而这次却逼近不少，直接打到了城墙根下。城墙高约九米，对老鼠来说太高，跳不上来，但有些老鼠已经试着往上爬了。城墙表面覆满大块抛光石板，石板间留着极细的接缝，接缝连成了一张网。有了这张网，行动敏捷的老鼠就等于多了立足之地。

一只老鼠已爬过了一半城墙，骑在蝙蝠上的士兵立即呼啸而过，用剑将老鼠刺落。老鼠哀号一声，摔得七窍流血。但瑞普瑞德并不满意，“现在她发现了攀爬路线，其他老鼠就都知道该怎么做了。”话音刚落，第二只老鼠就沿着同样的路径，匆匆往城墙上爬了起来，这证实了瑞普瑞德的推测。刚没爬几米，一名士兵就结果了他的性命。

“好了，看来时机到了。”索罗维特发出信号。

“什么时机？”格雷戈尔问阿瑞斯。

“倒茶的时机。”阿瑞斯冷酷地说。

格雷戈尔记起了那首儿歌——已经证明是一个恐怖预言。几个星期前，他们在燃火地发现了这首歌的真相。它已经预言了老鼠灭绝田鼠的企图，其中有一节内容是这样的：

现在客人来到我们门前，
像以前一样招呼他们吧。
有人切蛋糕，有人倒茶。
父亲，母亲，兄弟，姐妹，
他们已经出发，我不知道
是否还会再见到他。

好几个世纪以来，地底人都以为这些歌词是没什么伤害意图的废话，描绘的不过是一场茶话会，有人切蛋糕，有人倒茶。可现在大家都明白了，老鼠才是门前的“客人”，他们像蛋糕一样被剑切开。就像阿瑞斯说的一样，如今是该倒茶的时候了。

他们早就准备了一口口大锅，只等发号施令。锅由厚实的黑铁铸成，两侧装着拱形金属把手，外形好像篮子。蝙蝠抓着铁锅，飞到城头，人类则戴好保护手套和护目镜，抓着它们的把手，锅一斜，倒下好几升滚烫的油。一时间，恐怖的尖叫声响彻云霄，敌军的最前线后撤了好大一截。城墙根下，只剩几只烫伤的老鼠拼命翻滚。

“可以扔火把了吗？”一名士兵问索罗维特。

“先来两支吧。”她答道，“我不想让浓烟影响我们的视线。”

话音刚落，两支熊熊燃烧的火把被丢了下去，掉在两只运气最坏的老鼠身上，他们立刻就成了火球。他们疯狂地乱窜，在地上打滚，想把身上的火扑灭，可皮毛已经吸足了油，因而任何挣扎都是徒劳。霎那间，空气中充满了毛发和血肉烧焦的味道。大概是因为受惊过度，他们晕死过去，直直地倒在城墙脚下。

这是格雷戈尔见过的最可怕的画面之一，惨烈程度不亚于火山坑底被毒死的田鼠，或是霍华德的结合潘多拉的下场——被蠕虫瞬间吃光，只剩一副骨架凭空落下。他感到一阵恶心，赶忙用力吞咽口水，把早饭压了下去，目光转向周围的其他人。

瑞普瑞德面无表情，他只说了一句话：“这招应该能阻挡他们一会儿。”

索罗维特哼了一声，表示赞同。城墙上的人既没有表现出胜利的欢呼雀跃，也没有流露出强烈的反感情绪。这场面，王之城的人大概已经看过不下一百遍了。格雷戈尔觉得,他们对这行为不是很赞同,但都认为是必须的。

老鼠们继续往后撤退,他们的计策起到了预期的效果。

格雷戈尔握紧剑柄，稳住颤抖不已的双手。会有这种反应,还是因为他是个新手吧,也许以后这样的场面就是家常便饭。战争和爱情一样,双方站在一起,应该都是公平的。他的思绪又回到了掘地兽身上，想到三明治靠投毒窃取了他们的土地。那不公平！即便是打仗,也要有不可逾越的底线。在格雷戈尔看来,将滚烫的油倒在敌人身上,再放火烧他们都是不应该的。当然,他们在燃火地时也用火烧过老鼠,可当时形势危急,为了拯救自己和田鼠,他们是迫不得已,而绝非蓄谋已久的算计、惨无人道的战略。难道只有格雷戈尔自己觉得他们对老鼠的所作所为让人恶心吗?

事实证明，有这种反应的不止他一个人。人类的应敌方式,对另一个生物也产生了重大影响。他的心还未完全冷酷到坚硬如铁,在他眼里,战争依然是新奇的东西。格雷戈尔不知道他是从哪儿冒出来的——也许是附近的地道吧。被活活烧死的老鼠逼得他跳了出来,他出现在乌压压的老鼠大军里,往后一蹲,发出一阵震耳欲聋的吼叫。

灾星来了。

“啊,我的小养子最后还是来了。”瑞普瑞德发话了。

城墙上的老兵们也倒吸了一口凉气。格雷戈尔最后一次见灾星还是几个月前，现在他又长高了好几十厘米，身长至少三米半，就算战场上体型最大的老鼠和他相比，也是相形见绌。在火把的映照下，他一身雪白的皮毛显得五彩斑斓。

“珍珠阿毛。”格雷戈尔在心里喊着这个名字。不到一年前，他还是个可爱的老鼠宝宝，躺在他的怀里瑟瑟发抖。没错，所有人都经历过婴儿时期，但不是每个人长大后都想灭掉另一个种族，命运再坎坷，也不一定会沦为恶魔般的生物。看着眼前的灾星，格雷戈尔忍不住想，自己第一次发现他时，其实应该直接杀死他。那时，灾星还在迷宫里，依偎在妈妈温热的尸体旁。如果格雷戈尔痛下杀手，那田鼠们现在还活着吗？老鼠会被镇压下去吗？还会有这场残酷的战争吗？

“就算做了，那也是不道德的。”阿瑞斯似乎看穿了格雷戈尔的心思，压低嗓子说，“灾星是坑杀了许多田鼠小崽子，可如果当时我们杀了小灾星，那就和他犯了同样的罪。”

“预言说，他以后会成为恶魔。”格雷戈尔说。

“可我们杀死灾星真的是预言的要求吗？你的选择没有错吗？”阿瑞斯问。

阿瑞斯说得对。格雷戈尔的思绪飞回了当时的迷宫。即便他知道今日的种种惨剧，再给他一次选择，他还是没法割断小宝宝的喉咙，毕竟当时的灾星只是条无辜的生命。

至于完成预言……他已知道三明治对掘地兽的所作所为，不由得对那老人给他的指示产生了怀疑，对那些预言的矛盾感受也是与日俱增。

“那是我们共同的决定。”格雷戈尔说。现在没时间让他深究了。

这会儿，灾星周围散开一个大圈。就连老鼠也四下逃窜，以躲开灾星的巨掌和尾巴。

“他比我预想的大很多。”索罗维特吃惊地说。

“我听说他在燃火地一直都在吃啮啃者的尸体。吃得多，自然也长得快。”瑞普瑞德说。

“他能作战吗？”阿瑞斯问。

“他们说他行，不过我们也没见识过。老鼠们一直把他藏着掖着。”瑞普瑞德说。

“他战胜不了你。”格雷戈尔说。他以前看过灾星攻击瑞普瑞德，最后输得很惨。

“也许吧，也可能不是的。因为那时他比现在要轻几百斤，而且我肯定，他们也给他上了不少训练课。另外，他还有大批追随者。除非我能把战场上的老鼠全部打退，要不绝对靠近不了他。”瑞普瑞德说，“所以，现在的问题不是他能不能打败我，而是能不能打败你。”

大家的目光都投向格雷戈尔。他问道：“验证的时刻到了吗？”

是的，就是现在。

格雷戈尔调整着盔甲，瑞普瑞德趁机给他一些打斗的建议。灾星在力量方面明显占据上风，格雷戈尔可以依赖的只有速度和灵活性，发挥出这两样优势，他还有一丝获胜的机会。还有一点必须牢记，灾星的手脚触及范围非常宽广，远超他以前斗过的任何一只老鼠，所以他们务必要考虑攻击和躲避的时机。瑞普瑞德滔滔不绝地说着，格雷戈尔已经听不进去了——他正全神贯注地盯着灾星。

几支勇敢无畏的队伍先飞了下去，向灾星发动第一轮攻击。只见他就像打苍蝇一样，把他们连人带蝙蝠地拍走了。当格雷戈尔坐在阿瑞斯的背上，他发现灾星的爪子只要碰到蝙蝠翅膀，就像撕纸巾一样将它们撕碎。他们垂直降落，下方一群老鼠叫嚣个不停。

“阿瑞斯。”格雷戈尔拔出宝剑。

“我知道，我会小心我的翅膀。”阿瑞斯说。

士兵们纷纷升空，却没人再投入战斗，因为灾星的骤然出现让大家困惑不已，他的强大更使他们一下子六神无主。他们都神色黯然，只等格雷戈尔飞过去，向灾星宣战。老鼠们见对手有些气馁，一个个都得意洋洋。

灾星发现了格雷戈尔，于是跃到战场中央。他轻轻摇摆尾巴，耳朵向后平贴着脑袋，口水从长牙上滴落。“勇士，勇士，”他嘶嘶叫道，“来吧，来打我啊！”

格雷戈尔知道，要不了几分钟，他就会命丧灾星手中。“瑞普瑞德？”他担忧地问道，“我的家人？”

“我言而有信。”瑞普瑞德郑重地说。

格雷戈尔紧闭双眼，回想着石骑士的样子，渐渐积蓄起力量。

“好了，”格雷戈尔对阿瑞斯说，“你准备好了就去吧！”

阿瑞斯的胸脯在剧烈起伏，格雷戈尔最后做了一个深呼吸。接着，阿瑞斯往空中飞去，绕灾星飞了一大圈。地面上鸦雀无声，老鼠们都静待着一场空前绝后的对决。灾星依旧蹲坐在地，眼睛死死盯着这对敌人。格雷戈尔睁开眼睛，让愤怒者的感觉潮水般涌过全身。在他眼前，灾星的弱点快速闪过：眼睛、鼻子、肝脏部位，还有前腿上不停跳动的动脉。

当飞第二圈时，阿瑞斯一个猛子扎下，落在灾星身后。灾星回头瞟了他们一眼，迅速跳到空中，扭着身体扑了过来。阿瑞斯急忙改为侧身飞行，灾星的前爪却紧跟着猛击过来。眼看就要躲避不及，阿瑞斯记起了训练时刚学会的动作，于是立即收起翅膀，在空中连续翻滚。格雷戈尔趁机跳起，一剑砍断灾星的三根脚爪，接着平贴在阿瑞斯背上，闪电般飞出灾星的触及范围。

人类欢呼雀跃，给格雷戈尔鼓劲。但他们不知道，这个打击对灾星来说，就好像被针轻轻刺了一下而已。灾星追逐着空中盘旋的敌人，而格雷戈尔很难找到一个突破口。突然，灾星主动发起了攻击。他抓住阿瑞斯的翅膀边缘，用力一挥，妄图把他们投进自己的利齿中。不过灾星把他们往嘴边拉时，却正好带着他们掠过自己的鼻子。格雷戈尔眼疾手快，趁机用剑切开他的一只鼻孔，灾星痛得头一缩，痛苦地咆哮起来。阿瑞斯急忙抓住机会，让翅膀挣脱束缚。自此，这场决斗才算正式拉开了帷幕。

格雷戈尔和阿瑞斯配合默契，动作麻利且速度惊人。他们几乎始终处于灾星攻击范围内，阿瑞斯使出浑身解数，在空中翻转、下沉、轻松拉高，格雷戈尔总能抓住战机，对准灾星的利爪和尖牙下手。灾星除了力量惊人，速度也快，只是和格雷戈尔比稍逊一筹。因此，格雷戈尔连一秒钟都不能松懈。一时间，双方难分高下，可谓势均力敌。

最终格雷戈尔和阿瑞斯发现，攻击灾星的脸能最大限度地打击到他。因此，阿瑞斯连续向灾星的双目间飞去。只要距离一拉近，格雷戈尔的短剑就能派上用场，这把武器让他攻守兼备。成功了！他在灾星眼睛上撕开了一条长长的伤口！这老鼠立马跪下前腿，改变进攻方式。灾星将尾巴举过头顶，甩得呼呼有声，恰好一鞭抽中格雷戈尔的左背。这突如其来的袭击，把他从阿瑞斯背上掀下，一头栽向地面。疼痛让他麻木，他一开始几乎无法呼吸，更别说换个合适的姿势让阿瑞斯把他接走。多亏阿瑞斯动作迅猛，他刚要落地，这位搭档就飞了过来，不偏不倚落在他身下。格雷戈尔落在了阿瑞斯的脖子上，他的胸腔发出"砰"的一声，肺里最后一点空气也被砸出。所幸的是，此时灾星还没缓过神来，他满脸是血，纯白的皮毛被染成了猩红色，鼻子和眼睛都受了伤，他一下子失去了方位感。

格雷戈尔感到后背有些不对劲。他一摸刚被打击的部位，就觉察出了异样。后背并没有披挂金属盔甲，而是厚厚的皮革护板。格雷戈尔按压着伤口，没能摸到位于低处的两块肋骨。不对，它们还在，只是已不在原位，而是向身体深处移动了几厘米。怪不得他觉得呼吸困难，可现在没办法，必须强忍着继续战斗。"尾巴。"格雷戈尔咬着牙，凑近阿瑞斯的耳朵说道。他费尽全力，也只能吐出这一个词。但阿瑞斯心领神会，迅速直落，飞向灾星的脑袋。当灾星的尾巴条件反射地甩过来，格雷戈尔拼尽全力，挥剑砍去，动作一气呵成。剑锋碰上尾巴，将它干净利落地切成了两截，现在灾星只剩半米多长的尾巴了，鲜血像喷泉一样涌出。格雷戈尔瘫倒在阿瑞斯的脖子上，浑身被血雨浇透。

起初，灾星还没明白自己失去了什么。他茫然地转着圈，寻找自己的尾巴，一圈又一圈，直到他瞥见躺在地上的那截断尾——他用爪子摁住尾巴，呆呆地看了至少半分钟，好像这样就能让尾巴回来一样。最后他恍然大悟，头一歪，发出一阵惨烈的叫声。

格雷戈尔这才意识到自己做了什么。他原本只是想把尾巴解决掉，在他眼里那就是一个有力的武器。他并未想到，这条尾巴对灾星意义重大。以前在王之城地底，他看到灾星差点为了尾巴精神崩溃：这老鼠为了让自己镇定，先是狠狠吮吸自己的尾巴，接着大咬大嚼起来，直到把尾巴啃得血肉模糊。所以尾巴就是他的安慰，是能给他安全感的保护伞，是他没法面对现实时的求助对象。老天啊，没了尾巴，他还能应对这世间的一切吗？

灾星彻底发疯了，他狂躁地转着圈，毫不留情地撕咬任何挡道的东西。他看到了阿瑞斯。此时阿瑞斯正挥着受伤的翅膀，竭尽全力向王之城飞去。很明显，格雷戈尔已经丧失继续作战的能力，阿瑞斯应该载着他回去疗伤。灾星却毫无撤退的念头，反而像飓风一般猛追过去。这只老鼠扑向城墙，接着猛力一跳，落到城墙上面。他往前疾行，巨大的身体撞飞了十几个人。然后他沿着城墙徘徊，大吼大叫，说着让人费解的话。其他人慌忙登上各自的蝙蝠，匆匆飞走。

阿瑞斯在短短几秒钟内飞离城墙，让紧追不舍的灾星扑了个空。他边飞行，边扭头远望：灾星还在大吼大叫，大大小小

的爪子、鼻子从城墙边冒了出来。位于最前线的鼠群就加入了进来,墙头的老鼠也越来越多。

这时候,一只老鼠径直爬到灾星背上,她浑身覆盖着银色的皮毛。格雷戈尔认识她,是卷舌头。那老鼠巧舌如簧,差点说服格雷戈尔背叛瑞普瑞德。他总觉得,卷舌头的权威远在灾星之上。明眼人都看得出,灾星光凭自己的智商和力量,根本想不出大规模屠杀田鼠的计划,也不可能贸然发动战争。格雷戈尔最担心的事情终于得到了证实:卷舌头骑在灾星的肩头,对着他的耳朵窃窃私语。在灾星没有主张时,卷舌头将会出谋划策。

“拿下王之城!一个活口也不留!”灾星嘶吼着。

随着他一声令下,老鼠们蜂拥攻进王之城。

17

老鼠们涌进城市的大街小巷，每一个碰到他们的路人都难逃屠戮，惨叫声不绝于耳，令人窒息。大多数人都已赶到了较为安全的王宫，但仍有许多人还在路上，有的疲于奔命，有的坐在车里。老鼠大军席卷而过，要置他们于死地。有人拔剑自卫，但敌人的袭击异常猛烈，他们根本抵挡不住。而格雷戈尔无能为力，只能眼睁睁地目睹无辜的百姓被活活撕开。

"都是我的错，我没把他杀死。"格雷戈尔挣扎着坐了起来，悲恸地埋怨自己。

"那是不可能的，"阿瑞斯说，"快趴好！"

不久前，王之城军队还在浴血杀敌，现在的首要任务却变成了救人，他们正竭力将受害者转移到安全地带。阿瑞斯一个俯冲，从马车上抓起一对孩子，他们妈妈的喉咙刚被老鼠撕开。阿瑞斯将他们送到圣殿的阳台，轻轻地放下。孩子们挤作一团，吓得瑟瑟直抖，哭个不停。终于有人来帮忙，孩子们被带到了王宫。圣殿里满是送人过来的蝙蝠，他们刚一放下伤员，就又立刻出发救人。

“格雷戈尔，我必须走。”阿瑞斯说，“我还能救一些人。”

“没问题，去吧，我没事。”格雷戈尔说着，从蝙蝠背上滑了下来。他膝盖双手着地，一时间动弹不得。阿瑞斯犹豫了：“那你怎么办？”格雷戈尔咬着牙说：“去吧，会有人来帮我的。”

但当阿瑞斯一飞走，格雷戈尔就知道不会有人来相助了。圣殿里一片混乱，周遭全是拍打不停的翅膀，地板上躺满了流血不止的伤员。格雷戈尔痛得厉害，根本没法大声呼救，连表达痛苦都成了问题。周围人太多，都在寻求帮助。他的最佳选择就是拖着身体，到达阳台那边倚靠石瓮坐着，这样至少不会被人踩死。

只能这样了。身体有个地方真的不对劲，是背！背伤给他带来了极大的痛苦。也许灾星尾巴一甩，给他带来了一处致命伤，说不定身体的某个重要器官已经坏了，现在的他只能默默等死。左背下方的肋骨出了毛病，他那一侧的防御太弱了。身体左边到底有什么器官？他说不上来，只知道心脏在左边，但他的伤靠下，受伤的不可能是心脏。

格雷戈尔尽力小口呼吸，哪怕是最小的动作也会加剧伤口的疼痛。他疼得想哼哼，可现在就连呻吟都成了奢侈。周围充斥着各种声音：呻吟、哭喊、厉声尖叫。他希望大家能安静下来，哪怕一会儿也好，他就不会那么疼了。如果能享受片刻安静，那该多好。

格雷戈尔坐的时间越久，对三明治的预言越深信不疑——至少和他、灾星有关的那段已经实现了。

“当恶兽鲜血挥洒，

当勇士横遭屠戮”

他快死了，灾星也差不多吧！鲜血正从灾星的断尾处喷涌而出，即便他身形巨大，体内的血液也是有限的。老鼠有办法给灾星止血吗？那只白色巨鼠是不是也和他一样，蜷缩在某处，无助地看着自己的生命渐渐耗尽？

嘀嗒、嘀嗒、嘀嗒、嘀嗒、嘀嗒、嘀嗒、嘀嗒、嘀嗒、嘀嗒、嘀嗒、嘀嗒、嘀嗒、嘀嗒、嘀嗒、嘀嗒……

格雷戈尔的目光越过阳台外那堵矮墙，他看见外面到处都是老鼠。他们有的在屋顶上爬来爬去，有的在破坏人们的家园，还有的正贪婪地吞食着死尸。人类重整军队，准备再次发起进攻，但这次已经没法对准目标了。王之城有太多扇门、太多个窗户，老鼠们走到哪儿都能钻进去躲藏，又能出其不意地跳出来。城中每栋石质建筑上都刻满了精美的花纹，此时却成为老鼠攀爬所凭借的工具，他们能轻易爬进任何一栋建筑——除了宫殿。

竞技场在城市另一端，里面住满了啮啃者难民。格雷戈尔迷迷糊糊地想，他们该怎么躲过这一劫？城市和竞技场间隔着巨大的石门，把门关上，就能拦住外面的老鼠。可不是还有好几条地道吗？从隧道也能进入竞技场……假如是这样，会有什么后果？

外面的喧嚣慢慢归于平静，火光渐渐暗淡。“到傍晚了吧？”格雷戈尔想，疼痛让他的思考停滞，“很快就要入夜了。”他突然想起这儿没有昼夜，是他的视力不行了吧，眼前的东西看起来都很模糊。没错，他肯定自己的眼睛出了问题，也许这就是他行将就木的征兆……

“格雷戈尔！”霍华德警醒的声音传入他的耳鼓，接着又换成了安抚性的腔调，“格雷戈尔，我是霍华德。你听得见吗？”霍华德的面容逐渐清晰起来，“你受伤了？发生什么了？”

“背。”格雷戈尔的嘴唇蠕动着，想描述清楚，却怎么也出不了声音。霍华德应该读懂了这个唇语，因为他二话不说，就给格雷戈尔检查起后背。他立马找到了凹陷部位，手指摁压着肋骨，光线一下子闪进格雷戈尔的眼睛。“不！”他总算能出声了。

“格雷戈尔，我知道你很疼，我能帮你。你一定要先坐直。”霍华德指示道。

在格雷戈尔听来，这条提议就是一个笑话。他完全动弹不得，怎能笔直坐起？

“医生！地上人需要医生！”霍华德扭头呼救。

一个女人匆匆跑来，摸了摸格雷戈尔受伤的地方，迅速把他从石瓮旁转移走。现在他总算能肆无忌惮地呻吟了，不过这叫声也太可怕了。他想哀求他们停手，希望他们赶快离开，不要管自己。女人站在格雷戈尔身后，手架在他的腋下，把他的身体拉直，那股力量让他不得不挺直后背。她说了些什么，霍华德赶忙跪在格雷戈尔面前，用力握紧他的手：“呼吸，格雷戈尔。慢慢地做深呼吸。”

“没门！”格雷戈尔想，他现在只想尽可能小口呼吸，越浅越好。“没门！”他不管霍华德的提议。

“呼吸，格雷戈尔！快做！”霍华德怒吼道，“吸气啊！”

很显然，霍华德不会轻易放弃，他们会一直折磨他，直到他乖乖就范。格雷戈尔没办法，只好强迫自己做了一个深呼吸。刚一吐气，他差点没晕过去。他闻到一股浓烈的气味，眼睛和鼻孔都刺痛得厉害。

“再来！呼吸！”霍华德又严厉地命令道。格雷戈尔只得重做了一次。呼吸，恢复意识，再被迫呼吸……最后，就在他觉得实在无法忍受的时候，突然只听“啪”的一声，他左侧的肋骨恢复了原位！空气顿时涌入他的身体，他又可以用肺随意呼吸了，说话也恢复了正常。虽然后背仍然很疼痛，但他已不感到再头晕目眩。

“好些了吗？”霍华德一屁股坐在脚跟上。

“是啊！”格雷戈尔甚至笑了出来，“好多了。”

他们小心翼翼地卸下他的盔甲，剪开浸满鲜血、破烂不堪的衬衣。一张照片从裤袋里滑出，它是格雷戈尔和卢克萨新拍的。霍华德发现了，却什么也没说。“我找不到体内受伤的迹象。”医生说，“给他吃点止疼药，包扎好肋骨部位，让他上床躺好吧。”说完这话她就走了，格雷戈尔还没来得及谢谢她。

霍华德给他服了一小剂止疼药。接着，他用蜘蛛丝给格雷戈尔包扎伤口，把他的身体缠了一圈又一圈。

“阿瑞斯呢？”格雷戈尔问霍华德。

“我想他还在外面救援百姓吧！”霍华德说，“我正好看到了他的翅膀，真不敢相信，他居然能靠那样的翅膀飞行。”

“他很固执。”格雷戈尔说。

“跟你一样。我听说你被灾星击中后，还是砍断了他的尾巴。”霍华德说。

“哦，是的。”格雷戈尔说。霍华德这话不假，即便肋骨移位，他还是坚持给了灾星最后一击。“我猜，当时我身体里的肾上腺素一定多得不得了。外面情况怎么样？”

“嗯，我们总算找到了你。目前，关于你的故事被传得沸沸扬扬，什么样的都有。飞行者一直在疏散市民，大多数人类都已被救走，剩下的应该已经死了。竞技场那儿设了障碍，暂时保护着啮啃者。要是人们准备把他们运回宫殿，也别觉得奇怪，毕竟竞技场那个地方抵挡不了进攻，”霍华德说，“宫殿是我们唯一剩下的可靠堡垒了。”

“掘地兽呢？”格雷戈尔问。

“还没发现他们的踪迹。”霍华德答道。

“可维库斯说，他们的数量还有很多。”格雷戈尔说。

“很有可能，但我们还不能确定。况且打洞进宫殿远比到我们的庄稼地困难，三明治建造这座宫殿时，为了打好地基，特意深埋了许多石块。”

“但他们还是办得到。”格雷戈尔又说。

“如果是那样的话，我们也没办法。”霍华德试了试蛛丝绷带，“包扎好了。你试试看，现在能走路吗？”

霍华德把他扶了起来。格雷戈尔还是觉得疼痛，但给他造成最大困扰的是他的视力，“我还是看不大清楚。”

“不是你的眼睛问题，你看看王之城。”霍华德说。

格雷戈尔凝视外面的城市，这才意识到问题所在：以前，外面都亮着成千上万支火把，如今只剩寥寥数根。格雷戈尔想起他刚到王之城时，曾好奇地问维库斯：为什么人类遭受攻击时，不干脆扑灭火焰，在黑暗中迎战？老人的回答是：“我们的眼睛需要光亮，这样才能投入战斗，但他们不用。”现在火光昏暗，人类该如何抵抗？

他们静默地望着城市，眼见火把一支支地暗淡下去。很快，最后一支火把从楼顶落下，像流星般划出一道弧线，无助地掉在地上。

光亮彻底泯灭，整座城市陷入令人绝望的黑暗，抓挠声持续不断地响了起来。

18

声音起初很小，仅有一只爪子在石头表面抓挠着。随后，同样的声音一个接一个地响起，那动静贯穿整座王之城，淹没了其他声响。

“这声音我以前听过。”格雷戈尔不得不提高音量，才能让霍华德听见，“不完全一样，但也差不了多少。”

“在地下王国？”霍华德问。

“不，在公寓楼里。瑞普瑞德派了一队小老鼠，在我们家墙里拼命地抓，吓得我们不得不到地下来参加瘟疫会议。”格雷戈尔说。

“你被吓到了？”霍华德问。

“你可想而知。”格雷戈尔开始回想起来：当时那抓墙的声音越来越大，眼看着石膏墙就要破了，他们吓得匆匆逃离了公寓。

“那看来，我承认我被吓到了也没那么丢脸。”霍华德说，“这声音影响的只是我们的心理，老鼠不可能就这么一路挖到宫殿来。”

格雷戈尔叹息道：“唉，反正他们是达到目的了。”他得赶快逃到听不见这声音的地方去，要不然恐怕神经承受不住，而且现在肋骨回到原位，他能勉强走路了。于是他询问道：“你能带我去破译室吗？我可以在那里躺一会儿。”

“但暂时不要剧烈运动。”霍华德警告他，“否则骨头会再次移位。万一移位了，我又不在，你自己知道该怎么恢复。给，把这些鼻烟带上。”霍华德拿出一个火柴盒般的小容器，放进格雷戈尔手里，示范按了几次。

“好极了，”格雷戈尔想，“现在就算晕倒了，我也能用它自救。”圣殿里一片哀嚎声，地板上血迹斑斑，伤亡人员遍布各个角落，还有好多伤者没人料理。这种情况下，他再抱怨未免显得牢骚太盛。“你留在这儿，霍华德。我自己去破译室，一个人能行。”他说。

“待会儿我会过去，查看一下你的情况。”霍华德点头说。

“没时间就算了！真的，我没事。”格雷戈尔说。然后他慢慢穿过拥挤的人群，向破译室走去。“抱歉，让一让，能让我借过吗？”

人们看到问路的是勇士，便纷纷让开，一条小路自动出现在格雷戈尔面前。有的地底人甚至伸手去摸他，有的人脸上浮现出难得的笑容，还有的人见他还活着竟十分惊奇。“你还活着！”一个老人哭喊道，“我们都听说灾星把你杀死了！”格雷戈尔心里一颤，担心这流言会传到妹妹耳中，就赶忙加快了脚步。

格雷戈尔走进破译室，只见莉兹趴在瑞普瑞德肩头痛哭流涕，其他队员也默默地待在各自的房间。小靴子轻轻摩挲着莉兹的头发，而她也是一副泪水即将决堤的样子。在格雷戈尔看来，这一幕就像是彩排：如果他真死了，大家的表现就会和现在一样。他真希望自己永远别看到这一切。

“你看，我跟你说什么了？他是活着离开战场的，”瑞普瑞德推了推莉兹的下巴，让她转头看向格雷戈尔，“他一点事都没有。”

“格雷戈尔！”莉兹呼唤道，“我以为你死了！”

“怎么可能？只是多了几块淤青而已。”格雷戈尔揉擦着绷带。

小靴子跑了过去，踮起脚尖，在包扎处最下方连亲了三下。“格雷——戈！”她热切地问道，“好点了吗？”

格雷戈尔难掩兴奋之情，“好多了，谢谢你，小靴子。”

“你应该让人把你的行踪告诉大家。”瑞普瑞德责备地说，“我们只知道几小时前你从战场撤退，之后就再也没有你的消息。”

格雷戈尔感觉这老鼠恨不得一口咬碎他的脑袋，可他不会做任何让莉兹难过的事。“唉，我的肋骨一团糟，还是霍华德和一位医生发现了我，帮我把骨头复位后，我才能动弹。”

“就和欧若拉的翅膀一样。”卢克萨出现在了老鼠屋的拱门下。她的脸色异常苍白，但没有哭过的痕迹。

“是啊，和欧若拉在丛林里翅膀移位的情况很像，”格雷戈尔说，“而她已经完全好啦！”

太普嘴里叼着一件干净的衬衣，拱了拱格雷戈尔的腿。

“谢谢你，太普。”格雷戈尔艰难地套上衣服，努力让自己不要乱动。在大家面前，他必须尽可能表现得若无其事。“情况怎么样了？破译工作有进展吗？”

很显然，他说错了话。莉兹听了这话，又是一阵抽泣。

“没，目前破译工作进展缓慢，都是因为你可怜的妹妹一直在担心你，”瑞普瑞德瞪大眼睛说，“这浪费了不少宝贵的时间。”

“这不是他的错，是我不好，我什么都不会。要是老鼠来了，我都没法和他们打架，我一点用都没有。”莉兹抽噎着说。

“别瞎说。在这儿，你别指望扔一块石头，就能砸死许多敌人。这里不缺英勇的战士，缺的是密码破译人才，他们少得就跟树一样。”瑞普瑞德说。

“我不是破译者！我也想啊，可我不是。也许那个人是小靴子。”莉兹说。

“唉，怪事发生了不少，可我还是看好你。”瑞普瑞德说，“好了，现在继续吧！我们一起努力！”

“你要留下来？”莉兹问。

“是的，我要待到我们把这套密码彻底破解为止。”瑞普瑞德说，“没了我，索罗维特也能继续开战。”

莉兹抽泣着，迅速跳到瑞普瑞德背上。她将手肘撑在他头顶，低头看着地板上的一条布。“也许，我们可以把哥白尼密码的顺序反过来。”她一边说，一边用衣袖擦着鼻子。

“我们来试一下。”瑞普瑞德同意道。

破译组的其他成员纷纷聚拢，屋里一下子悄无声息。这儿离宫殿外墙很远，但格雷戈尔还是能听见细弱的抓挠声。

卢克萨走到他身边，低声问道：“你要休息一会儿吗？”格雷戈尔点点头，任由她带着自己进入人类的房间。他心怀感激地躺在床上，调整姿势，靠右卧着，以免对受伤的肋骨造成压力，也避免加重臀部的伤势。卢克萨坐在他身边，握着他的手，“我们两个人中，似乎总会有一个需要恢复身体。”

“这也是我们能看到彼此的唯一方法。”格雷戈尔苦笑道。

“没错，”卢克萨说，“他们说，你和阿瑞斯在迎战灾星时表现得非常出色。”

“谁说的？肯定不是瑞普瑞德吧？”格雷戈尔调侃地说。

“不是他。不过他坦言，你的表现比他预期的要好得多。之后他又把全部功劳占为己有。”卢克萨说。

他俩顿时捧腹大笑，而瑞普瑞德的鼻子则从床尾冒了出来。“我们还在工作呢。你们不介意的话，声音放小一点。我不需要再重申破译密则的重要性了吧？”

“不用，我们很抱歉。”卢克萨说。

“你们俩干吗不做点有用的事？”瑞普瑞德不满地说。

“比如呢？”格雷戈尔问。

“比如让小靴子再多看几条密码，以防她除了把布条当尾巴外，又突然发现点什么。这么做，至少能让她不乱摸大家的毛发。”瑞普瑞德揶揄道，“一旦有什么情况，就赶快告诉我，万一她是预言里的公主……”

“我知道了。‘但凡她所见，即是利爪密则的缺陷’。”卢克萨说。

“谁知道那是什么意思啊？”瑞普瑞德一走，格雷戈尔就向卢克萨嘟囔道。

小靴子和太普随即被打发进屋，同时进来的还有近五十米长的白布，上面覆满了密码。“这玩意是他们从哪儿弄来的？”格雷戈尔问，“是谁写的？”

“老鼠通过岩石缝传递声音。”卢克萨说。“这是‘啪’声。”她用指甲拍了下石墙。“这是‘咔哒’声。”她快速敲了两下，力量更加柔和。“这是‘噌’。”她用指甲在墙上刮了一下。“较短的暂停用来区分字母，较长的暂停用来区分单词。我没办法把原来的声音直接呈现出来。你能帮忙吗，太普？”

“像这样，声音，像这样。”太普说。他把脚搁在地板上，迅速发出一系列啪啪声、咔哒声和噌噌的声音。速度很快，格雷戈尔的耳朵完全听不出区别，特别是轻拍声和咔哒声。不过话说回来，以前爸爸在电脑上播放摩斯密码传递的信息时，他也听不出明显区别，即便速度放再慢也还是听不懂。

“我们在具有战略意义的地点，安插了多个间谍记录信息。拦截那些声音并不难，老鼠用了加密密码，也就没想着费尽心思掩藏。之后，信息被人类记录下来，由蝙蝠送到破译室。”卢克萨说。

没人操心布条上的鸡爪子印，即便它们还没被翻译成有规律的字母——可能到现在，破译室的成员都能直接看出来了。卢克萨迅速画了一张树形信息图，供格雷戈尔使用。也许她并不喜欢上课学习，但她确实学得不错，她没走到外面参考墙上的那棵怪树，就能凭记忆标出全部信息。

“我想，老田鼠一定是个很好的老师。”格雷戈尔说。

“我想也是。”卢克萨说，“隔了这么久回想那棵树的内容，居然一点困难都没有。

“树的设计很好，许多常用字母只用较少的指令就能表达出来。比如字母E、A和I，只要一个指令，我们就能认出来。T和R仅仅需要两个。”卢克萨说，“通过图表，就能以最容易的方式看出来。”于是她画了一张表格，和刻在破译室地板上的那张一模一样。

“从某个角度来看，其实这设计并不完美。比如表达字母B需要两条指令，而使用频率比它高得多的O却需要三条。即使如此，这树形信息图也是他们表达最快、最容易记忆信息的途径。”卢克萨说，“可以开始了吗？”

小靴子似乎很享受这个过程，比起之前的解密码游戏，她更喜欢用不同线条找对应字母。

“好了，小靴子，现在我们来找直线——直线——直线——左。”格雷戈尔指着“||\”说。

小靴子用胖胖的手指在那棵树上摸索着：“直线……直线……直线……左……是X。是X！格雷——戈！”

“做得好。”格雷戈尔用莉兹的记号笔，在相对应的线条上写下一个X。他们就这样低声讨论，再记下字母。一个接一个，连续找了一个小时。此时，格雷戈尔也记得差不多了，至少现在能用所学给卢克萨传递这样一条信息：

||/\|\/\\.|/\\./.||/\.|/|||//|/||||.|//||\.|\|//\/\|/|
//|/\.

也就是“救救我，我快无聊死了”（Help me, I am dying of boredom①）。

卢克萨笑了，窝起一团布，向格雷戈尔扔去。当他们继续埋头工作时，格雷戈尔渐渐发现自己犯了个错误。卢克萨起初觉得他的玩笑很好玩，但很快她的脸上却多了一抹忧伤的神色。她肯定想到了亨利，因为以前他也经常喜欢开玩笑。再者，在他走进破译室之前，大家都以为他已不在人世，所以此刻任何和死亡有关的暗示，都失去了幽默的意味；而他的笑话里就带了一个“死”字，难怪卢克萨会心情沉重。唉，真希望刚才没有编这么一条信息，现在后悔也来不及了。

这会儿，小靴子已对树形图失去了兴趣，所以他们只好又组编其他游戏：让她用布条上的字母找出单词，再从后往前读。他们想尽办法，试图解开利爪密则。渐渐地，卢克萨和太普做起了小靴子的老师，格雷戈尔只是在旁边观看，因为他的大脑只擅长简单、直接的思考方式。他想睡觉，想再吃点止痛药，还想回家，回家……等瑞普瑞德喊大伙儿休息五分钟时，格雷

①译注：此句话意思是“救救我，我快无聊死了”。

戈尔已经昏昏欲睡了。他不想和其他人一起喝茶、吃蛋糕，却又担心如果不去，莉兹会难受，便只得拖着身体从床上爬了下来。

破译队队员们都垂头丧气，没有闲聊的兴趣。他们沉默地吃着东西，偶尔抽动鼻子，或是嘀咕几句话，具体说什么也听不清楚。

哈泽德闷闷不乐地走了进来，挨着卢克萨坐下，头靠在她的肩膀上。“怎么了？”卢克萨问道。

“他们不让我继续给田鼠宝宝找爸爸妈妈了。说太危险，所有田鼠必须立即躲进宫里。”哈泽德沮丧地说。

“这儿对他们来说更安全。”卢克萨说。

“是的，已经能听到掘地兽在竞技场打洞的声音了。”哈泽德说。

瑞普瑞德听到这话，立刻推开香喷喷的蛋糕。“是吗？”他一下子跳到门口，“难道现在我要通过一个七岁小孩来接受最新信息？”他不满地冲着外面大吼，“告诉索罗维特！我这儿的信息没有及时更新！”

“现在这抓挠的声音不是老鼠在搞鬼？”格雷戈尔问。

“哦，不是的，格雷戈尔。现在的声音和之前完全不同。”哈泽德说。

格雷戈尔转身看着大伙儿，抱怨道：“至少他们的挖掘方向不是宫殿。可为什么要这么做？我很担心。”

“你觉得他们想出了另一个入宫计划？”卢克萨问。

“我觉得，就算他们还没想出来，迟早也会想出来的。”瑞普瑞德说，“不过他们以前的计划从来没成功过，这次一定想打个翻身仗。同时，他们也知道我们正忙着搬运啮啃者，要不了多久，我们的人就都累趴下了。”

“达尔西特说，过会儿才需要我去帮忙。”哈泽德说，“她建议我先休息休息。可我不困，你们需要我帮忙吗？”

“可以啊！”瑞普瑞德说，“也许增添新鲜血液，能给我们带来启发。”

“你们在干吗？”哈泽德问。可没人应声，大家似乎都没精力了。最后莉兹开口了，她最讨厌别人忽略她的问题。“我来告诉你。”她拿过一张离她最近的布条，又从背包里掏出一支蓝色记号笔，坐在哈泽德身边。“这是老鼠传递信息的方式。这些线条代表了不同的字母。”她迅速在线条上写下一连串相对应的字母。

“和刻在地上的表格一样？”哈泽德问。

“没错，”莉兹说，“只不过就算我们把这些线条翻译成字母，也还是看不懂，这些信息都被另一层密码加密了。真正的高难度密码。”

“每个字母会不会代表了另一个字母？”哈泽德问。

"是的,但除此之外,还有其他窍门。比如,把每个单词的第三个字母删掉什么的,这样单词才有意义。"莉兹说。

"那字母 A 代表的还是 A 吗?"哈泽德问。

"我们都不这么觉得。你看,总的来说,这密码就像是电文——一个字母代表的永远都是另外一个字母;还有另一种加密方法:颠倒字母顺序。字母是确定的,需要做的就是给它们重新排序,形成新词。比如单词'nap'也可以是"pan",A 字母不变,但意思不一样;再比如,单词'cat',也可以是'act[①]'……"

"我的名字'Gregor',也可以是'Gorger'——戈杰国王。"格雷戈尔说着,戳了戳莉兹的腰。

"格雷戈尔第一次跟我讲起地下王国时,我就是这么跟他说的。我说,他的名字和戈杰其实差不多。"莉兹说。

老天啊,把自己第一次来地下王国的秘密告诉家人,现在回想起来,好像是几百年前的事了。"没错,哈泽德。我当时一直在说,我见到了巨型蜘蛛,还从悬崖上跳了下去,莉兹却一个劲儿地说,那个臭老鼠国王戈杰和我的名字很像,两个名字的组成字母都是一样的。哦,她一眼就能看出来。"格雷戈尔滔滔不绝地说。他喝了一大口茶,犹豫着要不要再吃一块蛋糕。

突然,海伦内安发话了。"她一眼就看出来了?"这只田鼠

---

①译注:"nap"意思是打盹,"pan"指的是平底锅。"cat"的意思是猫,"act"指的是行动。

缓慢地问道,“她当时一下子就看出来了?”

“当然啦!”格雷戈尔说,“唉,你们不是都知道她喜欢摆弄单词吗?”他没觉得这有什么了不起。发现“格雷戈尔”的组成字母和“戈杰”一样,对破解密码也没什么帮助啊!但是,这个消息在其他人中激起了相当古怪的反应。大家一个接一个地抬起头,看向莉兹。莉兹则不断转动着手里的水笔。

“没错,我一眼就看了出来。”莉兹自言自语道,“那是我看到的东西。”

“‘但凡她所见,即是利爪密则的缺陷’,”代达罗斯说,“莉兹,再想想你当时到底看到了什么。”

莉兹看了看信息树,又飞快地翻阅起那些字母。“颠倒了字母顺序的单词——我当时看见了这个。有的字母其实代表的还是它本身。”她的嘴巴忽然微张,呼吸短促起来。

莉兹好几次要发恐慌症时都是这样,格雷戈尔对此担心不已,很想帮她调整过来。可在场的所有人都呆若木鸡,不敢打扰她的思路,他也只好和大家一起等着。

“颠倒的是——格雷戈尔的——名字。”莉兹一字一顿地说。

“‘名字让人迷眼’。”雷弗雷克斯用颤抖的声音说道。

“也许——这行预言——说的根本——就不是我的名字!”莉兹突然丢下手中的笔,抓起那张刚展示给格雷戈尔看的密码布。她迅速浏览着，嘴唇一开一合，却默默无语。当她再次抬头时，大家都听到了她的话："格雷戈尔，Gre-gor，戈杰，Gor-ger。我想……我找到……破译密则的方法了！"

第三部分

勇士

19

莉兹把布条翻了个面，一边在空白处写上字母表，一边念念有词："好了，好了，也许真的只是字母顺序被颠倒了，有的字母依然没有改变。那么，我们需要的只是那个关键的单词，和一道简单的密码指令，这样所有老鼠就都能记住了。"

"而你认为那个词是'格雷戈尔'？"瑞普瑞德问。

"我看见的就是这个词。"莉兹说。

"这倒是个不错的选择。这几个字母，既可以通过'格雷戈尔'记住，也可以通过'戈杰'记住。"海伦内安说。

"其实比这还简单。" 雷弗雷克斯说，"你们看，不论是'Gregor'，还是'Gorger'，只有四个字母组成：G–O–R–E。'gore'，所以只要记住这一个词就行了。"

“没错,”莉兹说,“没错。那么G、O、R和E保持不变。”她将这四个字母写在字母表上。

E G　　　　O R

ABCDEFGHIJKLMNOPQRSTUVWXYZ

“现在我们采用的密码很简单,没人会忘记。”代达罗斯说。

“动一个位置,最简单,动一个位置。”阿敏说。

莉兹点点头,开始填写字母。

“A由B来表示,B是C,C就是D,而E不变,那么D就是F……”海伦内安解释道,而莉兹的进度远远大于她的口述速度。她用签字笔将剩下的字母飞速写好。

BCDFEHGIJKLMNPOQSRTUVWXYZA

ABCDEFGHIJKLMNOPQRSTUVWXYZ

“按照刚才的方法,试一下!快!试一下!”于是,瑞普瑞德将一个尚未破解的密码布塞到莉兹手里。

莉兹用颤抖的手举起布条,大声读道:“掘地兽——到达了——靠近——王之城——的收容营。在地下——挖地道。”

所有人都呆住了,成功突如其来,他们一时间不知所措。

“已经不是新闻了,我们需要最新的消息。”瑞普瑞德冲到门口,对外面大喊,“新的消息!快把最新消息送来!”他又跳回莉兹身边,用鼻子把她拱起,抛到空中,接着转了半个圈,弯下腰,用背接住莉兹。“字母代表的是它自己!”

莉兹开心地笑了,搂住瑞普瑞德的脖子,“字母代表的是它自己!字母代表的是它自己!”

突然,破译组的成员齐齐庆祝起来。雷弗雷克斯往空中喷起了蛛丝,仿佛一条条轻盈的彩带;代达罗斯用翅膀捞起成堆的密码布条,兴奋地飞到空中,撒得到处都是;海伦内安激动地跳过瑞普瑞德和莉兹,蹦了一遍又一遍;就连年老的阿敏也加快步伐,跳起了古老的蟑螂舞,浑身上下都嘎吱作响。

小靴子仿佛身处天堂,不停地跑来跑去,在蛛丝彩带里转着圈,随后又蹦到太普背上跳起舞来。“字母代表的是它自己!字母代表的是它自己!”她也跟着一起嚷嚷。

“没错,一个字母代表的居然是它自己,你这个小笨东西。”瑞普瑞德说。他情绪也不错,甚至可以称得上欣喜若狂。哈泽德紧紧搂着卢克萨,“他们破解了密码,我们都没事了吗?”

“至少情况会好转,哈泽德。”卢克萨也抱住弟弟,然后看向格雷戈尔。他看得出来,她正在思考预言接下来的内容——

格雷戈尔的死。

格雷戈尔说:“一切都会好起来的,哈泽德。”他现在最不想做的就是,用自己的烦恼毁掉这欢庆胜利的时刻。他和妹妹击了个掌,“做得好,莉兹!”

“是我们大家的功劳,”莉兹说,“还有哈泽德。是他让我想起了颠倒字母顺序的事。”

“我能把这个好消息告诉啮啃者吗?如果他们知道密码被破解了,一定会精神大振。”哈泽德说。

“不!”瑞普瑞德一下子严肃起来,“我们破解了密码,但这件事绝不能告诉其他人。我会亲自去告诉索罗维特,你们必须发誓,要严守秘密。”

所有成员纷纷表示赞同,格雷戈尔也点了点头。不过,他私底下觉得哈泽德的提议是对的,消息一传出去,所有人都会信心倍增。正想着,一名年轻女人走了进来,她提着一个篮子,里面装满了捆得紧紧的密码布条。大家聚集过来,迫切地想破译最新消息。周围一片欢腾,格雷戈尔此时最想做的还是再睡一会儿觉,但瑞普瑞德给他安排了工作。他让格雷戈尔、卢克萨、哈泽德、小靴子和太普去破译原来积攒的旧信息,以防遗漏对他们有价值的东西。卢克萨建议让他们回房间工作,瑞普瑞德同意了,这样格雷戈尔正好可以借机补觉。

他们分成两组:一组负责写出布上密码条纹对应的字母,

另一组再对照利爪密则将内容破解。大多数消息都是旧闻，比如人类解救啮啃者、战场上的最新战况、老鼠和掘地兽的结盟和灾星的据点等；也有的透露了很重要的信息，比如哪些种族愿意站在灾星那边，哪些种族不愿意。蟑螂不愿意，而蜘蛛则保持中立（看来，雷弗雷克斯出现在这儿也一定是个秘密），还有的信息说蚂蚁太危险，连靠近他们都成问题。格雷戈尔觉得，蚂蚁根本不可能加入任何一方，他们以前就很清楚地说过，人类和老鼠死得越快越好。这两个死对头现在开战了，最高兴的恐怕就是蚂蚁。

格雷戈尔努力让自己保持清醒，可没过多久，眼皮还是黏在了一起。卢克萨突然轻声对他说道："睡吧，有我们就行。"

听了这话，他立马就进入了梦乡。醒来后，他发现周围一片安静。卢克萨、哈泽德和小靴子都在床的另一头酣睡。太普趴在地板上，轻轻打着呼噜。估计是瑞普瑞德命令大家上床休息的。他想再睡一觉，但后背和臀部都很疼，肚子也饿了，所以怎么也睡不着。于是他蹑手蹑脚地走进主室。莉兹和瑞普瑞德正躺在地板上呼呼大睡，睡姿就和昨夜一样。瑞普瑞德迷迷糊糊地睁开眼睛，发现是他，便又睡了过去。他走到餐车旁，想找点零食填填肚子。最后他翻出了半份炖牛肉，就大口大口地吃了起来，胃里顿时舒服了很多。

他希望霍华德能带上药品过来看他，可当想到躺在圣殿里的伤员、被地板上的鲜血粘住的鞋子，他就明白霍华德连一刻空闲都不可能有。或许，可以派人给医院传信，但医护人员正为拯救濒死的生命而忙碌，在这时候去烦他们，自己岂不彻底成了懦夫？他又担心起了身处芳特的妈妈。她被照顾得周到吗？那儿的医院会不会也和王之城一样拥挤？爸爸和奶奶怎么样了？他暗暗祈祷：爸爸可千万别突发奇想地来救他们。他旧病复发，也许病情又加重了，希望他只能躺在床上……这么想爸爸实在太不应该，但躺在床上怎么也比掉进老鼠嘴里好。

格雷戈尔给自己倒了杯凉茶，断了继续睡觉的念头。现在也不累了，还是做点有用的事吧！地上铺着最新送达的消息，已经被莉兹用水笔誊写清楚。篮子里还放着不少尚未破解的密码布，格雷戈尔抓过一条忙活起来。破译完后，他又随手抓起这样一条信息：

// |||\ |\\ // \/ / // |\\ \|. ||\ |\\ \ ||\. |\\ \\ . \| |\\ //.

他根据字母表，把内容翻译出来：

UXJUDIUJQ. FJEF. JP. QJU

再根据莉兹的利爪密则破译方式，格雷戈尔将这条信息破解成普通文字。那些字就像一把利剑，扎在他的心头。

傻奇提普。和那只老鼠有关的记忆一下子从他眼前涌过。在竞技场时,人类气息让她恶心,她便把鼻子埋进青苔。在漩涡里无助地旋转时,她满脸绝望的表情。当她向大家求救时,爪子扎进了他的救生衣,“不要——松——开!”那声音回荡在他耳边。那时,他并没有像其他人一样放弃她,而是冒着生命危险,救出了这只被同族摒弃的老鼠。后来,他们不管各自的身份,结为朋友。她最先发现,格雷戈尔是一个愤怒者。她给小靴子东西吃,不顾风险穿过老鼠迷宫,帮格雷戈尔找到灾星,又强迫他和阿瑞斯离开她,让她只身赴死。

但她没有死,那时候的她还活着,老鼠们把她关进了深坑。为了从她身上获取格雷戈尔的消息,他们很有可能对她进行了百般折磨,将她饿得半死不活。就在最近,她离开了这个世界,在生命的最后时刻依然孤独。想着想着,格雷戈尔的眼泪夺眶而出,滴落在布条上。

连他自己都吃了一惊——他好久没这么哭过了。不管是为妈妈、阿瑞斯,还是为田鼠、塔利亚和卢克萨,甚至就在他看完预言全部内容后,都没有为自己的命运哭泣。而这次,同情触发了他的眼泪。傻奇提普悲惨的一生实在太可怜了。她嗅觉惊人,却因此被视为异类,流放到死亡之地,艰难地独自生活,最后走投无路,转而投靠了瑞普瑞德。在迷宫时,她本可安静地流血而死,结果却被老鼠抓走了。她的嗅觉给她招来不少嫉恨，老鼠对她恨之入骨，他们最不能忍受的是，她居然在帮助格雷戈尔。

“好了，没事了。”瑞普瑞德越过格雷戈尔的肩头，看着那条消息。

“怎么会没事！”格雷戈尔的声音低沉而刺耳，因为他不想吵醒大家，让他们看到自己这副哭相，“我当时就该回去找她！”

“我们都以为她死了。”瑞普瑞德说。

“这只是我们的猜测！她一直在他们手上，我们也没去落实消息。”格雷戈尔说。他想到了自己的爸爸，曾被困在老鼠坑好几年。傻奇提普是不是死在了爸爸待过的地方？

“就算我们知道，把她救出来的几率也是微乎其微。”瑞普瑞德摇了摇头，“他们不可能……”

“闭嘴吧，瑞普瑞德！你真的关心吗？你压根就不喜欢她！你把她当垃圾一样看待，你和她达成交易只不过是要帮你自己，好让我把灾星杀了！现在你别假惺惺地——装出一副她对你很重要的样子！”格雷戈尔厉声说道。这回他没有压低声音，所有人都被吵醒了。他的突然爆发让大家一阵慌乱，以为是老鼠攻入了宫殿。“闭嘴吧！”

格雷戈尔怒不可遏地走进老鼠屋，一把拽上门帘。他倒在床上，痛哭失声。他知道，其实自己那番表现并非仅仅为了傻奇提普，更是为了已经发生的可怕事件，还有即将降临到他头上的命运。

突然间，一只手试探性地伸进门帘，是莉兹。“让我自己待一会儿！”他吼道。泪水再次模糊了他的双眼，被扯动的肋骨跟着一阵阵抽痛。哭够了，他就安静地躺下，注视着墙上那盏油灯，它正摇曳着柔和的火光。外面又恢复了平静，大家一定是接着睡觉去了。

破译室外传来一阵慌乱的脚步声。“格雷戈尔在哪儿？”是霍华德，他的声音透着疲惫。

“里面呢。”卢克萨答道。她还没上床，一直在等他。“我们收到了傻奇提普死亡的消息。他们一直把她囚禁在坑洞里，一直到死。格雷戈尔很难过。”

这个消息让霍华德也陷入了沉默。“我们都应该感到难过，但只有格雷戈尔的悲伤没有羞愧的成分。”霍华德说。遇上漩涡时，他一开始也不主张救傻奇提普。“她给我们帮了大忙，我们给她的回报却少得可怜。”

霍华德打开老鼠屋的门帘，走了进来。“我很抱歉。”他说。格雷戈尔没有反应。“来，坐直，现在你必须吃药。”霍华德扶着格雷戈尔，递给他一剂止痛药，整个瓶子也一起留给了他。他找出格雷戈尔臀部和小腿肚的伤口，重新敷了一层药，再换上新绷带，最后又检查了一下他的后背。“瘀伤很严重，不过骨头已经回位了。”霍华德一边说，一边包扎他的肋骨。弄完这些后，霍华德坐在床边，将胳膊肘搁在膝盖上，头深深埋进双手里，他想说些安慰的话，“格雷戈尔，我想，在傻奇提普这一生认识的所有人中，她最希望看到的就是你能少一点悲伤。”

“离开漩涡后，还有在迷宫的时候，你也帮了她不少。她也一定会感激你。”格雷戈尔说。

“我能有那样的行为，都是因为你，你做得很对。”霍华德说，“你是我们中唯一能抛弃偏见，透过她的皮毛、牙齿、利爪看清她内心的人。我们要想和平降临，就必须先做到像你那样。只有这一个办法。”霍华德轻轻挥了挥手，表示他对现状的担忧，“互相屠杀，躲在高墙里慢慢等死——这样一点意义都没有，所有的行为都没有意义。”他揉了揉眼睛，那是一双因为疲惫而充血、肿胀的眼睛，“要想恢复身体，你必须躺下才行。”

“你也需要休息啊，霍华德！”格雷戈尔关切地说。

“不行，等你看到医院里的情况……”霍华德低下头，看了看自己颤抖得厉害的双手，“我开始担心，也许我造成的伤害比做的好事要多。”

“你睡一下吧，就几个小时。我保证，过一会儿一定喊你起来。”格雷戈尔说。

霍华德迷惑地看着他，好像不明白似的，“几个小时？”

“你再不休息，真的就要开始伤人了。躺好。”格雷戈尔站起来,把霍华德推到床上。

“就两个小时。不能再多。”霍华德妥协道。

还没等格雷戈尔拉好毯子,霍华德就已经沉沉睡去。格雷戈尔走进主室,只见大家又在忙忙碌碌。小靴子飞奔而至,抬起双臂,要他拥抱她。他的背痛得厉害,加上其他伤口,因而实在抱不动,于是他慢慢坐下,让小靴子坐在他膝盖上。

“嗷,”小靴子把手压在鼻子上,“嗷。”傻奇提普的鼻子受过伤,这个动作就成了小靴子提起她的方式,她年纪太小,还说不出全名,“她死了。”

“是的。”格雷戈尔答道,他暗自思忖,还是让小靴子早点明白死亡的好。

“你把她放在这儿。”小靴子拍了拍格雷戈尔的胸脯。唔,拍错了地方,她拍的是右边。不过他知道,小靴子指的是心脏。

“我会把她放在这儿。”格雷戈尔对她的话表示赞同。他发现卢克萨正在凝视她,眼神中游弋着悲伤。她和傻奇提普也有特殊的关系,她俩曾在迷宫里保护彼此,并肩作战到最后一刻。

格雷戈尔把小靴子放下,走到卢克萨身边,和她一起破译布条上的加密信息。“我真的以为她已经死了,格雷戈尔。”她小声说。

“我知道,”格雷戈尔说,“我以前也是那么想的,最后什么都没有做。我还幻想，她已经溜了出来，安全地回到了死亡之地……”

“现在她总算真正安全了。”卢克萨面无血色。

“看来这儿的规矩就是这样。”格雷戈尔说。在地下王国，只有死亡才能给人带来真正的安全。他瞅着瑞普瑞德，想象那老鼠破碎的家庭，不由得后悔起来：刚才不应该对他一通乱吼，毕竟不是他杀死了傻奇提普。而且，没人比他更了解被扔进坑洞的滋味，灾星就曾经在燃火地这么折磨过他。他的牙齿疯长，最后互相锁死，如果再继续发展下去，他的脑袋都会被穿透。实际上，瑞普瑞德对傻奇提普也是一视同仁，只不过没有特别照顾。要是傻奇提普还活着，他一定会好好实现他的诺言，让她做自己的左膀右臂。

这时，有人送来一篮子新布卷。瑞普瑞德让大家都过来，包括破译旧闻的人也暂停手头的工作，开始集中精力破解最新消息。他们刚忙了几分钟，阿敏就焦躁不安地“咔哒咔哒”说起话来：“坏消息，这儿，坏消息！”蟑螂情绪不佳，没法把消息读给大伙儿听，卢克萨连忙过去帮她。她已经能直接把鸡爪子印翻译成字母，再破解掉了。

“当——掘地兽——到达——竞技场时——发动——攻击——”她读道。

“什么？向哪儿发动攻击？”瑞普瑞德跳到她身边。

卢克萨举起那条布，让瑞普瑞德也能看见。

“河边。”他大声读道。

“河边。”卢克萨重复道，“没人能在河边发动攻击。他们会被激流撕成碎片。”

“那儿已经变了，你最近没去看吗？地震发生后，你没去过？”格雷戈尔问。

“没有。”卢克萨答道。自燃火地战场回来后，她一直病得厉害，没法关注任何事态的发展。

“水位很浅。他们要从北岸往下游几百米，但他们肯定能做到。”瑞普瑞德说。

“你之前一直在战事指挥中心，我们在码头那儿布置了什么防卫？”卢克萨问。

“没有，”瑞普瑞德说，“什么防卫都没做。”

20

瑞普瑞德来回踱步，开始调度人手，“好了，首先，最重要的是，我们要将破译队员分开。万一老鼠打进宫殿，我们不能让大家伙儿都待在一起。阿敏、雷弗雷克斯和卢克萨，你们跟我去战事指挥中心；莉兹、代达罗斯、海伦内安待在这儿，毁掉一切表明我们已破译密码的证据；格雷戈尔、哈泽德、小靴子和太普，现在就去预言室；尼莉莎在那儿，她有钥匙。你们把自己锁在里面，哪儿也别去，直到有人让你们开门。”

“为什么？我应该穿上盔甲啊！”格雷戈尔说。

“你觉得，以你目前的状态还能打仗吗？来，试着攻击我。”瑞普瑞德命令道。

格雷戈尔刚准备伸手，后背就一阵抽痛。他勉强拔出短剑，手却不由得一软，随即武器落到了地板上。

“这种状态，你根本没法应战。就算你行，我们也不会把你浪费在普通战役上。我们需要你和灾星对阵。别担心，我确定他不会顺着河游过来。”瑞普瑞德说，“他们很有可能把他藏在某个洞穴，找了一帮纺织工，正忙着帮他包扎尾巴。”

“我以为纺织工现在处于中立状态。”卢克萨瞄了一眼雷弗雷克斯。

“中立意味着两边的忙他们都会帮，直到战争结束！所以最后不管结果怎样，他们都对胜利的那一方有功。”瑞普瑞德讽刺道，“他们现在正在帮你，不是吗？好了，赶快走吧！”

格雷戈尔收回短剑，往门口迈了一步，“不，等等。我想让莉兹和我一起走。”

“是吗？你真的想让莉兹和你一起待在预言室，无所事事，只能……读那些预言玩？”瑞普瑞德尖刻地说。

格雷戈尔立马明白了他的意图。瑞普瑞德费了很大一番心思，不让莉兹看到真正的《时间预言》，不让她知道格雷戈尔已被写好的命运。大家都了解实情，只有她一人蒙在鼓里。如果她真去了预言室，那就什么都藏不住了。

“我在这儿没事的，格雷戈尔。瑞普瑞德说得没错，我们必须分开。”莉兹说。

“要是情况危急，我一定会载着她，飞到安全的地方去。”

代达罗斯说，“我知道这儿有一扇窗户，就在不远处。”

这样也许更好，说不定代达罗斯还会载着她回家。“那好吧！”格雷戈尔说，“这种情况要持续多久？”

“说不准。最好带几条毯子，推一辆推车过去。”瑞普瑞德冲堆满新鲜食物的餐车点点头，它是刚刚被推进来的。

莉兹往太普背部放了一堆毯子，小靴子爬上去坐好。格雷戈尔本想推一辆车走，但他伤势太重，不得不让哈泽德代劳。

“我一有空就会来看你。”卢克萨说着，摸了摸格雷戈尔的胳膊，以示告别。

根据瑞普瑞德的指示，大家兵分三路。格雷戈尔走在最前面，带领他的组员去预言室。他们走得很慢，推车更是拖慢了他们的速度。格雷戈尔想干脆扔掉它，可又怕那样会招惹什么麻烦。

尼莉莎正在等他们。她把大家带进预言室，转身关上门，又迅速锁好。这个地方没有存粮，也没有寝具，只有靠墙堆放的还未用过的火把。

“瑞普瑞德为什么要让我们来这儿？”格雷戈尔问她。

“宫殿里有门的房间很少，它是其中一间。这能给我们提供些许保护。”尼莉莎说。

“些许？”格雷戈尔表示同意。只是些许，并不多。门由厚实的木头制成，老鼠想要攻进来绝非易事。当然，假如攻门的换成掘地兽，恐怕连一分钟都撑不住。不管怎么说，这扇门至少能给他们争取一点时间。只是事到如今，时间还重要吗？格雷戈尔暗暗担心，如果他的身体再不赶快复原，谁能保护他们？尼莉莎恐怕这辈子都没拿过剑，哈泽德和小靴子还只是小孩子……太普倒能勉强一战，可他哪里是凶猛老鼠的对手。

格雷戈尔决定，把全部精力都放到恢复身体上来。霍华德说他应该多加休息，于是他将毯子沿墙堆成小床，轻轻地躺了上去。只要他不乱动，再加上止痛药的效果，就会觉得很舒服。他不去理会门外的动静，打起了瞌睡。

几小时过去了，几天过去了，时间就这样慢慢地流逝。太普一直在逗小靴子和哈泽德玩，他们用蟑螂语喋喋不休地聊天。格雷戈尔每天默默地吃饭、服药、睡觉。没人给他们传递任何消息，走廊里偶尔响起急匆匆的脚步声与喊话声，此外什么动静都没有。随着背伤渐渐痊愈，他开始担忧起宫殿里的情况。老鼠发动攻击了吗？人类准备好了吗？为什么还没人来告诉他们最新消息？他建议打开门，出去问问情况，但尼莉莎坚决反对。

“现在的这场战斗和你无关，格雷戈尔，”她说，“你唯一能做的就是等待。”

格雷戈尔觉得等待比打仗更加难熬。尼莉莎为了分散他的注意力，给他看各种各样的预言，跟他讲述地下王国的历史。他了解了不少王之城的过去，但对它的现在却知之甚少。“快说啊，尼莉莎，泄露一点点有什么关系？”他央求着。

“看一下这首诗吧，格雷戈尔！”尼莉莎说，“这是我这么多年来最喜欢的诗。在我看似一无所有时，就用诗句来安慰自己。”

格雷戈尔叹了一口气，扭头阅读着墙上的一首短诗。这首诗被刻在一个角落里，尼莉莎经常蜷在那儿睡觉。

跛脚走路，无人发现；
直面死亡，却被回绝；
死于利爪，又死而复生；
以 X 做标记，双线连接。
最后，它们交缠，双线相遇，无人预料。

“这诗安慰了你？为什么？”格雷戈尔迷茫地问。在他眼中，这不过又是三明治编写的一堆垃圾文字，因为他如今对他写的东西缺乏好感。

“标题看到了吗？”尼莉莎问。

格雷戈尔这才注意到诗名：

“好极了，和平缔造者。”格雷戈尔心里讥讽地说。三明治这个人，这个把掘地兽赶尽杀绝的人，懂什么缔造和平？“你认为和平缔造者要出现了？会在什么时候？”格雷戈尔问。

“没人知道。也许就在明天，也许还要再等一千年。但和平缔造者一定会出现，就像勇士的出现一样，虽然意外，但最后还是来了。”尼莉莎坚定地说。

格雷戈尔的思绪被牵动了：和平缔造者——他以前也听说过，是什么时候的事？他想啊想，终于想起来了。那是很久以前，在他第二次来王之城的时候。一天晚上，他正在宫殿里晃悠，偶然听见索罗维特和维库斯讨论着他。索罗维特想把他立即武装起来。“毕竟预言把格雷戈尔叫做‘勇士’，而不是什么‘和平缔造者’。”她是这么说的。

“唉，不是我啊，尼莉莎。那人出现时，我也不在这里了。但我真的希望他能出现。”格雷戈尔说，“现在我们能打开那扇门吗？”

尼莉莎摇了摇头，依旧不赞同。他总不能为了钥匙，就和她打起来吧！唉，他也能这么做，可他不想。或许，可以趁尼莉莎睡着的时候，偷偷从她口袋里摸出钥匙，溜出去稍微张望一下。他必须看看外面的形势，况且房间里也需要更换新鲜空气。他们一直在用门边的空罐子做厕所，臊臭难闻的气味无法散发出去。趁尼莉莎熟睡的当儿，格雷戈尔拔出剑，想试着练习一番。伤口还很疼，屋里空间不够大，他只挥舞了两下。他认为自己的战斗力已恢复得差不多，能为执行计划提供保证。就算门外蹲着两只臭老鼠，他也能轻松拿下。

尼莉莎终于昏睡过去，小靴子、哈泽德和太普也相继入眠。正好可以偷钥匙了——偷，这个字眼让他感觉很不好。“借钥匙，是借，”格雷戈尔纠正自己，“用完后我就放回去，没人会发现。”他轻手轻脚来到尼莉莎身边，小心翼翼地从她口袋里拉出钥匙。他悄悄走到门口，将钥匙插进锁孔。刚准备转动，外面传来一阵喧嚣。先是混乱的脚步声，然后是一番激烈的打斗声，接着门外传来爪子抓挠的声音。蓦地，一个拳头打穿了厚厚的木门——是老鼠，正好落在他面前。他默默往后退，边走边拔剑。这会儿，喊叫声和脚步声愈演愈烈。然而，当他正准备刺死敌人时，老鼠却惨叫一声，喉咙里发出咕噜咕噜的闷响，鲜血从门下渗了进来。

一切又恢复了平静。

格雷戈尔转身一看，发现大家都醒了，正满脸惊恐地瞪着他。他低下身子，抽出钥匙，一言不发地还给尼莉莎。尼莉莎人很好，没有挖苦地说“我早跟你说过了”。

时间一分一秒地过去。看来老鼠们已攻进了宫殿，说不定就在门外。老鼠的拳头在门上留下一个小洞，和猫眼差不多大，正好可以窥探外面。但走廊里没灯，格雷戈尔也没有感觉到什么特别的。每过一分钟，他的焦虑就增加一截。老鼠找到了他，会不会也发现了莉兹？卢克萨呢？她安全吗？到底发生了什么？究竟什么时候会有人来联系他们？现在他能战斗了，他应该加入战斗。可万一他离开，预言室遭到攻击，又该怎么办？这扇门撑不了多久，如果他走了，谁来保护小靴子、哈泽德、太普和尼莉莎？

老鼠又在用爪子抓门了！格雷戈尔小心瞄准，将剑从洞里刺了出去。

“好啊，你不是废人了。”瑞普瑞德的声音从门外传来，“快开门吧！宫殿安全了！”

尼莉莎打开门，站在门外的正是那只大老鼠。他浑身都是血，但看不出有什么伤口。

格雷戈尔心底藏了许多问题，他刚准备问，瑞普瑞德却抢先说道：“死了不少人，但对你有重大意义的人都还活着。多亏你妹妹破译了利爪密则，我们总算守住了城市。老鼠已经被赶走了，不过他们很快会在灾星身边重新聚集。孩子，现在我们需要你去战事指挥中心。”停顿片刻，他又对尼莉莎说，“你暂时待在这儿，等待我们的通知。”

格雷戈尔跟着瑞普瑞德穿过走廊。到处都是和他年纪相仿的孩子，正在用担架运送尸体——有人类的，老鼠的，还有田鼠的。有的尸体太重，要六个孩子一起才能搬动。“他们太小了，不适合做这个工作。”格雷戈尔心中暗道。但他转念一想，又觉得与他和卢克萨做的事相比，眼前这些小孩的工作完全不值一提。当然了，他是与众不同的小英雄，早在几个月前，他就把美好的童年抛在身后了，不是吗？

战事指挥中心里，挤满了人类和各种生物，格雷戈尔的目光立马落到卢克萨身上。尽管她穿着干净的衣服，却不能掩饰她参加了战斗的事实，因为她又在咳嗽，前额上还包扎着一块绷带。

“你不应该参战。”格雷戈尔帮她整理好绷带。

“可这儿是我的家，我有责任保卫它。”卢克萨坚定地说，“你怎么样了？”

“还行。”格雷戈尔说。

“好极了！”索罗维特打断了他们，“一会儿我们就追击噬咬者。”

“我去派人叫欧若拉。”卢克萨说。

“不用了，卢克萨，你留下。你身体不好，而且这儿也需要你。”索罗维特反对道。

“你不能要求我留下来！”卢克萨说，“他们在王之城犯下滔天罪行，我怎么能留下来？”

“可你必须留下。”索罗维特坚持道。

卢克萨头微微一歪，“是吗？”格雷戈尔感觉到，她们在进行一场意志力的较量，他心里顿时有点歉疚——因为他这次站在了索罗维特那边。他不愿让卢克萨去有无数原因：她身体不好，他想让她待在安全的地方，最重要的是，他不想让她看着自己死去。

瑞普瑞德站到这两人中间，对卢克萨说：“听着，女王殿下，我们必须为王之城着想。我们要去给战争收尾，战争一结束，你的人民就会迫切地需要你的指引。议会里的人除了你的外祖父母，都是些卑鄙小人，他们权力大，但不值得信任。王之城的人们需要领导者，而他们心中的最佳人选只有你。”

“他说得没错，卢克萨。”索罗维特说，“议会力量一瓦解，权力就会转移到你的手上。”

“我还没到法定年龄，”卢克萨说，“你知道的，我还不能掌权。”

“没关系，现在是非常时期。最近你也表现出了惊人的勇气和思维能力。相信我，这个位置一定是你的。如果人民在战争时期跟着你走，那么战争结束后，也一定会继续追随你。你明白了吗？你太宝贵了，我们不能让你冒险参战。”瑞普瑞德也劝说道。

他看起来不像是在奉承卢克萨，只是把事实摆在桌面上，让大家看清楚。

卢克萨瞧了瞧瑞普瑞德,思考着他的话,又垂下眼帘,看着地面,“是的,我明白了。我会留在这儿。”

瑞普瑞德和索罗维特交换了下满意的眼神，继续商议起战事来，但格雷戈尔却在卢克萨的嘴角捕捉到了一丝鬼魅的笑意。“她在说谎！”他大声说道。卢克萨听了他这话,脸上的表情一下子复杂起来:怀疑、受伤与愤怒交替出现。

“为什么这么说？”索罗维特问。

“因为我了解她。如果你们想让她留下……”格雷戈尔艰难地咽了下口水，将后面那句话吐了出来,“那就把她锁进地牢。”

21

索罗维特用探究的眼神盯着卢克萨，然后对身边的侍卫挥了挥手，“就这样吧，把她的飞行者也一起关起来。”

他们马上围过来，抓住了卢克萨。这位桀骜的未来女王尖叫不已，声音沿着走廊渐渐远去。她使劲挣扎，嘴里不停地责骂。那是骂格雷戈尔的，充满了对他背叛的仇恨。她的话字字如刀，刺痛了他的心。她说，她永远都不该信任他，还说他和亨利一样坏。格雷戈尔还从她的话里听出，她对他的全部情感都已烟消云散；而他的情感却从背叛她的那一刻起，愈发强烈起来。他一直看着卢克萨，看着护卫们转过弯，带着她消失在走廊的尽头，把她永远从自己的生命中带走。现在，就连卢克萨摒弃他的样子也是弥足珍贵。

卢克萨一消失，格雷戈尔的手就笨拙地摸向屁股后面的口袋，他想看看他们在博物馆的那张合照还在不在。啊，还在！他没把它拿出来。等过一会儿，到了某个地道或是山洞，等其他人都睡着了，他会再拿出来细细端详，把他没法当面说的话告诉照片上的卢克萨。

"做得很明智，格雷戈尔。她会为了这事记恨你，但时间长了，她一定会明白你的意图。"索罗维特轻快地说。说完，她又回去研究墙上的地图。

不知怎么地，索罗维特的赞赏并没有让他感觉变好。他一点都不喜欢她。她觉得用瘟疫病毒做武器很明智，往老鼠身上浇油、放火也很明智！此刻他宁愿她谴责自己，或许能让他内心舒服一些。

维库斯走过来，拍了拍格雷戈尔的胳膊。他没注意这位老人也在屋里。"她不会一直恨你的。亨利把她置于险境，到现在她还想着他，而你这么做是为了救她，你觉得她日后能忘了你吗？"

"我怀疑她根本不会那么想。"格雷戈尔说，"事已至此，我们还是不要再说了。"

"一小时后，我们从河边出发。格雷戈尔，你必须去一趟武器库，做好准备。"索罗维特说。

一个小时？就剩这么点时间了？"等上了路我会穿戴好的，

现在我想和妹妹们待在一起。”格雷戈尔说。

“她们会一直陪着我们。”索罗维特说，“莉兹作为破译者，要继续工作，小靴子能团结爬行者。放心吧，我一定会让她们远离战场！”

索罗维特的话不容置辩，而她说要带上妹妹的原因也令人信服，可是……

“她们不会有事的，”瑞普瑞德说，“相信我吧！这是愤怒者对愤怒者做出的承诺。”

当格雷戈尔来到武器库，发现有人已经为他准备好了食物。吃完后，米拉维特打发他去旁边的浴室洗澡。好像是即将临刑的仪式：最后一顿热饭，最后一次洗澡，最后一套新衣。他正穿着衣服，霍华德来了。他给格雷戈尔检查了一下伤口。“你的状态比之前好多了。”格雷戈尔说。

“因为我睡了整整两天！”霍华德说。

“哦，老天啊！我应该把你叫醒才对。对不起，瑞普瑞德当时让我立刻去预言室，我把你这事全忘了。”格雷戈尔愧疚地说。

“别瞎想。好好睡一觉后，我算是医院里唯一思维清晰的人了，总该有个这样的人吧！”霍华德说，“你的伤口好了不少。”他拆掉格雷戈尔腿肚子上的缝线，但没动臀部的伤口，只是换了一层新绷带。接着，他在格雷戈尔的止痛药瓶里装满新药。“好了,就这样,”霍华德站了起来,“我得回去了。”

“最后一次见霍华德。”格雷戈尔想。他也站了起来,和他相拥作别。“你帮我看着卢克萨,好吗?”

“我待她会同亲妹妹一样。”霍华德说,“高飞吧,格雷戈尔。”

“高飞吧,霍华德!”格雷戈尔说。他真希望自己还能多说点什么,表达一下感激之情,谢谢霍华德为他所做的一切,或者告诉他如果能有个哥哥,他就想要他这样的。霍华德善良而勇敢,不惧说出他对某件东西、某个人的关心,而且勇于承认自己的错误。在格雷戈尔看来,卢克萨至少还拥有霍华德这位亲爱的大哥,这才是最重要的。

有人把格雷戈尔的盔甲从阳台上送来,盔甲已经被人清洗、修理好了。米拉维特还很体贴地给盔甲做了些调整,以适应他的新伤。穿戴完毕,一个小女孩匆匆跑了进来,手拿格雷戈尔去燃火地背过的粉色背包。他之前在医院里把它随地一扔,后来又对卢克萨太过担忧,以致完全忘了背包的事。包里装着约克还给他的手电筒,以及电池、胶带、水瓶、莉兹的饼干和一副飞行棋。“霍华德让我给你送来,”小女孩说,“他说你可能用得上。”

“替我跟他说声谢谢,这个包能帮上大忙。”格雷戈尔欣慰地说。小女孩冲他害羞一笑,像只受惊的小兔子似的,噌噌地跑走了。

格雷戈尔走到河边码头，发现那儿正在举行一场庄重的仪式。原来，是地底人在为死去的同伴举办葬礼。植物编成的小木筏上，躺着一具具人类、蝙蝠、田鼠的尸体，他们的肩膀处有一个火把架，上面插着熊熊燃烧的火把。一个女人轻柔地唱起了歌，格雷戈尔听不大懂。接着，小木筏被推进河里。河水已没有地震前那么凶猛，但水势依然十分湍急，小木筏甫一入水，便被送到很远的水域。河道上的小木筏一只只远去，格雷戈尔呆呆地望着投映在水面的火光。

看来这就是他们的送葬方式：将尸体放在被点燃的小木筏上，顺流而下，飘向水路，飘进无边无际的大海，到了那儿，他们就会被巨浪吞噬。这做法也说得通，毕竟这儿用于安葬的土地很少。格雷戈尔只在丛林和农田那儿看过一点可以被他称为泥土的东西；石头地当然也可以安葬，但要去城外。他们也可以焚烧尸体，可一两具没问题，成百上千具就不行了，到时空气中会充斥浓烈的烟味。和燃火地一样，这里风不大，没法吹散浓烟。

之前见过的那六个孩子正抬着一副担架，上面躺着一只死老鼠。那只死鼠被直接倒进了河里，毫无礼节可言。

阿瑞斯飞到码头，停在格雷戈尔身边。“死了不少。”格雷戈尔说。

“是啊！”阿瑞斯说，“好几千只小木筏已经在路上了。”

“你们是怎么和老鼠作战的？”格雷戈尔问。他想知道自己被关在预言室时，外面都发生了什么。

“我们收到噬咬者要来进攻的消息时，他们已经从地道北边进了河水。我们就从空中发起了进攻。他们在水里游泳时，很难保护自己，这是我们的优势。但他们数量太多，没法消灭干净。剩下的漏网之鱼溜进了宫殿，其中有一群敌人洗劫了医院，不少病人死在他们手中。还有一些老鼠涌进了走廊，我们在那儿和他们进行了顽强的战斗。最后他们都被赶进了河里，会游泳的逃走了。现在算是暂时安全了。”阿瑞斯讲述着。

“灾星没来？”格雷戈尔问。

“没有。他已经撤回了领地。他的同类会找到他，日后卷土重来。”阿瑞斯说。

一具田鼠的尸体被抬到一只空筏上，格雷戈尔看了好一会儿，发现自己认识他。他的身体看起来瘦小了很多，显得特别脆弱。“那是卡迪尔吗？”

“是的。他为了保卫育婴室，一直战斗到死，”阿瑞斯说，“但小崽子们都安全了。”

悲伤涌上格雷戈尔心头。他和卡迪尔不怎么熟，但曾一起度过不少时光：他们共同见证了无数啮啃者被杀害的场景；他满怀慈爱地和小靴子、老鼠宝宝玩捉迷藏……格雷戈尔走上前，摸了摸田鼠柔软的毛发，然后才让人们把他的尸体放入水中。瑞普瑞德曾告诉他，“对你有重大意义的人都还活着”，那指的一定是格雷戈尔的家人和卢克萨。但他关心的对象有很多，他们目前是死是活，还有谁知道呢？

这时候，即将一起出发的旅伴们都来了。莉兹、哈泽德和小靴子也被侍卫们送来，他们的眼睛都被遮得严严实实的。“没必要让他们看到噩梦。”瑞普瑞德说。想到在走廊里看到的惨烈画面，格雷戈尔庆幸他想到了这个法子。

阿瑞斯最适合载瑞普瑞德，格雷戈尔则和两个妹妹、太普一起，爬到维库斯的大灰蝙蝠欧里庇得斯背上。索罗维特坐在艾杰克斯身上，在他们旁边准备起飞。

“欢迎你，公主。”小靴子的声音在格雷戈尔背后响起。他转身一瞅，发现妹妹正移开遮眼布往外偷看，她看到了奈克。

“欢迎你，公主。”奈克也对她表示问候，还举起了黑白条纹相间的翅膀。

“我们都是公主！”小靴子得意地笑了。

格雷戈尔赶忙拉好她的遮眼布，直至将双眼完全盖住。“你给我好好待着。”嘱咐完，他又对奈克说，“很高兴见到你，你要和我们同去吗？”

“我负责载破译队的部分队员，”奈克说，“代达罗斯和阿敏留在这儿。”话音刚落，雷弗雷克斯和海伦内安就爬到了她背上。

“他们的工作不是已经完成了吗？”格雷戈尔不解。

“还有大量信息急需破解，”瑞普瑞德说，“况且密码可能随时会变。”

直到蝙蝠逐渐升空，格雷戈尔才意识到还有好多朋友没来得及道别。马雷斯、达尔西特、尼莉莎、欧若拉——唉，忘了欧若拉吧，她和卢克萨一起被关在地牢，说不定正在大骂他呢。这样也好，和霍华德道别就已让他心力交瘁，如果再加上卢克萨，他的心恐怕都要碎了。接下来的一个小时，恐怕还有人陆陆续续要离开，让他痛苦难受的事情还多着呢。他想，朋友们应该都能理解。

随着一声号令，他们飞进了隧道。出了隧道，眼前便是水路。火光映红了水面，小木筏上的火把经久不熄，照亮了一具具尸体。这支队伍里除了他们，还有五十名骑着飞行者的士兵和不少田鼠。“田鼠也要参战吗？”格雷戈尔问维库斯。

“随队来的不用，他们有特殊任务。这片区域的老鼠们，还在通过自己安插的间谍来接受信息，我们从中选定了四条通信线路，准备进行破坏。我们要除掉发送加密信息的老鼠，让啮啃者取而代之，再向其他老鼠传送假信息。”维库斯解释道。他正说着，一组士兵带着一只啮啃者离队而去，消失在黑暗里。

“第一队已经出发。”

“你们准备给老鼠传送什么消息？”格雷戈尔问。

“谎言。我们要告诉他们，我方的损失比预期的要大得多，现在无力集结新的力量追歼噬咬者，而你和灾星激战后，因受伤严重已经死亡。”维库斯说，“由于老鼠们还不知道我们已破译了利爪密则，所以他们将会相信我们放出的假消息。”

“怪不得瑞普瑞德希望我们保密。”格雷戈尔说。

“这是我们现有的最强大的武器，它将决定战争的胜负。”维库斯说，“老鼠会认为他们已经暂时安全。但很快，我们就会向他们的聚集地——塔尔塔洛斯平原发起进攻，”

“来一场奇袭。”格雷戈尔说。

“对，趁他们睡着的时候大举进攻，他们根本就没时间想出应对措施。”维库斯说，“只有这招胜算最大。王之城依然处在崩塌边缘，掘地兽已经挖出好几条通往竞技场的地道，其他地方说不定也有。我们破坏了几条地道，可天知道还有多少条？要是灾星还活着，率领老鼠发起第二次攻击，我想到时我们就守不住了。”

等飞到一条隧道口稍事休息时，这支队伍数量剧减。所有田鼠密码传递员和护卫们都已离开。士兵们早就在他们身后着陆。索罗维特落地还没五分钟，就宣布她要走了。

“去哪儿？”格雷戈尔问。

“纺织工还没想好到底要投奔哪一边，他们需要我的个人承诺，保证战争结束后他们的安全。”索罗维特说，“两天后，我会在塔尔塔洛斯平原与你会合。如果你的战役提前开始，千万不要忘了，左侧是你的软肋。”

说完，艾杰克斯便载着索罗维特起飞，格雷戈尔的两位保镖——霍雷肖和马库斯——也坐在各自的蝙蝠上，一左一右地保护她。临走前，二话不说，只给格雷戈尔留下一条格斗建议，这就是索罗维特的一贯作风。

看来他们要在这儿安营扎寨了。瑞普瑞德和维库斯挨着头，开始仔细研究地图。莉兹、雷弗雷克斯和海伦内安负责破译工作，忙着破解刚由蝙蝠送来的信息。奈克、阿瑞斯和两名留给他们的护卫，负责轮流巡逻这片区域。小靴子、太普和哈泽德则用蟑螂语玩起了游戏。

格雷戈尔也有自己的事要做。他走到隧道深处，抽出武器操练起来。背部的伤口疼痛未消，但他并不在乎。一旦真正打起来，就根本无暇顾及这点伤痛。能够重新进行肌肉运动，这感觉真好！他热身完毕，使出回声定位法，在黑暗的隧道里跑来跑去，击打石壁和岩顶的凸出点。他觉得自己获得了空前的自由，再也不用担心手电筒的电池用完了。

差不多半小时后，格雷戈尔的状态回来了，浑身都很放松。于是，他决定找瑞普瑞德练练。这老鼠研究了那么长时间的地图，休息一会儿总可以吧！他走到隧道口，发现大家都默不作声，停下了手头的事情。

“发生什么事了？”格雷戈尔问。

“我们刚截获一条信息，老鼠已经得知索罗维特去纺织工那儿的消息。他们准备来个突然袭击……”瑞普瑞德说。

“他们怎么知道的？”格雷戈尔很疑惑，“难道我们的行踪被发现了？”

“不，一定是哪个纺织工走漏了消息，可能是低等兵，也可能是他们的女王本人。”维库斯说。他看起来镇定自若，皮肤却罩上了一层古怪的灰色。

“我们去追她。我和阿瑞斯去，很快就能赶上。还有五十名士兵，和我们一起去，到时候——”格雷戈尔建议。

“不，孩子，我们不能这样。”瑞普瑞德说。

“可她现在势单力薄，你们准备让她去送死吗？”格雷戈尔说。

“是的，我们只能这样做，必须这样。”维库斯重复道，仿佛在努力说服自己。

“好吧，我真不明白你们在想什么。你们都知道我不喜欢索罗维特，但我也不允许自己就这么坐着，看着她白白送死！”格雷戈尔愤怒地握紧拳头。

“必须这样，格雷戈尔！”莉兹发话了，“你还不明白吗？如果我们去救她，就意味着让老鼠知道我们破解了密码。”

“什么？”格雷戈尔问。

“我们只有破解了密码，才会看到这条消息，这是唯一的方法。要是他们发现了，就会立即改变集结地点，那么我们的奇袭计划就破产了，而那些发送的假信息也将被他们察觉出来。他们会立马编一套新的密码，我们得再花好几个星期才能破解。”瑞普瑞德说。

“可是之前，你们发现老鼠要从河道发起进攻，也立刻采取行动了啊！”格雷戈尔说。

“那情况比现在简单。当时我们离河道很近，只要先派一些侦察兵，假装提前发现了他们就行。目前的情况完全不同！”瑞普瑞德说。

“她也不希望我们去贸然救她。”维库斯哑着嗓子说，“付出这么大的代价，不值得。”

“可是……也许我们可以……我们可以假装成去追她，”格雷戈尔又提议道，“老鼠就不会起疑心了。”

“是吗？要是她想和军队一起走，早就这么做了。过了十一个小时我们才出现，不是摆明了要告诉老鼠利爪密则已被破解了吗？”瑞普瑞德说。

格雷戈尔还是无法接受这个事实，“我们一定还能做点什么……”

“有！”瑞普瑞德泰然地说，“那就是坐在这里，静静等待。”

22

格雷戈尔只好坐了下来，任由时间一分一秒地流逝。他听到的“嘀嗒”声，再也不像战争伊始时那样充满紧迫感，而是变得缓慢且意味深长，每一秒间都隔着漫长的沉默。

破译队继续干活，他们受不了就这么无所事事。小靴子还不知道发生了什么，躺在一堆毯子上睡着了，太普和哈泽德则继续小声聊天。格雷戈尔、瑞普瑞德和维库斯的时间仿佛就此停顿，他们只能等待，等着索罗维特遭受突袭的消息传来。

“说不定老鼠没找到他们，”格雷戈尔想，“或者是他们抵挡住老鼠的攻击，成功逃跑了。”完全有这个可能啊，不是吗？他们都骑着蝙蝠，而且都是身经百战的优秀战士。这样想着，格雷戈尔心里稍微放松了一些。可一看到维库斯那张苍白的脸,他又觉得自己只是在空想。他有些后悔说不喜欢索罗维特这样的话。但他的确不喜欢她,她之前的一些做法让他难以释怀。她和瘟疫病毒有扯不清的关系,后来还把他丢进了地牢,瑞普瑞德还说她绝对不会放他家人离开。从某一方面来讲,假若她真的死了,瑞普瑞德就能轻易把他的家人送回去。当然了,如果卢克萨战后真的独揽大权,格雷戈尔敢肯定,不管她外祖母怎么反对,卢克萨都会把他家人送回去,不是吗?不管怎么样,他还是很庆幸瑞普瑞德对他做了承诺,毕竟有个后备计划总比没有好。

索罗维特,唉……格雷戈尔没法装出一副喜欢她的样子。不过,这一路走来,有时候她对他还是很不错的。他第一次来到王之城时,索罗维特是第一个伸手碰他的人,她抓着他的手表示欢迎,那动作透着真诚,毫不做作。她为了保护他,坚持要他接受训练,现在他才明白,当初若不是她的坚持,自己或许已经不在人世。她还把自己的短剑送给了他!格雷戈尔抚摸着剑柄,一想到她手无寸铁受到攻击,心里就满是歉疚。唉,不管对她怀着什么感情,至少他曾经试图冒死救她。他希望有人能把自己刚才的举动告诉卢克萨,也许她知道后就不会太过记恨他。

两小时后,海伦内安低声说道:“我们收到了最新消息。三名人类和三名飞行者在突袭中丧生。”

瑞普瑞德抚摸着脸上的大伤疤,长长地叹了一口气,“唉,至少这个东西能让我记得她。”

原来,瑞普瑞德那条伤疤是拜索罗维特所赐。什么时候的事?人类和老鼠开战的时候?还是互相打闹留下的?格雷戈尔又想，其实她给大家留下了各种伤疤——老鼠和她的家人都被她伤害过，而地底人想恢复和平的脆弱希望也被她一脚踩碎。

瑞普瑞德看着维库斯,“她一直想以那样的方式死去,现在看来她美梦成真了。”

“是啊,在战斗中死去。”维库斯面如死灰,张了张口,勉强说道。

“是的,战斗至死。不是躺在床上等死,而是握着剑,直面死亡。”瑞普瑞德说。

格雷戈尔想安慰维库斯,可他从来都不擅长这个。霍华德会,卢克萨也会,而从他嘴里说出来的话,总显得特别空洞。他知道维库斯深爱着索罗维特——他们结婚应该有四十多年了,这让他更加难以开口。他还知道这对夫妻经常吵架,对于一个问题,他俩的态度大相径庭:索罗维特喜欢诉诸于武力,维库斯则倾向于温和的解决方式。但这些并没有影响他俩的感情。当他发现妻子和瘟疫脱不了干系后,他彻底崩溃了。如今,他深爱的妻子去了天国,叫他怎能接受这残酷的现实?

哈泽德走了过来，跪在维库斯身边，把手塞进爷爷手里。维库斯轻轻捏了一下，什么也没说。

“我为你的奶奶感到难受，哈泽德。”格雷戈尔只能憋出这么一句话，“你还好吗？”

“是的。其实……我不知道这个时候该有什么样的感受，索罗维特不怎么和我说话。我觉得她也不喜欢我，可能是因为她和我爸爸互相仇恨的关系吧。”哈泽德像往常一样直言不讳。

哈泽德的话很简单，也毫无恶意，可对维库斯的打击却是毁灭性的。他的妻子和儿子之间的纠葛可谓他们家庭的灾难——先是苹果园的悲剧，接着哈姆内特疯一般逃离王之城，多年后二人好不容易在丛林里相遇，怀揣的却只有熊熊的怒火，最后双方还没来得及和解，哈姆内特就失去了生命。

维库斯的喉咙里冒出一种古怪的声音。他一手捂住脸，侧过身去。“维库斯？你还好吗？”瑞普瑞德问。维库斯想答话，但说得十分含糊，听不清楚。“医生！”瑞普瑞德立马大声喊道，“快叫一个医生来！”

瑞普瑞德持续和维库斯说话，并往上掰动他的鼻子，敦促他赶快镇定下来。一分钟不到，一名医生赶到，他看了维库斯一眼，匆忙往他嘴里灌了一点药水，就招呼别人把他抬到蝙蝠背上。

哈泽德抓着医生的衣袖不放，“我爷爷怎么了？”

“他中风了，我们必须立即把他送回王之城。”医生说。

“他会好起来吗？”格雷戈尔无助地问，他的声音一下子变得和哈泽德一样稚嫩。维库斯的半边脸松垮下来，他已经无法控制自己的表情了。看到他变成这样，格雷戈尔十分害怕。他不希望维库斯就这么离开，不想失去这位好不容易才熟悉起来的地底人，不想失去这位总把他的利益放在心上的好人。

“我们一定会尽全力。”医生说完，蝙蝠立马载着他们飞走了。

“居然拖到现在才发作。”瑞普瑞德说，“其实，我觉得很意外。去年他也发了一次病，差点没命。”

“是因为我说了不好的话吗？因为我提到了爸爸吗？”哈泽德焦急地问。

“老天啊，不是的，不管你说没说那些话，他都会发病。现在你赶快回去吧，帮着做点事……我也不知道你可以做什么……去看看能不能帮忙破译密码吧，好吗？”瑞普瑞德说。

哈泽德乖乖照做。他一走远，瑞普瑞德就小声对格雷戈尔说：“可能刚才不是提及哈姆内特的最佳时机。但是无论如何，他应该想清楚再说啊！”

“人中了风……会好起来的，是吗？”格雷戈尔焦急地问。

“有人会，但需要时间。”瑞普瑞德说。他不想再继续这个话题。

没了索罗维特和维库斯，洞穴里显得空荡荡的。“现在该怎么办？”格雷戈尔又问。

瑞普瑞德琢磨着，“需要我一个人来发号施令。马雷斯还在王之城……”接着，他派人把珀迪塔喊了过来。她一到，他就直接切入正题：“索罗维特死了，维库斯不行了。现在你就是军队的统领。”

珀迪塔一脸震惊，连声反对道：“不不，我不行，这儿还有好多人的资历比我更深。”

“现在我需要的不是他们，我只需要你。”瑞普瑞德说，“我需要一个我们都能信得过的人。”瑞普瑞德说完，便自顾自地和珀迪塔讨论起战局安排，留下格雷戈尔一人应付刚发生的两幕悲剧。

先是索罗维特，再是维库斯。维库斯可能会恢复，但万一不行……格雷戈尔越想越伤感，就让思绪又转到卢克萨身上。他抽出他们在博物馆的合照，努力回忆他们往日的快乐时光，但脑海里浮现的只有卢克萨的怒容，只有自己亲手把她送进地牢的画面。他无法忍受，这居然是他们之间发生的最后一件事。于是他要来一张布条，又去向莉兹要水笔。莉兹说她在用羽毛笔。“水笔差不多都写不出来了。”她从背包里掏出一支红色水笔，嘱咐道，“就剩这支了，把笔尖弄湿，还能多写几个字。”

格雷戈尔向笔管里吐了一口唾沫，旋上盖子，让口水慢慢渗进去。只要写封短信就行。一开始他想用利爪密则来写，可这样肯定会被老鼠拦截，他们就会知道它已遭破解了。考虑再三，他决定直接用树形信息图传递信息，这样反而显得更加私密。几分钟后，他打开水笔，试了一下。笔迹很淡，但还能读得出来。他写道：

卢克萨，

/ \ |// \ / \ / | | | /. | \ / // /|.|// | / | \. | / / | | \. / / / \. | | / | / \ . / | | //. |
\ / / | | \ \ \.

“继续写啊！”他想，“都写出来。她还没看到信的时候，你就已经死了，况且你写的也都是实情。”

/. |\ / | / / | | \ \ \. | | | / | / / / /.

格雷戈尔

最后几个字太淡，根本认不出来。格雷戈尔用剑划破中指，蘸血将最后几个字重写了一遍。

其实这根本称不上一封信，一共才十三个字，他觉得自己小气到家了。可就算他有满满一盒水笔，又能写些什么？嗯，他可以更好地向她解释，为什么他们中必须有一个人活下去。只要其中有一个人活着，也就意味着他俩都活着，因为活下来的人会将另一个人铭记一生。命运决定了他将死去，所以活下去的绝对是卢克萨。他逼着自己想象卢克萨慢慢长大、处事待人的样子，想象他消灭灾星后卢克萨开心生活的情景。

卢克萨很聪明，她将弄明白他的真正意图——他心里只剩下这一个希望了。

格雷戈尔将布条卷好，递给莉兹，让她送给身处王之城的卢克萨。

“你干吗不亲自给她？”莉兹问。

“她还在生我的气，”格雷戈尔说，“但如果是你给的，她一定会看。还有，你很可能在我前面回去。”莉兹点头同意，接过了布条。他想知道，等莉兹发现他隐瞒真正的预言后，会不会也和卢克萨一样恨他。

格雷戈尔跟大家说，他要再练习一会儿。然后，他钻进隧道，躺在石头地上，用一块岩石做枕头，关掉手电筒，发出“咔哒咔哒”的声音。他暂时还不想练习剑术，就先温习一下回声定位法。这么多天来，他的这项能力取得了长足的进步，他现在能“看到”好多东西：隧道顶端参差不齐的边缘，散在地上的鹅卵石，甚至岩壁表面细小的凹凸。他还尝试运用不同的声音练习，比如咳嗽、哼哼、吹口哨。默不作声时，他发现就连自己的呼吸声也能给他回馈影像信息。他觉得很安心，因为此刻只要他还活着，就能看见世间万物。

慢慢地，格雷戈尔浅浅睡去，思绪在梦境和隧道间穿梭。突然间，他的梦境多了几分恐怖。他无助地躺着，一只老鼠从他身旁冒了出来，紧接着又是一只。很快，无数老鼠把他团团围住。他晃晃脑袋，立刻醒了过来，却发现他并不是在做梦：好多只老鼠，正向他步步逼近！

格雷戈尔来不及起身，匆忙从腰带间拔出利剑，挥舞得呼呼有声。老鼠们齐齐后退，给了他从地上跳起来的机会。与此同时，短剑也被拔出，他准备大开杀戒。

忽然，一个声音飘了过来，“住手，地上人！”

格雷戈尔犹豫了。他听过这个声音——比瑞普瑞德粗哑的咆哮声要高，是女性的声音，但不是卷舌头那银铃般的嗓音，那声音曾令他轻易丧失理智。是傻奇提普吗？不，她已经死了。这个声音既不属于水路上的任何一个人，也不属于所有藏在迂回迷宫里的老鼠。这个声音诱发了他关于灼热丛林的记忆，还有汗水和散发死亡气息的甜蜜花香。他把注意力集中在说话者身上，又发出“咔哒”一声，便很快认出了对方，“你是拉普布拉德？”

"是啊,就是我。快把剑收起来,我们不是为了和你打架才来的。"拉普布拉德说。

格雷戈尔又"咔哒"了一声,他"看到"这群老鼠都退了回去,没一个摆出攻击架势。格雷戈尔将剑缓缓插回剑带。不管有没有老鼠,他都深信拉普布拉德不会骗他,毕竟他们曾经一起出生入死。况且要是老鼠想要他的命,早就趁他睡着的时候下手了。"你来这儿干吗?"

"我们来和瑞普瑞德会合,一起对抗灾星。"拉普布拉德说,"我必须来这儿和他见面,接收战斗指令。"

"真的吗?你们一共有多少战士?"格雷戈尔问。他的回声定位法练得不错,但此时还是想用一下眼睛。他"啪"地打开手电筒,突如其来的光亮让老鼠很不适应,他们一个个眯缝起眼睛。"抱歉。"他将光柱投到地面。

"这条隧道里就十几只,但洞穴底下还有几百只。"拉普布拉德说。

"几百?"格雷戈尔难以置信。他只知道在死亡之地,瑞普瑞德有一帮对他忠心耿耿的老鼠,可这几百只又是从哪儿来的?

"你以为,每只老鼠都希望灾星做头儿吗?"拉普布拉德反问,"我们都愿意顺从地被他统治吗?"

"差不多是这么认为的,"格雷戈尔承认,"除了瑞普瑞德,我们没见过老鼠那儿还有什么抵抗力量。”

“你想错了！”拉普布拉德反驳道，“在那个嗜血如命的变态怪物看来，我们中有很多都一无是处；在那些给他出点子的老鼠眼里，我们都是没有利用价值的废物。”

“能听到这话真好。”格雷戈尔说。他注意到，拉普布拉德身边还蹲着两只小老鼠，体型比老鼠宝宝要大，但还未成年。“他们是……”他不想说出那两个名字，以免出错，“是谁啊？”

“是飞毛鼠和六只爪，都是我的孩子。”拉普布拉德说。

去丛林寻找解药的征途中，她曾提到过飞毛鼠和六只爪，原来就是眼前这两只老鼠，可是芒格——孩子们的父亲——永远也看不到他俩了，他被巨大的食肉植物吃掉了。格雷戈尔凝视着那两个孩子，他们也勇敢地直视他的眼睛。看得出来，他们很害怕，可眼神里却透着坚定。“你们长得很像你们的爸爸。”他说。他的声音里居然饱含情感，自己听了都大吃一惊。看到两个孩子还活着，他是既感动又高兴。

“你的母亲呢？她怎么样了？”拉普布拉德问道。

已经很久没人问他这个问题了，他觉得上次被问好像是上辈子的事。人们都闭口不谈他妈妈的健康问题，生怕让他想起什么而难过。“她不会有事，反正我是这么认为的。瘟疫让她生了一场重病，但现在已经好转了。上次我看到她时，她患了肺炎，人们正忙着把她转移到芳特去。王之城的医院已经人满为患，她转过去也是好事。后来，我就没再收到她的消息了。瑞普瑞德说，等战争一结束，就会帮我把她送回家。我是没办法了，但瑞普瑞德说他一定会做到。”格雷戈尔意识到，自己说起这事来一发不可收拾，便连忙打住，“多谢你的关心。”

格雷戈尔忽然很想碰碰拉普布拉德，便把自己的手放在她头顶，感受了一下那柔顺的皮毛。但他心里清楚，要真那么做就奇怪了，其他老鼠肯定会觉得备受威胁。于是，他转头向隧道口走去，“来吧，瑞普瑞德就在上面。”

拉普布拉德紧随其后，其他老鼠暂时按兵不动。这个安排很好，格雷戈尔很怕老鼠的突然出现，哪怕只有一只，都会诱发莉兹的恐慌症。幸好莉兹受到瑞普瑞德的提醒，有了充分的心理准备，最终没有出什么乱子，而瑞普瑞德看见老朋友来了也很高兴。

“太好了，你终于来了。我们来了多少战士？”他立即问道。

“至少有七百个。没数过，上千也是可能的。”拉普布拉德说。

瑞普瑞德有点震惊，眉头一抬，“那么多？看来你忙了很久。”

“你想让我们去哪儿？”拉普布拉德问。瑞普瑞德迅速把时间、地点和指示告诉了她。她点点头，又看向格雷戈尔，感激地说：“感谢你在丛林里为我们做的一切。”

他救了拉普布拉德一命，而她也救过小靴子。“我也同样感谢你。”

她用手腕碰了碰长鼻子，然后迅速离去。

“又一次和朋友道别。”格雷戈尔想。又是一个“最后一次”！但在接下来的两天里，所有人都要离去，较之那时的心碎，现在的感伤完全不值一提。

瑞普瑞德命令他们赶快睡觉。格雷戈尔很快就睡着了，并且睡得很沉，一个梦也没做。不知过了多久，瑞普瑞德用鼻子捅他的肩膀，把他叫醒了。格雷戈尔揉揉眼睛，东瞧瞧，西望望，还没人醒来。“过来。”这只老鼠轻声说道。格雷戈尔便跟在他后面，走到洞穴的另一端。“成败就看今天。”瑞普瑞德又说。

格雷戈尔想，看来今天就是自己的死期了。“这么快？”他只说了这么一句。

“是的，我们的动作必须快。另外，我有些话要跟你私底下说。”瑞普瑞德神神秘秘地说，“和《时间预言》里的一句话有关。”

“勇士的死，总算要讨论这个了。”格雷戈尔嘀咕着，暗暗和自己道了一声再见。然而，老鼠接下来的话完全出乎他的意料。

“我想说的是……”瑞普瑞德又瞥了一眼四周，确保大家都在熟睡，“我想说的是，其实，我根本就不相信三明治的预言。”

23

格雷戈尔被彻底震动了，“什么？可是你……一向都对预言言听计从啊！”

“不，我没有。要是我真的相信预言，我还会去追捕灾星，想亲手杀死他吗？预言其实毫无意义！我一直装出一副深信不疑的样子，甚至一段时期内，我说服自己相信预言，因为这儿所有人都将它们奉若神明！所以，如果你想让他们做什么事情，你的理由就必须符合预言，你明白我的意思了吗？”老鼠说。

“不太明白。”格雷戈尔如坠云雾，瑞普瑞德在说什么啊？

“听着，这儿流传着成千上百个预言，预测各种各样的事件。只要等的时间够长，这些事件必定会发生，而且总会扣上一个预言，那么这预言就算实现了。就比如说之前的瘟疫吧，我们这儿大大小小的瘟疫多得很，总有一场符合三明治的预言。”瑞普瑞德说。

“可你一直在努力破解预言，不是吗？”格雷戈尔依然不解。

“我是不得已而为之。假如我不先对预言提出合理的解释，就会有蠢蛋将它曲解，”瑞普瑞德说，“到时候再要改变每个人的想法，将极其艰难。”

“在丛林的时候，是怎么回事呢？蚂蚁把星影草毁了，我们都放弃后，你为什么又说了那番话？”格雷戈尔抗议道。

“妮薇乌说星影草就是解药，我真的相信了。解药被毁掉后，你们都一副要死要活的样子。我只能说我们误解了预言，这是唯一能让大家继续前进的方法。我们按照这个思路行动，最后也找到了真正的解药。要不然，我们就会傻坐在原地，哀号到死。”瑞普瑞德说。

格雷戈尔皱起眉头，“那勇士又怎么解释？还有让我跳下悬崖？”

“你跳可能是因为得到了预言的暗示，那上面说这是唯一的办法。”瑞普瑞德说，“而那首田鼠蒙难的童谣，其实真的只是一首童谣。也许三明治只是个疯子，他把自己锁进屋里，在墙上写下了一首首疯狂的诗。也许——也许你命不该绝。”

命不该绝？格雷戈尔仿佛被卡车撞到了。这可能吗？不，所有人都知道他就要死了，他会证明给瑞普瑞德看。他绞尽脑汁，终于想到了一个瑞普瑞德无法否认的事情，“那么尼莉莎呢？她还是个小女孩时就告诉哈姆内特，十年后，他会待在丛林里，身边有一只吸嘶者，还有一个小孩。”

“我得承认，她的行为很难解释，但也不排除正是她的这些话，诱发了哈姆内特找一只吸嘶者的想法。哈泽德的母亲在他生命中出现时，他也没有拒绝。这可能是个奇怪的巧合。不管怎么样，尼莉莎不是三明治，而我们在谈论的是他。”瑞普瑞德说，“《时间预言》，你想想看，我们那么容易就用莉兹替代了小靴子。这预言到底想要什么？战争？我们一直都有。密码？每次战争一爆发，敌我双方都会设计一套新的密码。勇士的命？好吧，如果我们那么轻易就能更替公主，那换掉勇士又何尝不可？战争快结束时，会有成千上万的人丧命，可我一点都不相信，你会成为其中的一员。我是一名愤怒者，而我对另一名愤怒者的感觉告诉我，你一定会打败灾星。我觉得你的格斗技术更胜一筹。我不认为三明治的胡言乱语能改变事实。除非你认命。地上人格雷戈尔，你放心大胆地去战斗吧！记住，不要以为有些事情是命中注定，无法避免，就因此放松警惕，甚至自暴自弃！”

这番充满新意的话，让格雷戈尔晕头转向——三明治的预言其实根本不存在,他们完成这些所谓的"预言",并不是靠着冥冥中的神力,而是他们自己的力量。他们的全部决定都是以三明治的话为根据,但却用自己的理解来指挥行动。他满腹疑云地笑了,"我还以为你是来和我道别的呢。"

"做美梦吧?"瑞普瑞德嗤之以鼻,"我刚才说的话,你自己记住就好,别告诉别人。要是被人知道了我的真实想法,我那少得可怜的信誉也将没有了。好了,我们去把其他人叫醒吧!今天会是漫长的一天。"

格雷戈尔走到小靴子身边,往她肚皮上"噗噗"地喷了好几口气,她顿时咯咯地笑醒了。"不要!我还要再睡一会儿!"说完,她闭上眼睛,假装继续睡觉,只为了让他再跟她多玩一会儿。他们一连玩了三次,最后格雷戈尔一把抱起她,拉她去吃早饭。小靴子戳戳他的胸脯,调皮地说:"你又像你啦!"

"我又像我了?"格雷戈尔不明就里。突然,他理解了小靴子的意思:他已经好久没这样逗小靴子玩了,连笑都很少。自看了《时间预言》后,他就丢掉了希望,而瑞普瑞德的那番话,驱除了他的困扰。现在他明白了,自己还能继续活下去,三明治也许是错的。

格雷戈尔又想,那只老鼠是不是故意的?为了唤起他的最佳状态,故意编了那么一番话?他左右思量,又觉得不可能。瑞普瑞德说他不相信预言,这话并不是毫无根据,想来确实也能解释不少事。比如,他曾试着单独去追杀灾星,后来用莉兹轻易替换了小靴子公主的位置,他还一直讽刺尼莉莎能看到未来的能力。瑞普瑞德之所以那么做,也许是怕她又弄出一个写满新预言的房间,让人民的思想再次受控。当然,不能说他没有利用预言来满足自己的私心,他的确多次借预言控制了格雷戈尔,甚至还用勇士的死把莉兹留下来。每回一想获得什么,他就会拿预言说事。

格雷戈尔也了解某些事情,所以他也不愿意相信预言。不仅仅是因为它们预言他的死亡,还因为他厌恶三明治这个人。自从他知道三明治为了土地——也就是现在王之城的所在地,用卑劣的手段毒死掘地兽后,他就恨不得和这个人拉开距离,越远越好。他不想再相信他,也拒绝接受他的指引,而现在瑞普瑞德给他指了一条明路。"现在我的对手只有灾星,这是我们俩之间的事。我要和他战斗,是因为他杀害了无数无辜的田鼠和人类,我必须制止他的罪行。我这么做不是因为三明治要我去做,而是因为我自己想做。瑞普瑞德说得没错,我比灾星厉害多了,我一定能做到。"他拿定了主意。

这样想着,他就能坦然面对一直最担心的时刻了:向他的妹妹们道别。他把水瓶灌满水,把新电池装进仅剩的一只手电筒,然后将它们放进粉色背包递给她们。

"你打仗不需要手电筒吗?"莉兹忧心忡忡地问。

格雷戈尔对她耳语道："我已经掌握回声定位法啦！"

"哇，太厉害了，你能教我吗？"她惊奇得睁大了眼睛。

"当然！"格雷戈尔说，"你再看！"他将一副飞行棋抽了出来，"我在博物馆里找到的，现在它是你们的了。"

"送给我的吗？"莉兹说，"耶底底亚也有，但没有磁力。"

"送给你啦！他肯定会嫉妒得要死。"格雷戈尔说。

小靴子差点就把鼻子埋进了背包："我的礼物呢？"

"你的礼物？"格雷戈尔搔搔脑袋。他将手伸进背包，摸到了几块燕麦葡萄干饼干，它们在锡箔纸里完好无损。"你的礼物是饼干。"

"哦！"小靴子惊呼，"全都给我吗？"

"嗯，你最好和朋友们分享，至少要给瑞普瑞德一块。"格雷戈尔说。

小靴子便拿出饼干，和大家一起分享。她还往格雷戈尔的口袋里塞了两块，好让他和阿瑞斯在路上有零食吃。

终于，分别的时刻到了。格雷戈尔将两个妹妹拉进怀中，紧紧抱住，"你们一定要乖乖的，好吗？"

"没问题。"莉兹应道。

"我很乖的。"小靴子扑闪着长长的睫毛。

"我知道，我爱你们，再见喽！"格雷戈尔说。

"再见！"她俩异口同声地说。

关于塔尔塔洛斯平原的会合点，瑞普瑞德已经告诉了阿瑞斯。“记住，格雷戈尔，老鼠们都以为你死了，所以如果灾星没出现，你千万不要暴露自己。”

“懂了。”格雷戈尔说。

“好了。高飞吧，你们两个！”瑞普瑞德又说。

“像河流一样奔跑吧，瑞普瑞德。”格雷戈尔回应道。

他们飞过无尽的黑暗，而这已不妨碍格雷戈尔辨识一切。“咔哒”声和咳嗽声能给他反馈详尽的信息，他又开始集中精力使用呼吸声定位。由于这种方式还不够熟悉，所以脑海中浮现出的图像不太清晰，但他一直都在吸气、吐气，因此画面也是连续不断的。他依靠呼吸的时间越长，周围环境在他眼里就愈发的清楚。

一小时后，他们飞抵目的地。阿瑞斯在一条窄小隧道里着陆，面前恰好有一堵巨大的石壁，格雷戈尔能感知到石壁外面非常空阔。他小心地走到石壁边，又垂下脑袋，深深地叹了一口气。大脑立马告诉他，墙壁那边有一个宽阔的山洞，大得他无法感受到尽头。岩壁很陡峭，地面被老鼠占据了，他们数以千计，有的在睡觉，有的坐立不安，还有的在处理伤口。平时，格雷戈尔怕他们会闻到自己的气味，可是今天不用，因为这里的空气中充斥着浓厚的臭鸡蛋味。他不由得想起了地下王国的第一次旅途：瑞普瑞德拽着他，从滴着水的大小洞穴里穿过，让那散放硫磺味的液体浸透全身，掩盖住身体原来的味道。而这次，臭鸡蛋味来自于河面升腾的薄雾。那条河从大山洞旁蜿蜒而过，即便离它很远，他也能确定里面没有生命。

“这里就是塔尔塔洛斯平原？”格雷戈尔小声问阿瑞斯。

“是的，你能看见？”阿瑞斯也压低了声音。

“是啊，瑞普瑞德终于教会了我回声定位法。”格雷戈尔骄傲地说，“我必须承认，这能力很酷！你能看见灾星的位置吗？”

“看不见，但他一定就在附近，否则噬咬者不会来这儿。”阿瑞斯推测。

他俩坐了下来，静静等待关键时刻的降临。格雷戈尔把一块饼干递给阿瑞斯，自己吃起了另一块。要是他真的死了，那么他尝到的最后滋味，就来自科尔马奇夫人的厨房，想想也不赖。但他再也不会对死神屈服，再也不会怨天尤人了。他突然想到他并不是一个人，他们是一个团队，让阿瑞斯知道瑞普瑞德的想法也很重要。

“嘿，阿瑞斯，你能给我保守一个秘密吗？”格雷戈尔问。

“我不得不承认，这是我少有的几项天赋之一。”阿瑞斯说。

“瑞普瑞德不相信预言，他认为三明治是个疯子，是个笨蛋，而我们为了让他的预言成真，在玩命地忙活，这行为也很蠢。”格雷戈尔说。

阿瑞斯沉默了一会儿，平静地说："如果我跟你说，我从没那么想过，那……我就是在说谎！"

"你怎么不早说？"格雷戈尔撇了撇嘴巴。难道还有不少地底人也是这么想的？

"因为所有人都对三明治的话深信不疑。可他到底是什么样的人啊？心地既不善良，为人也缺乏智慧。他的话里充满了厄运、劫数，还总怂恿我们自相残杀！"阿瑞斯气恼地说。

"你知道吗，我第一次来这儿时，也不相信他的话。后来发生了不少事，似乎应验了那些预言。可我没有想过，是我们自己在做符合预言要求的事情，不是吗？就拿《灰色预言》来说吧，里面说我会跳跃，会有人死。最后亨利死了，可就算死的人是我，那预言也照样说得通。这样看来，其实那天唯一发生的不同寻常的事……就是你最后意外地救了我一命。"格雷戈尔说。

"当时我根本没考虑三明治的话，只是觉得那样做才对。"阿瑞斯说着，嘎吱嘎吱地咬起了饼干，"你知道吗，每当一个预言没有以连贯的方式实现时，我们都说，那是因为时机未到，为此我们还责备自己。"

"我们一直受着三明治的指使，没有去做我们认为正义的事，这才是最该自责的地方。"格雷戈尔说，"我们用他做理由，彼此杀戮。最后，我们成了手拿屠刀的刽子手。"

“一定有更好的，可以让我们追随的东西！”阿瑞斯说。

“肯定有！你和我在睡觉的时候就可以想出来。”格雷戈尔说。

蓦地，阿瑞斯下巴一抬，耳朵抽动起来。

“发生什么了？”格雷戈尔问。

“开始了。”阿瑞斯答道。

他们飞了起来，越过高高的石壁，找到一个藏身点朝下方看去。起初，格雷戈尔什么都没察觉到，老鼠大军依然躺在洞内睡觉。接着，一股气流打在他的脸上，眼前的场景一下子变得极为震撼。

这是一次协调性极高的攻击，和格雷戈尔以往经历的完全不同。他刚刚感受到的那股气流，来自几千只蝙蝠翅膀的拍打。一大队士兵穿过黑暗，向老鼠悄悄飞去，每只蝙蝠都紧抓着一大包他从未见过的东西。他们飞到鼠群上空，随即松开爪子，丢下包裹。它们撞到地面，顿时火光四溅，是炸药包！老鼠们仍在沉睡，等待他们的将是一场噩梦。

老鼠的警卫系统也失灵了。瑞普瑞德早就派遣士兵先行解决了他们的巡逻兵。格雷戈尔听到几声警觉的叫喊，但叫声微弱，没法唤醒灾星的全部军队。顷刻间，爆炸声响彻云霄，山洞内浓烟滚滚，四周陷入一片火海。老鼠们被惊醒后，睁眼看到无数利剑和爪子。

与此同时，伏兵纷纷掩杀过来：蟑螂和田鼠犹如潮水，从左右两侧涌入；蜘蛛——他们终于决定站在人类这边了——从洞顶落下；拉普布拉德他们从敌军后方冒了出来，截住了敌人的退路。援军的尾巴上涂了一层东西——可能是磷光粉，在黑暗中闪着幽光，这样盟友就能区分他们和敌军。

灾星的部属看到这番场景，很快就乱成了一锅粥。他们有的身上着了火，有的精神受了很大的刺激，战斗力因此大打折扣。人类与蝙蝠搭档和老鼠盟军负责正面交锋，其他小型生物则进行左右夹击。田鼠和蟑螂的攻击目标是受伤的老鼠，他们一拥而上，将敌人瞬间解决。蜘蛛则出其不意地落在老鼠头上，一口咬住他们注入毒液，趁对方还不知道发生了什么，又"嗖嗖"几下吊着蛛丝爬了回去。然而，灾星的手下虽被打了个猝不及防，可毕竟也都是身经百战的战士。他们很快从遭受袭击的惊慌中恢复过来后，迅速重振旗鼓，顽强地抵抗对手的攻击。

格雷戈尔和阿瑞斯栖息在高处，默默观看这场惊心动魄的战争。地面的火势渐弱，火炬手及时将整个山洞照亮，格雷戈尔不需要用回声定位法，也能看清这身下的人间地狱。战役一下失去了组织性，迅速转为疯狂的杀戮。每一秒，每一个角落，都有生命在消逝。人、老鼠、蝙蝠、田鼠、蟑螂和蜘蛛尸横遍野，幸存者就踩着尸体继续战斗。恐慌和疑惑攫住了每个生物的心，盟友竟也开始互相残杀，战士们都必须格外小心。只见人类挥着剑刺穿了田鼠的身体，老鼠弄瞎了同伴的眼睛，一个火炬手点燃了蜘蛛的身体。参战伊始，每位战士都有一个明确的目的，可现在场面极度混乱，让他们的头脑一片混沌。

太不真实了，好像在看电影，按一下遥控器，就能换个频道更换画面。这是一场大屠杀，是对生命的无情践踏！谁会做这样的事？他们为什么要这样？到底能得到什么？他们杀，杀，不停地屠杀，毁灭了所有活着的生命，可最后……他们又能改变什么？这一切，似乎突然变成了一场荒谬的游戏，可以轻易被另一场游戏替代——纸牌、下棋、掷骰子——游戏结束，大家都能活着回家。

"格雷戈尔！在那儿！河上面！"阿瑞斯说。

格雷戈尔移开目光，扫视屹立在河面的石壁。远远地，他们看到奈克在洞口躲避着一只老鼠，黑白条纹的翅膀拍打个不停。就在她上方高高的峭壁间，突然冒出了掘地兽的爪子。又一个新洞被他们挖穿，一帮老鼠紧跟着从洞里涌出，半爬半滑地向奈克冲过来。

"她在这儿干吗？"一种不祥的预感笼上格雷戈尔心头。索罗维特承诺过：奈克会和小靴子、莉兹在一起，远离战场，可现在她怎么会身处险地？奈克来了，那他的妹妹们呢？保护她们的就只剩下太普、哈泽德、雷弗雷克斯和海伦内安了？她为什么要自己飞过来？没了人类做搭档，她根本不是老鼠的对手。

她到底在——

随后，格雷戈尔又看到一个画面，心脏差点停止了跳动：奈克身后的开口处，一道微弱的光线冒了出来，时亮时暗，是有规律的！格雷戈尔也认了出来。这个节奏在卧室墙上出现过，用餐叉在餐桌上敲击过，手电筒的明暗规律……嘀——嘀——嘀——嗒——嗒——嗒——嘀——嘀——嘀……嘀——嘀——嘀——嗒——嗒——嗒——嘀——嘀——嘀……SOS……SOS……SOS……

“是莉兹。”他小声嘀咕道，接着大喊大叫起来，“我的妹妹！我的妹妹们也来了！”

24

格雷戈尔立刻爬到阿瑞斯背上，大吼道：“走！快去！”

阿瑞斯没有反对，只是提醒格雷戈尔，“他们会发现的！发现你还活着！”

瑞普瑞德曾告诫格雷戈尔，必须谨慎行事，直到灾星出现后才能现身，可是目前这种做法已经不重要了。他和阿瑞斯刚飞离岩石掩体，老鼠们就疯狂地喊起了他的名字。他都没注意到——也压根不在乎，自己的出现极大地震惊了老鼠。

格雷戈尔不管他们，他准备稍后再对付灾星——前提是那白老鼠会出现。此时，他有一个更加紧急的任务。可阿瑞斯飞了好一会儿，离目的地却还有一段距离。时间不够了！恐怕等他们赶过去，老鼠已经打死了他们，奈克无力抵挡，他的妹妹很快就会被撕成碎片……

突然间，一个身影快速攀上洞壁，朝奈克赶去。没有任何生物能以这样的速度，爬上如此陡峭的地方。除了他。“是瑞普瑞德！”他告诉阿瑞斯，“要是他能从前面过去，我们就能从后面对老鼠发起进攻。”

掘地兽挖出的洞里，无数老鼠蜂拥而出，跳到岩架上，凶猛地扑向奈克。奈克匆忙往后退去，退到了格雷戈尔看不到的地方。瑞普瑞德飞也似的赶了过去，此刻至少已有二十只老鼠逼近奈克。他冲到敌人后方，消失在黑暗中。不久，格雷戈尔和阿瑞斯也到达那儿，他们观察了片刻，突然一个猛子扎下去，迅疾投入战局。

一切仿佛昨日再现：他好像回到了第一次变成愤怒者的状态，肾上腺素急剧分泌，自我行动的意识被彻底抹掉。他的心里充满了恐惧，他深深地为小靴子和莉兹担忧，无法抑制自己想杀人的冲动。每挥一次剑，都有老鼠毙命；每一个动作，都充满了死亡气息。他又劈又砍，将剑刺入老鼠的身体。老鼠一只又一只地倒下。他的眼中只有敌人，周围发生了什么，他已浑然不知。

阿瑞斯不得不掉过头，伸到格雷戈尔面前，“格雷戈尔！”

“怎么了？”格雷戈尔已杀红了眼，这才注意到阿瑞斯，他正载着他飞离此地，“快过去，阿瑞斯！我要杀老鼠啊！”

“对付他吧！”阿瑞斯说。他拉了一道弧线，不偏不倚地落在灾星面前。

格雷戈尔为了救两个妹妹，正全身心地沉浸在战斗中，灾星的出现让他大吃一惊。这只巨鼠好像从地里蹦出，来向格雷戈尔寻仇的。

一只强有力的爪子忽然直插过来，阿瑞斯一个侧身转飞，及时避开了凌厉的攻击。灾星的爪子呼啸着，从格雷戈尔耳边擦过，划到洞壁上，发出刺耳的声音。很像指甲划过黑板的声音，不过被放大了好多倍。

“这儿空间有限！”阿瑞斯说。要是被困在墙边，他们就没法施展身手；他们需要空间，才能发挥灵活机动的优势。

“可我的妹妹……”格雷戈尔话刚出口，就意识到他必须暂时放下她们，此时他只能信任瑞普瑞德，和那些骑着蝙蝠飞去救她们的人类。他根本脱不了身，不管他飞到哪儿，灾星都会跟到哪儿。“算了！”

阿瑞斯敏捷地向后飞去，飞到战场中心，而灾星紧追不舍。格雷戈尔打量了一番他的对手。老天啊，灾星现在真是糟糕得可以！上次的战斗令他遭受重创：断尾处被一大团蜘蛛丝牢牢包住，沁出的鲜血染红了蛛丝，仿佛一顶厚重的红帽子。他那条长长的尾巴没了，身体平衡也受到了影响，他的步伐很不稳定，好像一个摇摇晃晃的醉汉。但变化最大的还是他的眼神。只消看一眼，就能发现原本只是内心受创的灾星，已彻底变成了一个精神错乱的疯子。

灾星踏过平地，其他生物四下逃窜，生怕成为他足底的冤魂。他每挪一步，就有一堆尸体被踩得粉碎，血浆四下溅起。不管谁靠近他，都在眨眼间被撕成碎片。

“他和以前不一样了，”格雷戈尔想，“现在我面临的是一个全新的敌人。”恐惧从他心底冒出，他不由得打了个冷战，赶忙压制住这股情绪。“他从哪儿冒出来的？”他问阿瑞斯。

“右边的一条隧道。”阿瑞斯答道，“我认识那条路，从那儿走，可以离开这里。”

“空间大吗？”格雷戈尔问。

“是的，隧道很宽敞，里面还有不少大洞穴。”阿瑞斯说。

“去那儿吧！”格雷戈尔说，“先让他跟我们跑一会儿。”他希望先来场追逐赛，这样既能消耗灾星的体力，又能阻止他殃及无辜。

格雷戈尔进入隧道后，分散注意力的东西就少了，打斗起来也能更加专心。他想在一个安静的地方，和灾星来场一对一的决斗。

阿瑞斯像离弦之箭飞进隧道，灾星紧随其后。他又蹦又跳，发出阵阵怒吼。火把的光线渐渐暗淡，格雷戈尔便利用呼吸声感知环境。隧道连接着一个大山洞，那山洞怪石嶙峋，垂直通向高处。阿瑞斯往洞内飞去，灾星紧追不放，踩着大卵石，以不可思议的步伐在石壁上跳跃、攀登。格雷戈尔刚进来时，还能感觉到不少老鼠跟着灾星，而现在他们都不见了，有的是因为体力不够，有的是不愿再白费力气。阿瑞斯继续往高处飞，钻进了一个奇怪的隧道，里面都是滴水岩。最后他停在一块平地上，远离一切纷扰，抓紧时间休息起来。他们仔细倾听灾星的动静：他还在艰难地往上爬，一边爬一边乱吼，那声音充满了痛苦与愤怒。

“这个地方行吗？”阿瑞斯问。

“完美至极。”格雷戈尔答道。

灾星大步一跃，跳到平地上。于是，阿瑞斯再次振翅高飞。让灾星跟在他们屁股后面追，这个主意太妙了。折腾一番后，灾星已是精疲力竭。他大口喘着粗气，厚厚的白沫挂在嘴边，脸上多处伤口再次裂开，断尾处厚厚的蛛丝绷带早已脱落，尾巴桩那儿血流如注。

“终于就剩我们了。”格雷戈尔说。

但事实并非如此。

“休息一下。”一个平滑柔和的声音响了起来，颇具安慰效果，“先镇定下来，再一举击败他。”

“是卷舌头。”格雷戈尔对阿瑞斯说，“她从哪儿冒出来的？”

“不知道。”阿瑞斯说，“在塔尔塔洛斯平原时，他们并没有在一起。”

肯定是灾星在路上把她接过来的。只见她从他背上跳落，蹲在一堆巨石后面。真是个好地方，既方便观战，又能保障安全。格雷戈尔发现，卷舌头居然毫发无损，银色皮毛没有一点瑕疵，可以说是光洁如水。

格雷戈尔对她恨之入骨。是她制定了全部计划，是她驯服了灾星，将他变成一个精神错乱的怪物。说不定也是她判的傻奇提普死刑。该死的卷舌头，还有她那丝绸般轻柔的嗓音。“你看起来很好啊，卷舌头？”格雷戈尔讽刺道，“好得过分了吧？见识过不少大场面了？害灾星丢了尾巴的就是你吧？”

“我的尾巴？我的尾巴？”灾星喃喃自语，他转了好几个圈，想捉住自己的尾巴，“我的尾巴呢？”

“国王根本不需要尾巴。”卷舌头安慰灾星。

“他成不了国王！”格雷戈尔故意激怒他，“是不是啊，珍珠阿毛？”

灾星一听到这个名字，注意力立即从尾巴上转移了。“我是国王，我现在是国王了！老鼠们都听我的！”

“那他们怎么还会攻击你？还有纺织工、爬行者、人类和啮啃者。”格雷戈尔说，“嘿，和啮啃者上次那一战，你可是输惨了，不是吗？”

“卷舌头说我是国王！”灾星重复道。

“噢？你原来是这么想的？”格雷戈尔说，“可在我看来，她在等你死，你一死，她就能掌权了。”

“什么？什么！”灾星晕头转向，思路完全被格雷戈尔打乱了。他转身看向卷舌头，眼睛眯成一条缝。“你不会掌权的，我是国王！我才是国王！”

“当然啦，您才是国王。谁会跟随我这样一无是处的老鼠啊？”卷舌头轻轻一笑，身体不由自主地往后退，“他在说谎！”

“要是他真的在说谎，你为什么一点伤都没有，我却成了这副样子？”灾星声音一沉。

“因为国王都是勇敢无畏的战士。您的伤疤就是权威的徽章。没有噬咬者会愿意追随我！我既没付出努力，又脆弱无能。”卷舌头靠着一块巨石，一点点挪动脚步。

“没错，你说得对。没有噬咬者会跟随你！永远都不会！”灾星“噌”地一下跳了过去，只一口，卷舌头就身首异处。她的脑袋吊在灾星嘴边，尖牙外露，脸上凝固着惊恐万状的表情。紧接着，灾星头一甩，向格雷戈尔和阿瑞斯蹦去，竟差点撞到他们。他一个趔趄摔倒在地，发出一声可怕而空洞的叫喊，他用爪子搭住眼睛，连拍了好几下，然后疑惑地抬起头来。“舌头摇摇呢？”他凄凉地问，“她上哪儿去了？”

格雷戈尔和阿瑞斯都没有答话。

灾星俯下身子，鼻子贴地一通乱嗅，最后找到了那颗头颅。“卷舌头？卷舌头？她死了……”他呜咽起来，“她死了……”悲伤瞬间又变成了愤怒。“你们是凶手！”他冲着阿瑞斯和格雷戈尔厉声喝道。

“老天啊，他真的相信了自己说的胡话！”格雷戈尔压低嗓子说。

“你就是凶手！就像你杀死了我妈妈！”灾星又说道。

格雷戈尔觉得莫名其妙，他是怎么扯到这茬儿上的？是灾星情急之下想出来的，还是卷舌头给他灌输了这个想法？

就在这时，那只三米多高的巨鼠向他扑来。一场等待已久的恶战，终于拉开了帷幕。

阿瑞斯躲开了灾星的第一轮攻击。当他绕圈飞回时，格雷戈尔的愤怒者状态也达到了顶峰，但他并没有丧失心智。事实上，他这次精确性极高，招招致命，摧毁力惊人，而且控制力极强，能够随意掌控自己的身体。看来瑞普瑞德一直以来的感受就是这样。

“飞到他的脸上！”格雷戈尔说。这招上次就很管用，而如今的灾星没了尾巴，更是难以展开反击。

以前在王之城，灾星出招至少还有些理性可言，而现在他所有的动作都极不稳定，让人无法预料。灾星已不再关心自己的身体，一心只想弄死格雷戈尔。他一次又一次地向他们发起攻击，根本无意阻挡格雷戈尔的进攻。他的爪子连续伸向阿瑞斯的翅膀、耳朵，还有格雷戈尔的手臂，一点也不在乎自己的伤口。

“后退！”格雷戈尔大吼。

阿瑞斯闻言，赶忙飞到灾星触碰范围外。

“应该再想一个方法。”格雷戈尔说。他扯下一块衣袖，包扎住左臂上又深又长的伤口。

“他失去了平衡。”阿瑞斯说。

“就利用这个。”格雷戈尔恍然大悟。

然后，阿瑞斯绕着灾星飞了起来。灾星很快就迷失了方向，身体兀自摇晃个不停，但依然顽固地保持着战斗姿势。任凭格雷戈尔剑影翻飞，也只能够到他的手掌，勉强造成几处小伤。

“要想把他拿下，我必须离他再近一点！”格雷戈尔说。

“坐好了！”阿瑞斯突然疯狂旋转起来。片刻过后，格雷戈尔发现自己到了灾星的前下方，他趁机将剑插入灾星的软肋。灾星惨叫一声，好像被人勒住了脖子，随即身体往后一歪，格雷戈尔则顺势拔出剑锋。

“快走！”格雷戈尔大喊道，“阿瑞斯，快走！”深深的恐惧袭上他的心头。这个位置对他们非常不利，毕竟离灾星太近了！

可是，这只蝙蝠还没来得及张开翅膀，格雷戈尔就意识到，他们已经没办法从灾星的魔爪下逃走了。“阿瑞斯！”格雷戈尔喊道，“不！”眼前的动作仿佛一下子变慢了：巨鼠抓住阿瑞斯的翅膀，抡了一个圈，他们面对面地盯着对方，灾星又一拉，把阿瑞斯拽到面前。格雷戈尔扔掉索罗维特的短剑，双手握紧三明治的宝剑。当灾星张开大口，向阿瑞斯的脖子咬去，电光火石之间，格雷戈尔刺中了老鼠的心脏。一时间，他们都不动了，牙齿、宝剑和利爪把他们紧紧连在一起，僵持不下。紧接着，灾星发出怪异的叫声，另一只空爪拍向格雷戈尔的胸口。这一下力量很大，致使他松开了握剑的手，身体飞到了空中，又狠狠地摔到石头地面上。

疼痛自胸膛传来，格雷戈尔下意识地用手摸去。灾星用利爪撕开了他的盔甲，在他的胸部留下了一个温热潮湿的洞。他放在胸腔的手，仿佛在和狂跳的心脏一起搏动。

格雷戈尔抬头看去，阿瑞斯还挂在灾星的嘴边。那只老鼠张开嘴，阿瑞斯就掉了下来，沉重地砸在地上，毫无生命迹象。灾星还没断气，他摸向插在胸口的利剑，想把它拔出来。接着，灾星突然身体一僵，缓慢地倒了下去，四脚先着地，再歪向一边，好像随时会蜷曲起来。

他们都死了——阿瑞斯和灾星，都死了。此刻，只有一个生物还在呼吸，那就是格雷戈尔。他不管阿瑞斯已死的事实，不顾自己的疼痛，艰难地向自己的结合爬去。阿瑞斯躺在血泊中，翅膀以怪异的姿势弯曲着，脖子前部被完全撕开了。他将脸埋进蝙蝠浸满鲜血的胸口，希望能听见他的心跳，希望他能起死回生。“阿瑞斯，阿瑞斯！不要走好吗？阿瑞斯！不要离开我！”可他已经死了，伤成这样，换成谁都不可能活下去。“阿瑞斯！”格雷戈尔伸出右手，摸到阿瑞斯的爪子，轻轻地碰了碰。

飞行者阿瑞斯，我与你结合。

誓词响彻他的心头，他张开嘴，却什么也说不出来。他再也没法将这句话说出口。

他握着阿瑞斯的爪子，翻了个身，正好依偎在他的翅膀里。他的胸间涌出汩汩鲜血，和阿瑞斯的血混为一体，缓缓流淌到地面，又和灾星的血液汇聚在一起。

“就是这样了，”格雷戈尔想，“我的下场就是这样。”他的失血速度过快，没有人可以救他。三明治说得没错，他原来真的是对的。灾星会死，格雷戈尔也会死，再加上阿瑞斯，预言怎么可能不会成真？最后人们会在这里找到他们，在这个远离地球表面、暗无天日的鬼地方。

“没事的，”格雷戈尔轻声安慰着自己，“很快就好了，想想石骑士。”他记起了躺在修道院里的骑士雕塑，他表情镇定、温和，那是一张脱离了尘世痛苦的面容。想着想着，平和渐渐充满他的整个身心。他意识到,死亡对他来说不仅是好事,甚至可以说是最好的选择。反正他也不会回到纽约了,回家只是一个惹人发笑的白日梦。发生了这么多事,他怎么还能回去？看看,他变成了什么？十二岁大的孩子,勇士,兼杀手,这样的人怎么回得了家？地上世界是回不去了,那待在地下王国呢？也不行,最后他会变成另一个瑞普瑞德,或另一个阿瑞斯,成为危险分子,再也不会信任他人。他只能躲在一个偏僻的地方,虚度一生。不管人类在战争时期有多爱他，等生活一恢复平静,还会有人需要他吗？哪里都没有他的容身之所。地上、地下统统没有,也不存在什么中间地带。

他和灾星其实并无多大区别。他们都是在没完全了解真相的情况下,被强行拖进了乱局。他们都被利用了——灾星被老鼠利用,格雷戈尔被人类利用,成了战争机器,而他们都付出了生命的代价。他们死了,对所有生物来说都是解脱。

只有格雷戈尔的家人除外。他们还不知道他变成了什么,不知道他屠杀了多少生灵。他希望他们永远都不会知道……

洞穴里的画面暗淡下去，他的呼吸变得愈发轻浅,他感到周围的世界正在离他而去。“没事的,”他低声告诉自己,“没事的。”

这会儿,远处亮起了一盏纯净的蓝灯。看来那就是人们常说的那盏灯了。据说,人在濒死状态时,都会看到这样一盏灯。

灵魂沿着一条隧道往下走，最后就会看见它，你所爱的已经死去的人们，都会在那儿等你。“也许阿瑞斯就在那儿，”格雷戈尔想，“也许他在等我。”

疼痛游离了他的身体，他觉得自己越来越飘忽。他滑向那凄美的蓝灯，越来越近，越来越近。几秒钟后，他就能碰到它。他想碰到它，想融化进那片澄蓝。就快到了。

突然，周围陷入了无尽的黑暗。

25

什么东西洒在他的前额？是沙子吧。他是不是正躺在阳光和煦的海滩上，即将从漫长而温暖的酣睡中醒来？啊，沙子又来了！这些人应该小心一点，不要把沙子踢得到处都是。躺下来之前，真该选块更好的地方，可当他死在那个洞穴里时，他一直在想——等等！他是什么时候死的？现在又是在哪儿？

格雷戈尔睁开眼睛，医院的天花板就在头顶，被火把照得明晃晃的。小靴子的小脸冒了出来，她咬了一口饼干，饼干屑洒在他脸上。“嘿，你好啊！”她问候道。

简直不可思议，他居然还活着！

小靴子又咬了口饼干，格雷戈尔连忙闭上双目，不让饼干屑掉进眼里。“你睡了好久，我等得都不耐烦了。”她看起来的确有些累。

“饼干屑都掉在他脸上了，小靴子。”他听见莉兹在低声说话。

她俩都还活着！瑞普瑞德果然把她俩救了出来。

“格雷戈尔？”一个声音在喊他。太让人意外了，居然是爸爸。爸爸俯身看着他，他的脸非常憔悴，老了不少。“你怎么样了？小家伙，你还好吗？”

爸爸？爸爸来这儿干吗？发生了什么？他还活着吗？那盏蓝灯上哪儿去了？谁又能在那个鬼地方发现他？

“能听懂我的话吗，格雷戈尔？”爸爸问道。格雷戈尔能看见他眼底的担忧。

“能。”他的声音显得很生疏，微弱得几乎听不见，“嘿，爸爸，你也来了。”

“我一收到消息，就尽快赶来了。”爸爸说，“我要带你回家。”

格雷戈尔的身体渐渐有了知觉。他费了好一番力气，才勉强动了下脚趾头。怎么会这样虚弱？躺了有多久了？他挣扎着，想动一下右手手指，却发现根本做不到。左臂倒是抬了起来，但针刺般的疼痛穿过胳膊，继而扎在胸部。哦！老天啊，胸口！他赶忙垂下胳膊，疼痛立时减轻了不少，只是胸口依然隐隐作痛。还是不动为妙。

“你终于决定要醒过来啦？”霍华德的微笑十分温暖，格雷戈尔也忍不住笑了起来。脸上的肌肉十分僵硬，他都不习惯这个表情了。

“发生什么了？”格雷戈尔问。

“一对勇敢的探险者在死亡之地发现了你，历经险阻，把你带了回来。”霍华德说，“这是他们的说法，好多人都觉得——包括我，他们这么做与其说是出于对你的关心，不如说是出于对蛋糕的钟爱。”

格雷戈尔不知所云，“蛋糕？”忽然间，他又明白了，“不会是萤火虫吧？”

“哦，就是他们。我们亲爱的老朋友，福托闪闪和扎普。”霍华德说。

这就说得通了。那美丽的蓝灯，原来并非来自另一个世界，而是来自福托闪闪的屁股。格雷戈尔不禁大笑起来，笑得伤口一阵阵抽痛。被拯救的过程实在太荒谬了！

“这两周，他们一直待在一间靠厨房的屋子里大吃特吃。你要知道，出于关心，他们很可能只有在确认你已经完全恢复后，才会放心离开。卢克萨放纵他们也有她的原因。”霍华德说，“格雷戈尔，你现在感觉怎么样？”

“很差，”格雷戈尔说，“浑身都疼。”

“好极了，疼，就证明你的神经都恢复正常了。把药吃了吧！”霍华德帮他把头抬起，喂他吃了几片药，又喝了少许水。

“我的手指头动不了了。”格雷戈尔望向右边，希望自己的手还长在原处。

“这是暂时的，会慢慢好转。”霍华德的神情突然变得极为严肃，他轻轻抬起格雷戈尔的手，以让他能看清它的异常。格雷戈尔惊悚地发现，自己的手上沾满了早已凝固的血，手里紧紧握着阿瑞斯的爪子。“发光虫没法松开你的手，扎普只好把他的爪子咬了下来。我们也不想强行掰开你的手，怕弄断你的骨头。其实可以泡在水里，慢慢松开……可这毕竟是你的事，你才是该放手的人。”

唉，阿瑞斯！格雷戈尔紧紧闭住眼睛，满脑子都是他的音容。霍华德又问了几个问题，但他无力回答。

“在他看来，那幕悲剧刚刚发生。我们必须给他时间。”霍华德对他的家人说，“让他休息吧！”

“好了孩子们，你们去育婴室吧！达尔西特需要你们照顾田鼠宝宝，去帮个忙，好吗？我会坐在这儿陪你们的哥哥。”爸爸说。

格雷戈尔又听见了自己的声音，“要想把他拿下，我必须离他再近一点！”那个惨烈的场面如同镜头，在他的脑海里反复切换。阿瑞斯的翅膀被灾星钳住，他们被拽了过去。灾星咬住阿瑞斯的喉咙，剑插进灾星的心口，而他的胸膛被撕开。落地，濒临死亡。“阿瑞斯！不要走好吗？阿瑞斯！不要离开我！”他们躺在血泊里，身体浸满鲜血。慢慢死去，死去……

黑暗再次笼罩着他，但这次他听见了爸爸的声音，“会好起来的，格雷戈尔。现在你不这么觉得，也看不到未来。但我向你保证，总有一天，一切都会好起来的。”

再次醒来时，格雷戈尔看见马雷斯正坐在床边，爸爸躺在帆布床上睡着了。两名护士往他后背放了几个枕头，把他扶了起来，准备喂他喝肉汤。马雷斯说他可以帮忙喂食物，护士们很快就同意了，转身匆匆离去。

“医院员工还在加紧工作，”马雷斯说，“来，你需要补充营养。”他舀起一勺肉汤，送进格雷戈尔嘴里。两个星期以来，这还是他第一次进食。

萤火虫将灾星已死——外加格雷戈尔不省人事——的消息带到塔尔塔洛斯平原，灾星的势力立刻土崩瓦解，人类和盟军瞬间便将他们击败。从他们发现利爪密则已被破译的那一刻起，心理状态就已脆弱不堪。拉普布拉德军队的倒戈，对他们而言更是致命的打击。灾星的毙命则成了压垮骆驼的最后一根稻草。没过多久，他们就在战场上正式向人类投降，并准备签订相关条款。

马雷斯还把他关心的人的情况告诉了他：维库斯的身体已经恢复，只是右手依然没有知觉，身体右侧几近瘫痪。和瑞普瑞德预测的一样，所有人都投靠了卢克萨，由她来领导广大军民。她的姨父约克即将从芳特过来，向她表达愿意臣服于她的意愿。到时候，约克会把他妈妈一起带来。

“她身体已经好转了，是吗？”格雷戈尔急切地问。

“是的，但还是很虚弱。”马雷斯说，“你们这家人，需要做不少康复工作。”

“我们还失去了谁？”格雷戈尔又问。

“很多。”马雷斯说，“还是说说活着的人吧。你的家人都还在，卢克萨、哈泽德、欧若拉、奈克、霍华德、尼莉莎、维库斯，他们全活着，破译队的成员也都好好的。”

“还有瑞普瑞德，”格雷戈尔说，“我有好多话要跟他说。”

马雷斯用勺子搅了搅肉汤，避开他的眼睛。“不，格雷戈尔，他没能活下来。”

“什么？不是所有人都从洞里逃出来了吗？”格雷戈尔不敢相信。

“那其实是条隧道。这头连着塔尔塔洛斯平原，通往石壁外，那头还有一个洞穴。老鼠从两边发起攻击，瑞普瑞德从后面杀了一条路出来，让奈克带着你的妹妹、哈泽德、太普、海伦内安和雷弗雷克斯一起逃走了。他没来得及跑，掉到了下面的深渊。我们一收到消息，就派了一支救援队过去。等他们赶到时，他已经被吃人的螨虫吞噬了。它们在那儿有个窝。你看过那种虫子,我们以前在水路上见过。”

“吃掉潘多拉的螨虫?”格雷戈尔说。

“一模一样。”马雷斯说。

“也就是说,你们没找到瑞普瑞德本人。”格雷戈尔还抱着一线希望。

“我们一共找到了三具老鼠骨骼。其中一具比较大,是雄性的,一看就知道摔下去时还活着,爬了二十多米才被虫子咬死。”马雷斯说,“救援队只看到这么多,就赶忙逃走了。你想想,除了瑞普瑞德,还有谁能撑这么久?”

格雷戈尔轻声说道:“没了。”哀伤倏忽漫过他的瞳孔,又流进他的血管。瑞普瑞德死了,可他怎么会死?他战无不胜,是了不起的愤怒者。突然,他想到了瑞普瑞德说过的话,“就算是愤怒者,也有寡不敌众的时候,格雷戈尔。四百敌一的时候,我就开始不行了。”一窝螨虫的数量肯定超过四百,甚至有可能成千上万。

“此外,我们没有收到他的任何消息。他对这场战争起着举足轻重的作用,现在却销声匿迹了,这结果显然让我们无法接受。”马雷斯说。

“是啊!”格雷戈尔说。令他猝不及防的是,瑞普瑞德的死带给他的打击,居然不亚于阿瑞斯。阿瑞斯是他的结合,他至少知道格雷戈尔对他的感情。但他从未对瑞普瑞德表示过感激，没有真正谢过他，也没有说出自己对他的钦佩——甚至可能是爱。他们根本不可能讨论这种事。

“我没想到……我还得面对这个情况。直到今天早上，我都确信自己就要死了。后来是瑞普瑞德……”格雷戈尔说不下去了，不知道该不该把瑞普瑞德不信预言的事说出来。可他已经死了，说不说还有区别吗？也许，他并不想让所有人都知道他的立场，况且现在又多了不利于预言的证据——格雷戈尔像瑞普瑞德说的那样会活下来。可这话他又能跟谁说？卢克萨，还是维库斯？他太虚弱了，不太想动脑筋，便接上刚才的话，随意敷衍道：“瑞普瑞德跟我说了一些加油鼓劲的话，他说我一定能打败灾星。”

“你也做到了。”马雷斯说。

“这不是我一个人的功劳。”格雷戈尔说。他的右手还握着阿瑞斯的爪子，久久不愿松开。可是他必须放手，阿瑞斯不会回来了，握着他的爪子也不能让他死而复生。他应该把它和阿瑞斯的尸体安葬在一起。“霍华德说，我可以把手浸在水里……”

“他给你留了一个脸盆。”马雷斯说。他将脸盆放在格雷戈尔身边，把他的右手泡在水中。

“你不一定要留在这儿陪我，马雷斯，”格雷戈尔说，“我知道有很多人都需要帮助，我没问题的。”

马雷斯明白此时他不需要陪伴，就点了点头，“那我过会儿再来看你。”说完，他便走出房间。

水温适宜，手泡在里面很舒服。格雷戈尔慢慢松开紧握的拳头，黏合手和爪子的血块开始溶解。手指一根根地舒展开来，僵硬的手终于可以张开了。爪子从他手上分离，飘浮在脸盆里。

不知何时，卢克萨拿着一条毛巾出现在他身边。她庄严地拿起爪子，用毛巾将上面的残血擦净。擦干后，她用一块白布把它仔细包好，放在他身旁的桌上。收拾妥当，她又坐在床边，抬起他的手，仔细擦拭起来。“手好像没受伤，感觉怎么样？”她关切地问。

“没什么感觉，就是空空的。”格雷戈尔说。于是卢克萨握住他的手。她的小手温暖而柔软，充满了活力，就和带着热度的水流一样。“这样握着好多了。”

这一刻，他俩有千言万语要向对方吐露，然而彼此一句话也没说，只是静静地坐着对望。就这样过了几个小时，直到他爸爸从噩梦中惊醒。格雷戈尔赶忙安慰爸爸，告诉他一切都会好转的。“我们就这样互相鼓劲，也许总有一天，真的就会好起来。”他想。

接下来的几天，格雷戈尔什么也做不了，只能躺在床上，吃饭也要让人喂。他太虚弱了，以至于靠自己的力量坐直都是奢望。后来,他终于能在房间里走动了,这简直就是个奇迹! 直到洗澡时,他才看清自己的身体状况,不由得大吃失色。他骨瘦如柴,身体止不住地发抖,一看就知道受过重创。胸前的伤口已被精心缝合,形成了五条紧密的条纹,正是爪子的印记,看起来很不真实。格雷戈尔知道,等伤口一愈合,身上就会多出五块伤疤,时刻提醒灾星给他最后一击的情景。将来,他该如何向地上的人们解释?

爸爸不停描述着他们即将开始的新生活, 而他根本不想和家人一起搬到弗吉尼亚州,他甚至都不想回纽约。那个炎热夏日掉进通风管的小男孩已经不见了, 取而代之的是一个永远也找不到真正家园的人。爸爸继续喋喋不休地计划着未来:他们要在田里多种西红柿,到时候就会获得大丰收,可以将它们烤干了吃, 他们还可以去钓鱼, 格雷戈尔也会再次回到学校,加入校乐队。

校乐队? 格雷戈尔思考了一分钟,才想起他当时的演奏乐器。"萨克斯。我还是校田径运动员。我喜欢科学课——至少都是他喜欢的,那个来自另一个时空的另一个孩子。"格雷戈尔这样忧伤地想着。那他的妹妹呢? 小靴子应该没事,她才三岁,最终会停止说蟑螂语,甚至忘掉这片神秘的国度。这结果令人悲伤,但从另一个角度看也是好事。可是莉兹……莉兹什么都不会忘记, 她会一遍又一遍地回想所有经历。战争结束后，她就没怎么开口说话。她只是把脚放在椅子下面，呆呆地坐着，脸庞消瘦而苍白。有人和她说话，她也不怎么听。瑞普瑞德的死对她是个沉重打击。

一天晚上，趁爸爸和小靴子都睡着了，格雷戈尔问莉兹："瑞普瑞德为什么把破译队的成员带到战场上来？"

"都是因为我。他不愿意说，可我知道他想照看我，保护我，因为他以前没能——"莉兹说不下去了。

"没能保护丝绸锋利。"格雷戈尔帮她把话说完。

"你怎么会知道她？"莉兹睁大了双眼。

"那天，我不小心听到了你们的聊天内容。"格雷戈尔说。

"他的死都是我的错，格雷戈尔。"莉兹说，"要是我不在那儿，他现在肯定还活着。"

格雷戈尔不知道该说什么，才能让她明白这不是她的错。

"哦，好啊，那我们搬到弗吉尼亚去种西红柿吧！"格雷戈尔想，"这样一来，一切问题就都解决了。"但是，这话只能藏在心底。

一个星期后，格雷戈尔已能四处走走了。卢克萨尽可能陪着他，即使她大部分时间都被肩头的重任占去。议会成员和索罗维特死于战乱，维库斯已经瘫痪在床无法做出决策，所以人民都期望她能引领他们排除万难。兵戈停息后，人类数量剧减了三分之一，王之城沦为一片废墟，而全部啮啃者都无家可归。在公共场合，卢克萨很沉着，也很坚强，但当她和格雷戈尔单独在一起时，就会用手抱住脑袋，一遍又一遍地说："我真的不知道该怎么做。"格雷戈尔伸出手臂，轻轻地搂着她，也不知该如何给予安慰。他只知道怎么杀戮生灵，却不知道怎么让他们起死回生。

幸亏卢克萨背后还有一个强大的团队：欧若拉、马雷斯、珀迪塔、霍华德、哈泽德、尼莉莎和奈克等，还有正尽其所能帮助她的田鼠，约克也不断地从芳特给她写信、提建议。当看见她和太普进行深层交流时，格雷戈尔会不自觉地露出笑容。不过，卢克萨身后的力量固然强大，最终决策的重担还是落在她的肩头。

投降日渐渐逼近，她的压力也越来越大。灾星的军队一听到头领的死讯，都纷纷认输，也算是老鼠正式承认了自己的失败。可拉普布拉德和那些站在人类这边的老鼠呢？应该将他们与敌方一样看待吗？那也太不公平了！又有人指出，拉普布拉德他们的参战目的并非为了解救人类，他们之所以倒戈，只是为了把自己从灾星手里解救出来。此外，现在种族之间的仇恨空前激烈，很可能再次爆发冲突。大家都知道，所谓投降只不过是个姿态罢了，随之而来的尖锐问题是"现在该怎么办"。卢克萨已成王之城的首领，所有人都盼着她能对领土主权做出划分，盼着惩罚剩下的老鼠为死者报仇雪恨。但老鼠阵营里既有朋友,又有敌人,该怎么区别对待呢?总而言之,形势实在是扑朔迷离。

有一次,格雷戈尔撞见卢克萨和尼莉莎,她们正在讨论《时间预言》的最后一节,想解开这最后的谜题。

当恶兽鲜血挥洒,

当勇士横遭屠戮,千万不可无视敲击声,

和轻拍声:啪、啪、啪。

若噬咬者发现你在打盹,他们用利爪密则谋划新法时,

你的身体将会腐朽。

可她们一看到格雷戈尔,就立刻都不说话了。他想说,你们继续讨论,没关系。她们难道看不出来吗?他还活着,这难道不是证明预言无效的最好证据吗?还不能证明三明治一直在欺骗大家吗?他心里虽这么想着,却不知如何劝她们改变看法。人们信奉三明治太久,对预言的依赖早已根深蒂固。

投降日前一晚,卢克萨和格雷戈尔的家人一起在病房里吃饭。他妈妈太瘦了,步伐很不稳,但还是踉跄着走了进来。她一句话也没说,张开手臂,大家齐齐冲进她的怀抱,抱作一团。小靴子也来了,她太小,没法扑到妈妈身上,只好大声嚷嚷着:“我!我!亲我啊!”爸爸便把她抱了起来,所有人都挨个亲了她

一遍。她咯咯乱笑,要求再来一轮。

热闹了一分钟,格雷戈尔注意到,卢克萨正独自一人站在门边,眼巴巴地望着他们一家团聚。他忍不住想,曾经也有那么多人爱她,可现在都不在了。他伸出一只手,示意她也加入进来,而她轻轻笑着摇了摇头,随即走出门去。这么长时间以来,他还是第一次意识到自己有多幸运。

第二天一早,在投降仪式开始前,格雷戈尔看到了盛装打扮的卢克萨。她穿上了华美的礼服，头戴一顶嵌满珠宝的王冠。“哇,那个东西让你看起来好成熟,至少有十三岁！”他诙谐地叫道。

听了这话,卢克萨忍俊不禁。格雷戈尔看得出她很紧张。格雷戈尔只穿了普通的衬衫和裤子。现在没了剑,他就觉得自己好像赤裸着身体。回到地上世界后,他就不能佩剑了。一想到以后会这样,他忍不住焦虑起来。

爸爸和妹妹已经先去了竞技场，格雷戈尔要陪着卢克萨从城里走过,因此没有提前过去。升降平台渐渐靠近地面,只见马路两边站满了人,但却没有谁欢呼。卢克萨经过时,大家纷纷鞠躬,许多人满脸热泪。她向群众点头致意,偶尔挥一挥手。由于掘地兽和老鼠的大肆破坏,城市建筑物都崩塌成了碎石瓦砾。脚下的铺路石满是血渍,被落地的火把烧出了黑色的印记。一个少了只胳膊的小女孩,正用空洞的眼神望着他们。卢克萨走到十字路口，说了一次话，这一路上也只说了这么一句。

“看看我的城市吧，格雷戈尔，”卢克萨说，“看看我的家。”

走到竞技场门边时，卢克萨停下了脚步。格雷戈尔伸出手，迅速在她手上捏了一下。她做了一个深呼吸，昂首阔步地走了进去。格雷戈尔隔开几步远，跟在她身后。

场内坐满了各个种族的代表，他们都没能逃脱这场战争：爬行者、纺织工、掘地兽、啮啃者、飞行者、噬咬者和人类。格雷戈尔注意到，就连福托闪闪和扎普都坐在一条长凳上。自从被营救后，他还没见过他们，都没想过要向他们表达谢意。他要记住这件事，仪式一结束就去当面致谢。

尽管已经为他们开辟了一条小道，但走在上面并不太稳，很难保持气宇轩昂的架势；因为掘地兽在竞技场下钻了一些地道，弄得地面到处坑坑洼洼。不过卢克萨倒是步履轻松，她优雅地走了过去，而格雷戈尔显然有些狼狈，只能跟在她身后小跳着前进。竞技场中央划了一块圆形空地，三只老鼠正候在圆圈前。

卢克萨走进空地，格雷戈尔在外围驻足。欧若拉拍打着翅膀，落在圆圈外面。格雷戈尔看见他的爸爸、莉兹、马雷斯、珀迪塔、约克和霍华德都在旁边，正站在一起。尼莉莎为了今天这个场合也破天荒地打扮了一番。在一堆蟑螂里，出现了两个毛绒绒的小脑袋——小靴子和哈泽德也在。

卢克萨慢慢走向主位，竞技场内顿时鸦雀无声。如果说她心里还紧张的话，那真的一点也看不出来。她端庄大方，声音清晰而镇定，“欢迎所有生物的到来。为了给这场充满悲剧色彩，且代价高昂的战争画上句号，今天，我们齐聚于此。我即将接受噬咬者的投降，并递上战败条款。噬咬者，你们的代表是谁？”

一只老鼠跨步上前，刚准备说话，现场就一阵骚动。只见一个被掘地兽挖出的洞口，突然飞出好多小石块和泥土，这在场内掀起了一阵轩然大波。因为遭受泥石块的攻击，人类都既吃惊又恼火，正准备发作的时候，一个生物拱着鼻子从洞口爬了出来。

人们认不出他是谁。他的大半毛发和大部分皮肤都不见了，露出的皮肤鲜血淋漓，往外渗着液体；一条后腿已经残废，无力地拖在身后；脸上又多了一条伤痕，和原先的伤疤交叉在一起，形成了一个“X”形图案。他开口说话了，而那声音如此熟悉，一听就知道是他。

“是我，”瑞普瑞德一边说，一边拖着残缺的身体进入圆圈，“我是噬咬者的发言代表。”

26

所有生物都惊得瞠目结舌，莉兹喜悦的尖叫声打破了沉默。“瑞普瑞德！瑞普瑞德！”她推开人群，一把抱住他的胳膊，“我还以为你死了！”

“我跟你说了，要弄死我得花不少力气。几个虫子，不足为惧。”这只老鼠得意地说。

“可他们找到了你的骨头。”莉兹说。

“那一定是剁肉刀的。我一落地，就先躲在他的尸体下面，接着拔腿就跑。螨虫先把他吃了个精光，才过来追我，这给我争取了一点时间。不多，但足够我逃跑了。可笑的是，我以前一直看不起剁肉刀，现在却忍不住怀念他那温暖的身体。”瑞普瑞德说道。他还是一副玩世不恭的老样子。

“到底是怎么回事？”莉兹轻轻摩挲他脸上的新伤疤。

“哦，一只老鼠砍中了我。没事，上来吧。”他轻轻推了下莉兹，把她拱到背上，让她坐在一块残存的皮毛上。

“你会疼的。”她说。

“不，正好相反。你坐在那儿，能提醒我来这儿的目的。”瑞普瑞德说着，看向卢克萨。

“你为什么来，瑞普瑞德？”卢克萨冷冰冰地说。

“我说过了，我要为噬咬者讲话。你以为我这么多年出生入死，就是为了让你主宰我们的未来？”这只老鼠反问道。

座席里的生物们这才如梦初醒，纷纷抓着邻座交头接耳起来。大多数老鼠把瑞普瑞德当成敌人，因为他一直为人类和人类的盟友而战，就连他们都认为这是理所当然。可是，他们想错了。格雷戈尔一直隐约觉得，这家伙这么拼命，其实是为了达成自己的目标。格雷戈尔无论如何也想不到，瑞普瑞德交易的对象居然是卢克萨，他原以为会是索罗维特或维库斯。现在，他和谁商谈已经不重要了，而重要的是，他代表了全部老鼠。

卢克萨提高音量，压过喧闹声，“是真的吗，噬咬者？他现在是你们的发言人了？”老鼠和其他人一样，也对瑞普瑞德的出现感到惊奇。他们窃窃私语，小声讨论着，想达成共识。

这时，一个响亮而有力的声音冒了出来，“没错！他现在的话，就是我们的话！”

话音刚落，拉普布拉德和她的孩子走出鼠群。瑞普瑞德一直饱受老鼠质疑，而拉普布拉德则在同类中德高望重，大家都很信任她。她先是被选中去找瘟疫解药，后来又组织老鼠反对灾星，如今她的影响力更是无与伦比。在她宣布完自己的意见后，老鼠们都纷纷表示同意，齐声要求瑞普瑞德做他们的代表。

格雷戈尔明白卢克萨肩上的压力。光是站在各方代表面前，提出战后计划就已经够难的了。而现在商讨对象变成了瑞普瑞德，这对她的每个举动更是严峻挑战。卢克萨深知，目前她已经失去了瑞普瑞德这个盟友。她和瑞普瑞德，谁将笑到最后？

更糟的是，尼莉莎突然惊叫道：“哦，卢克萨，看到他脸上的标记了吗？”

卢克萨仔细查看着老鼠的脸：“不过又多了块伤疤罢了。”

“但是你看！那是一个‘X’！是和平缔造者独有的标记！”尼莉莎说。

“很多人都有这种十字形伤痕！”约克大步走出人群。

“想一想那段话。”尼莉莎意味深长地说。竞技场四下无声，大家都安静地听着，听她用颤抖的嗓子，背诵着印刻在预言室的诗。

跛脚走路，无人发现；

直面死亡，却被回绝；

死于利爪，又死而复生；

以X做标记，双线连接。

最后，它们交缠，双线相遇，无人预料。

“还没看出来吗？”尼莉莎继续倔强地说，“这诗描述的就是瑞普瑞德。他进来的时候我们谁都没发现，他充满死亡气息，为所有人憎恨，大家都以为他已经死了，却又死而复生。还有那个X！一条线是人类留下的，另一条是噬咬者刺下的，两条线连接在一起。而现在，人类和噬咬者留下的伤疤将在血肉里交融，和平的未来将由卢克萨和瑞普瑞德实现。”

竞技场里的生物都呆了，卢克萨却依然不为所动。她等喧嚣渐渐消散，然后说道：“你觉得你是和平缔造者吗，瑞普瑞德？”

“唉，我不喜欢自吹自擂，可尼莉莎说得也在理。如果我真的是，那我也是不得已而为之，不是吗？”这只老鼠说。

大家议论纷纷，都认为他说得没错，也都对刻在石墙上的预言毫不怀疑。瑞普瑞德却凝视着格雷戈尔，狡黠地笑了一下，轻轻翻了个白眼，好像在说：“懂我的意思了吗？”

格雷戈尔忽然顿悟，这第二道伤疤其实是他自己划出来的。只要能成为所谓和平缔造者，付出这点代价实在不足挂齿。

“好极了。那现在，就把你的噬咬者同伴们，带到地图以外的土地上去吧——以和平的方式。”卢克萨说。

这句话让格雷戈尔惊愕万分，不过想一想也不该吃惊。卢克萨宣战之时，曾对格雷戈尔说：“我们还不如一劳永逸。只有战争才能决定哪一方留，哪一方走。”格雷戈尔以为，战争期间发生了那么多事，她很有可能已经改变了想法。而今看来，她依然坚定如初。

卢克萨这话一出，局势一下变得复杂起来。

“行啊，不过女王殿下，您的提议在我看来有问题，而且问题很大，我不得不拒绝执行。”瑞普瑞德厉声说道，“你还有什么好说的？”

“我要告诉你，你如果不和平离开，我们就会进行武力驱逐，选择权在你手上！”卢克萨威胁他说。

“如果你想再来一场战争，那么相信我，我会如你所愿！”瑞普瑞德咆哮道，“可我想知道，你准备怎么打？你只有残兵败将，支离破碎的城市，还有我。这一次，我不会再支持你了！”

“我不需要你，瑞普瑞德。我有格雷戈尔！”卢克萨说。

“是吗？我可不确定。就算他会留下来，我敢打赌，他也认为你的惩罚太过严厉。说不定，他还会念着我过去的好，站在我这边！”瑞普瑞德反驳道。

格雷戈尔难以置信，嘴巴张得大大的。他们在说什么？到底想干什么啊？难道又要开战？他们准备让他再次参战吗？

“这得由他来决定。”卢克萨看向格雷戈尔，所有到场者也齐齐看向他，他们都想知道他的立场。

格雷戈尔厉声问道：“你们真的想这么做，是吗？你们真的准备再次开战吗？”他觉得体内有什么东西在沸腾，继续连珠炮似的怒斥道，“好吧，那让我们忘记曾经发生的一切！忘记丛林、燃火地、灾星。”他的声音一下子拔高了，他能感觉到愤怒者即将接管这副身体，“忘记所有死去的亡灵！忘掉提克、傻奇提普、哈姆内特、塔利亚和阿瑞斯！忘记你的父母，卢克萨！忘记你的孩子，瑞普瑞德！你们统统都忘了吧，那么多生物牺牲了自己的生命，就为了你们能有这一刻——一个能让生活走上正轨的机会！一个停止杀戮的机会！我们都曾为同一个目标战斗过，还记得吗？你们都欠别人的命，你们的命也是他们的！你们都欠我一条命！现在却站在那儿，让我选择站在哪一边，好让我再次帮你们杀人吗？”

格雷戈尔猛地从剑带上抽出三明治的剑，激动地挥舞着，逼得卢克萨和瑞普瑞德往后退了几步。“好吧，猜我会怎么做？我这个勇士，再也不会为你们任何一方战斗了！”

说完，格雷戈尔双手握剑，用力砸在膝盖上，剑身应声断成两截。他将残剑扔掉，一块扔给卢克萨，另一块丢向瑞普瑞德。他高举双手，鲜血从手中流下。“好了。勇士已经死了！我杀死了他。”

“看来《时间预言》终于真正实现了！”尼莉莎屏着气说。

格雷戈尔摇摇头。他们难道非要拿预言说事吗？但这话他没说出口，他只是说：“管他呢。现在你们俩准备怎么办？”

“什么？他表演了这么一场戏，又问我们怎么办？”瑞普瑞德问卢克萨，“这孩子说得没错，上一场战争的血迹还没干，我们不该刚愎自用，又发起一场战争。特别是在剪切手正在我们边界蠢蠢欲动的时候。”听到这个消息，人群一片喧哗。瑞普瑞德转了个圈，确保所有生物都能听到他的话，“哦，我刚才没说吗？他们正准备利用这个机会，把我们一举消灭。你们想想，现在的确是个绝妙的时机。他们很强大，我们虚弱不堪。当然了，如果我们之间的问题能够解决……”

“是的，我明白了。那样的话，我们就能制止他们。”卢克萨尖锐地说。

“我们以前也联手过。”瑞普瑞德说。

“以前是以前。现在我们能信任你们吗？”卢克萨反问。

“信任我们？你刚才还想把我们放逐到地图以外的地方去！我想现在最需要一点保障的应该是我们，是噬咬者才对！”

瑞普瑞德答道,"所以——我也不知道, 不如写个条约什么的吧! "

"没人相信条约这种东西,眼睛一眨就失效了。"卢克萨不屑地说。

"那你来定吧,卢克萨! 我们是敌是友,信任还是怀疑,你和我以后是什么关系,两个种族以后会怎么样,都交给你来决定。"瑞普瑞德说。

做出抉择的时刻就要到了。格雷戈尔发现,卢克萨内心的斗争都表露在脸上:先闪过几分索罗维特式的坚毅,又被维库斯理解包容的渴望代替。新仇旧恨,流血牺牲,血债,希望,都在她心里激烈地翻滚着。她要决定地下王国的命运——到底是战争还是和平,是继续战斗还是就此妥协,是做索罗维特还是维库斯。当年,正是这样的决定摧毁了哈姆内特,让他发疯逃走,最后死于战争。

最终,卢克萨的表情凝固起来。"双方不签订条约,"她宣布,"过去这些条约总是失效。"格雷戈尔的心被猛地一击,仿佛一下子掉到了地上。

"双方不签订条约。"卢克萨又重复道,"但我提议……"她上前一步,将右手递给瑞普瑞德。

观台上的生物看到卢克萨的动作, 不由得倒吸了一口凉气。就连瑞普瑞德,也被她的举动惊呆了。他迅速恢复镇定,问道:“成为结合?”

“对,人类和噬咬者成为结合。发誓保卫彼此,直到生命最后一刻。我向你提议,你敢接受吗?”卢克萨故意激他。

“我敢不敢?”瑞普瑞德说,“是的,我接受。”他举起一只爪子,按在卢克萨手上。

片刻过后,卢克萨庄严念道:

“噬咬者瑞普瑞德,我与你结合,
我们生死同命,如若一体。
不论身处黑暗、火焰、战争、冲突,
我们都将拯救对方于水火。”

轮到瑞普瑞德了,他大声说出誓词:

“人类卢克萨,我与你结合,
我们生死同命,如若一体。
不论身处黑暗、火焰、战争、冲突,
我们都将拯救对方于水火。”

说完,他垂下爪子,伸了个大大的懒腰,“能开始宴会了吗?”

“他说什么,就是什么。”卢克萨说。

转瞬间,整个竞技场成为欢腾的海洋,仿佛在庆祝重要的节日。

“你的外婆一定会为你感到骄傲。”瑞普瑞德对卢克萨这样说道。

“是啊,我外婆正在坟里高兴得打滚呢。”卢克萨答道。

“她是个很难被取悦的人。” 欧若拉说,“这是最好的做法。”卢克萨搂住她的脖子,蝙蝠用金色的翅膀裹住她。

“如果连你也这么想,看来这一关我真的过了。”卢克萨答道。

“那我呢？就没人拥抱我吗？”瑞普瑞德假意气呼呼地问。

“唉,你身上到处都是被感染的伤口。莉兹,趁你还没得病,赶快离开这只臭老鼠。”卢克萨将莉兹从他背上抱了下来,“你最好去趟医院。”她又转移了话题,“今天是历史性的一天,我想我们还有些细节要弄清楚。”

瑞普瑞德叹了口气,“我想也是的。似乎一切工作都是我们在做,不如每个代表团设四名成员,你觉得怎么样？”

“为什么不？”卢克萨说,“四和十差不多,一样蠢,不过没必要弄太多成员,会议室都装不下了。”

瑞普瑞德哈哈大笑,“你知道吗, 我觉得你和我一定会相处得十分融洽。”

“而你，地上人，”卢克萨最终看向格雷戈尔，“你也在流血。”

“可不是嘛……我总算把自己弄死了。”格雷戈尔笑着说。

“我想我们没给你留太多选择。”卢克萨说，“快来吧！我陪你们俩一起去医院，我还想把今天的事告诉维库斯，我要好好享受一下讲述的过程。我需要一个人能诚心赞同我的做法。”

“这个人就在你面前。”格雷戈尔说。他捡起地上的短剑，和他俩一起向医院走去。

当他们走进城区时，卢克萨说：“瑞普瑞德，你应该把那道伤口切得再深一点，要不然不留疤可怎么办？到时候我们上哪儿找和平缔造者去？”

格雷戈尔哈哈大笑起来。由此可见，瑞普瑞德这招根本瞒不住她。

“你在暗示什么，我一点都不懂。”瑞普瑞德开始装糊涂。

“我打赌，边境线上也没什么剪切手。”格雷戈尔说。

“那可不一定。”瑞普瑞德说，“毕竟那也是他们的边境线。我得补充一句，你们两个这么怀疑我，可不礼貌噢。尤其是我的新结合的话，特别让我伤心啊！”

“我想你会慢慢习惯的。”卢克萨说。

这只老鼠一点搭腔的意愿也没有。

到达医院后，瑞普瑞德就由莉兹陪着去看医生了。格雷戈尔则想先去看一下维库斯。他来到老人的病房,发现他正倚坐在床上。中风损害了他身体右侧的神经，但他的左眼依然明亮。见格雷戈尔和卢克萨走进来,他伸出了灵活如初的左手。格雷戈尔的手还在流血,但他没管那么多,直接握住了老人的手,“嘿,维库斯,你还好吗？”维库斯现在还说不了话。“听着,我要把这个还给你。”他拿出三明治残缺的宝剑,放在床上。维库斯抬起一边眉毛,等着听他们的解释。“卢克萨和瑞普瑞德想发动新的战争,他们各自为阵,都想拉我入伙。所以我辞去了勇士这个头衔,彻底把他解决了。”

这会儿,维库斯的脸上满是警觉。

“别担心,”卢克萨说,“没错,瑞普瑞德还活着,成了老鼠新的领导者,我们之间再也没有战争了。格雷戈尔,你不想留着这把剑吗？当个纪念品也好啊！”

“不用了,多谢,那些记忆就够折腾我的了。”格雷戈尔把短剑从剑带中抽出,和残剑放在一起,“况且,妈妈连一把小折刀都不让我随身携带。”

维库斯的脸上露出半边微笑，他费尽全力才勉强吐出一个词。他说得很含糊,但格雷戈尔听清了他想要说的话。“你说希望?”格雷戈尔问。老人点点头,指着格雷戈尔的胸口。“我给了你希望?”维库斯又点点头。“唉……你等着听卢克萨的故事吧。”格雷戈尔俯下身子，亲了亲老人的脸颊,“保重啊,维库斯！”

格雷戈尔离开了这间病房，好让卢克萨和她的外祖父单独相处，把竞技场内发生的来龙去脉告诉他。他的手还在滴血，得赶快包扎起来。他看到一队医生正在努力修复瑞普瑞德残缺的身体——给他的腿打上石膏，清洗被蛸虫咬伤的地方，再仔细包扎好。瑞普瑞德是个顽强的大家伙，但这些伤痛也够他受的了。幸好莉兹不停地安慰他，从而让这只老鼠没那么痛苦。

等霍华德帮格雷戈尔包扎完伤口，代表团会议就要开始了。莉兹想和瑞普瑞德待在一起，所以格雷戈尔也去了，因为他要看着妹妹。

会议在一间大厅里举行，中间放了一张巨大的圆桌。格雷戈尔和莉兹靠墙坐下，各个种族的代表团成员都坐在圆桌旁，有人类、老鼠、蝙蝠、田鼠、蜘蛛、蟑螂和鼹鼠。每个代表团有四名成员，也就是说与会成员一共有二十八个。主要发言者还是瑞普瑞德和卢克萨，他俩刚刚成为结合，显然在很多地方都存有异议——土地分割、赔偿和军事管制。没过多久，其他声音也加入进来，对话从展望未来，集中到了讨论过去的恩怨。瑞普瑞德一下子跳到桌上，吼道：“不要自以为高人一等！大家都坐在同一个房间里，谁也不要有优越感！我们彼此之间都有很大的过节，不能否认！否则我们又要倒退回去了！”他气势汹汹，一副随时要动手的样子。

“嘿，就像预言说的一样，”格雷戈尔插嘴道，“‘时间在回转’。”

“闭嘴！”瑞普瑞德厉声嚷道。这只老鼠从桌上爬了下来，大家都不知该从何谈起。突然，莉兹羞怯的声音响了起来，“我有个主意。”莉兹本不该发言，但她是密码破译者，大家都对她尊敬有加。

“欢迎你给我们提意见，莉兹。”海伦内安鼓励道。

“我觉得你们人数太多了。我觉得，每个种族只要派一名代表就够了。”莉兹舔舔嘴唇，“而且，这名代表应该由其他种族来选。”

会场一片沉默，大家都在考虑她的提议。无疑，他们都喜欢给别的种族选代表，但让别人来给他们做选择……

“我们一点进展也没有，我想我们应该采纳一下莉兹的建议。”卢克萨说。

“好啊，那我可以直接走了，是吗？”瑞普瑞德用受伤的眼神望着莉兹。

“哦，不要乱生气！我也不一定会留下来啊！”卢克萨喝道。

“唉，反正我是不会给你们俩投票的。”格雷戈尔又插了句嘴。他俩不满地盯着他，连表情都一模一样，让他只想偷着乐。

不一会儿，代表团成员选好了。一共有七名，分别是马雷斯、奈克、太普、海伦内安、拉普布拉德、雷弗雷克斯，还有一只鼹鼠，他的名字发音没人能念对。

“哦，看啊，剩下的都是讲理的代表。”在和被淘汰的成员一起离开时，格雷戈尔丢下了这么一句。

“你的意思是他们都是弱者。”一只格雷戈尔从没见过的蜘蛛嘟囔道。

“不。”格雷戈尔再次看向会议厅，“大厅里没有一个弱者，祝你们好运，伙计们！”他抓起莉兹的手，“主意真妙，莉兹。”

莉兹若有所悟，“这和奶酪逻辑谜题很像。但是要把情况彻底反过来看，现在只有一块奶酪，必须让七种生物共同享用。重点在于你必须先想出，谁是最有可能拿走最大份额的一方。”随后，她又悲伤地补了一句，“可现在瑞普瑞德特别生我的气。”

“恰恰相反，”瑞普瑞德拉了拉她的小辫子，“瑞普瑞德他呀，脾气太怪了，没人会投票给他，不过现在能去大吃一顿也不错。跳上来吧！”于是，莉兹跳到他的背上，“现在的情况非常理想，每方都会提出一个计划，这计划没人会喜欢，大家都会觉得受到了不公平的待遇，但看到邻居也是同样感受，他们就开心了。这就是妥协的本质。好了，我们去大吃特吃吧！”

其他生物都去赴宴了，而格雷戈尔和卢克萨还逗留在走廊里。

“你什么时候走？”卢克萨问。

“妈妈希望我们今天就走，再过几个小时吧。”格雷戈尔说，“爸爸劝她让我们留下来参加投降仪式，但她想尽快搬到弗吉尼亚州去，越快越好。”

他俩从厨房弄了一篮吃的，欧若拉载着他俩飞出王之城，来到阿瑞斯待过的山洞。欧若拉一放下两人，就径自飞到外面的湖边，给他们独处的机会。

“我们终于可以进行一次野餐了。”卢克萨长舒了一口气。

“是啊！”格雷戈尔说。

可他俩什么都没吃，只是相拥而坐，默默地眺望无尽的黑暗。

“弗吉尼亚在哪儿？”卢克萨问。

“离纽约很远。大概有好几千里。”格雷戈尔说。

“我们再也见不到对方了。”卢克萨落寞地说。

此时，格雷戈尔突然希望，三明治能再编点和勇士有关的预言。“可能是的，甚至写信都不可能了。”

“马上要回家了，你高兴吗？”卢克萨问。

“一点也不。”格雷戈尔垂下了眼睑，“我都没法想象回去后的生活。不管怎么说，弗吉尼亚都不是我的家，充其量是个经常去的地方而已。”

“但你能活得轻松点。在这儿，人们会一直谈论你；到了地上世界，除了你家人，谁会知道你的名字？他们也不会让你留恋这儿的时光，你很容易就能把我忘掉。”卢克萨的脸上爬满伤感。

“永远都不。”格雷戈尔说，“我永远都不会忘记你，不管怎样都不会。”现在说出这话已经没那么难了，“我爱你。”

“我也爱你。”卢克萨说。

说完，他俩陷入了长久的沉默。

嘀嗒、嘀嗒、嘀嗒、嘀嗒、嘀嗒、嘀嗒、嘀嗒、嘀嗒、嘀嗒、嘀嗒、嘀嗒、嘀嗒、嘀嗒、嘀嗒、嘀嗒……

没过多久，号角声从王之城传来。欧若拉飞了进来，“他们在喊我们回去。”

格雷戈尔简直不敢相信，分别的时刻真的到了。当他俩飞回城中，他的家人正在码头上整装待发。他的行李已经收拾好了，包括几样从博物馆拿来的熟悉物品。他们拥抱、道别，只有小靴子说了句：“以后再见！”说完，她的亲吻雨点似的落在太普身上。

瑞普瑞德抓紧最后时间，给格雷戈尔讲了一番和愤怒者有关的建议：“小心，愤怒者不会奇迹般地消失，他是你身体的一部分。现在没人是你的对手，你在这儿的杀戮太多，回去后，根本不用三思,你就会再次动手。记住,让头脑发昏比保持头脑清醒容易多了。”

格雷戈尔听到这话,血液都凉透了。“我一定记住。”他郁闷地说。他最好记住,要不谁知道他会惹出什么事来?“像河流一样奔跑吧,瑞普瑞德!”

“高飞吧,地上人格雷戈尔。”瑞普瑞德说。他又把注意力放到了莉兹身上,莉兹哭得眼球都快掉出来了。

奈克和欧若拉载着他们一家,一起飞到水路。卢克萨也跟过来送别。他们停在通往中央公园的梯子下,格雷戈尔向蝙蝠们一一道别。最后,趁爸爸推开石板的时候,他紧紧握住卢克萨的手。一股凉爽的夜风迎面扑来,令人神清气爽。

“来看一下这个世界吧,一会儿就好。”格雷戈尔说。

但卢克萨没有钻出来,她只把头和肩膀露出地面。只见苍穹高远,月朗星稀,公园里草木葱茏,沐浴着一层银辉,真是夜色如画,美不胜收。

“以后我一想起你,就会想到这个地方,”她说,“你知道我在哪儿,只要你想,就能找到我。”

格雷戈尔吻别了卢克萨。他从洞口爬出,来到公园。他倒退着走了几步,两人恋恋不舍地深情对视,直到爸爸将石板移回原位,将他俩永远分开。

27

时间已经很迟了。出租车上的仪表显示现在是凌晨两点一刻。司机很累，不愿和他们多说话，至于这一家人为何这么迟还逗留在中央公园，他也没兴趣知道。

他们走进公寓大楼，不巧电梯坏了，只好去爬楼梯。格雷戈尔的妈妈走不了几步就得休息，爸爸便把钥匙交给格雷戈尔，让他带着妹妹们先上楼。格雷戈尔跑了起来，两个妹妹也不甘示弱。当他打开家门时，发现这个家竟变得又小又挤，他简直不敢相信自己的眼睛。他和莉兹一屁股跌坐在沙发上，小靴子立即倒出一篮子塑料玩具，把它们依次摆放在地毯上。她拿起一个小小的黑色蝙蝠——那是去年万圣节她收到的礼物，高兴地举了起来。“看！这是阿瑞斯！”她兴奋地大喊，拿着蝙蝠在他头顶飞来飞去，他也不知道该说什么好。

十分钟后，父母们也进了门。这一番波折弄得大病初愈的妈妈非常累，但她还是立即进屋去看奶奶。这时，格雷戈尔才意识到，妈妈还不知道奶奶早就不在家了。等全家人都进了客厅后，爸爸宣布道："她的心脏病发作了，格蕾丝，她住进了医院。明天一早我们就去看她。"

话音刚落，他们就直接上床睡觉了。格雷戈尔连睡衣都没穿，他脱掉外套，脱到只剩下地下王国的特制内裤，便钻进了被子。那些熟悉的声音又回来了：一辆警车的鸣笛声十分刺耳，划破了城市宁静的夜空；紧接着，一辆小轿车大声放着电台音乐，也呼啸而去；隔壁有人冲了下厕所……伴着纽约城的安眠曲，格雷戈尔沉沉睡去……

隧道很暗，手电筒早就没电了，格雷戈尔只能依靠回声定位法来看清周围的情况。从这条路走实在是个愚蠢的选择，瑞普瑞德早就跟他说过，可他偏不听，现在敌人找到了他。跑着跑着，他感觉到身后老鼠的喘气声渐渐逼近，于是他一个急转身，挥舞着剑，砍掉几个脑袋，自己也溅了一身血。就在这时，他的剑出了问题。原本锋利的剑变成了橡胶，在他的手里融化了。他想赶快逃命，脚下的地面却轰然裂开，他跌进了这个无穷无尽的黑洞。他大喊阿瑞斯，可那只蝙蝠怎么也不来，他只能继续下坠。锐利的石块砸在他的身上，刺破了他的胸腔，他觉得剧痛难当！

格雷戈尔一个机灵从床上坐了起来，心跳得厉害，浑身都被汗浸湿了，右手还紧紧摁着依旧抽痛的胸腔。自己刚才是不是叫出声来了？要不怎么会醒？可没人进来，也没人喊他，看来那叫喊声只留在了梦里。

以前，他也一直做这种不停下坠的梦，当他遇到阿瑞斯后，噩梦就没了；而如今，这梦又回来了，梦里还多了可恶的老鼠和猩红的鲜血。

城市的第一缕晨光刚刚亮起，格雷戈尔只在床上躺了几个小时。他知道自己必须再睡一会儿，可那噩梦太真实了，真实得让他不敢入眠。他靠着枕头，看着窗外的太阳冉冉升起，直到双眼被光线刺痛。

格雷戈尔推开窗户，深深吸了一口充满汽车尾气的城市空气。今天是星期几？又是几月份？他都不知道。自哈泽德生日那天后，他就再也没有回过家。突然间，他迫切地想知道目前是什么时候，以纪念何时开始把自己锁进真切的地上世界。厨房的日历牌应该已经作废，打开电视看看就行……哦，不！那样会把大家吵醒……还是下楼去街角的报刊亭瞧瞧吧，查查新报纸上的日期……想到这儿，他一把掀开被子，不料却在阳光的直射下，第一次看清了自己的身体。他顿时整个人都僵住了。

“哦,上帝啊!”他惊叹道。他在地下王国身受多处重伤,但每回伤口一好,他就跟没事似的,继续前行。乌贼的吸盘、青藤、钳子、尖牙、利齿等等,无不在他的身上刻下了印记。不到一天前,他亲手折断了三明治的宝剑,手上的新伤就是那时留下的。他的皮肤就像一张地图,循着一个个伤疤,就能让他忆起一桩桩可怕的往事。

地底人这次给了他许多鱼油膏,也许能派上用场。可有的疤痕——比如灾星在他胸口留下的五条爪痕，永远也消不掉了,将成为他身体的一部分。以后,他该怎么向别人解释?说自己出了场车祸?从玻璃窗上摔了下来?还是和一帮老虎摔过跤?他怎么也想不到合理的借口。既然想不出,那他就必须把它们遮盖好。他只能忘掉海滩,忘掉体操课,连医生都不能看了——恐怕只有处于濒死边缘才能去。医生绝对不会接受蹩脚的借口,他们总一个劲地要求人们说出真相,而格雷戈尔的答案最终会把他送进精神病院。

格雷戈尔穿好长裤长衫。以前的衣服和裤子都短了不少，看来这段时间——他也记不得究竟是多久——他的身体成长了不少。他套上袜子，穿好仅剩的一双来自地上世界的鞋子——一双他去参加春季音乐会才穿的皮鞋，脚趾头被挤得生疼。再配上这身衣服,整个人看起来就像一个愚蠢的小丑。他很想穿科尔马奇夫人送的那双漂亮运动鞋，只可惜它早就在战争中毁掉了。

格雷戈尔轻轻地走出门外。在经过科尔马奇夫人的寓所时,他发现她家的大门已经敞开。她一直这样,早上都起得很早。“看来你还是完整无缺的回来了。”她用严厉的眼神上下打量了一番格雷戈尔,“你的裤子太短啦。想吃点法国烤面包吗?”

他跟着她进了厨房,坐在桌边等待早餐。科尔马奇夫人一边忙,一边说他奶奶的情况。“她现在情况不妙,格雷戈尔。她正在接受重症特别护理。要是你妈妈想把她弄到弗吉尼亚州去,那是不可能的,她根本就经受不住一路颠簸。”她将裹了蛋糊的白面包放进他的盘子,又给他装了一盘培根。

“我也不知道以后我们在这儿该怎么过。”格雷戈尔往面包片上倒了点糖浆,“她可能就带我们几个孩子去吧。”想到刚和家人团聚就又要分开,他心里难过极了。

“也许吧。那么你最近怎么样?都发生了些什么啊,小先生?”科尔马奇夫人问道。

自他上次离家后,发生了太多的事情。他心潮起伏,却一句话也说不出来。

“舌头被猫抓啦?”科尔马奇夫人又问。“没关系,等你以后想好了再告诉我吧。”她拿起一片培根,在格雷戈尔倒出来的糖浆里蘸了蘸,若有所思地咀嚼起来,“你知道吗,科尔马奇先生以前也参加过战争，他也不怎么愿意谈。我知道，他经历了不少可怕的事，那家伙，到死的那天都还在做噩梦。”

格雷戈尔摊开双手，无奈地说：“今天早上我就被一个噩梦惊醒了。”

“以后这样的梦还多着呢。”科尔马奇夫人说，“喝点果汁吗？”她不等格雷戈尔答话，便往他的玻璃杯里倒了一些，“你才十三岁，以前接受的都是应该怎么对别人好、伤害他人就是犯罪这样的教育，可之后有人逼你参战，让你杀人。你想想看，经历了这些，你的思想会变成什么样？嗯？”

格雷戈尔撇撇嘴，“肯定不会太好。”

科尔马奇夫人安慰道：“不过你会好起来的，格雷戈尔。”

“我不知道啊。我梦见自己摔进了一个洞里，最后死了。”格雷戈尔说，“以前我也做过差不多的梦，但这次是我第一次坠到洞底。”

科尔马奇夫人慈爱地说：“别担心。如果你摔到洞底，会有很多人在那儿等你，帮你重新站起来。”

“帮我站起来？”格雷戈尔思考着这句话，“让我彻底消失的可能性更大吧。我都摔到石头上了，还有什么需要帮忙的？”就算有人想帮他，在梦里他也是孤独的，毕竟梦是他的，没人能干涉。

趁他吃饭的当儿，科尔马奇夫人为他找来了一双旧运动鞋，是她的一个儿子二十多年前穿的。尽管已经过时，但大小正合适，而且怎么看都比那双皮鞋要好。

她说："学校要开学了，你需要新衣服。"

他惊讶地问："都已经开学了啊？"

"几周前的事了，"她说，"现在已经是十月中旬了，格雷戈尔。"

他显得有些郁闷，"我什么都不知道。"

这天上午，父母和科尔马奇夫人一起去了医院，格雷戈尔便在家照看两个妹妹。莉兹和小靴子吃早饭的时候，格雷戈尔就站在厨房窗前，眼巴巴地望着邻居家的孩子去上学。他想到了他的朋友拉里和安吉丽娜，他们一定为他的失踪想了无数个原因。他们会不会以为格雷戈尔已经搬家了？或是生了重病？他迫切地想见到这些朋友们，可心里又有另一个声音告诉他，永远都不要去见他们。他经历了这么多，改变了这么多，再和他们一起嬉笑玩耍，假装一切又回到了从前，实在是痴人说梦。

午饭时，爸妈回来了。妈妈看过奶奶后，受到了不小的打击。没人说得准奶奶什么时候能出院，就算出了院，她也只能去有二十四小时医疗照管的护理院。

格雷戈尔问："我能去看望她吗？"

爸爸摇了摇头，说："还不行。等她好转了之后再说吧！"

“我们现在该怎么办？”格雷戈尔迷惑地问，“去弗吉尼亚吗？”

爸爸答道：“我不知道，但我们会想出办法来的。”

突然，莉兹说：“我不想去弗吉尼亚。”

“可你说过你愿意啊，莉兹。”妈妈难以置信，“我提出这个想法后，你是第一个收拾好行李的人。”

“但我现在不想了。这儿是我们的家，我也不想逃跑。”莉兹说，“瑞普瑞德说过，要是你一直逃避让你害怕的东西，它迟早会追上门来。”

爸爸问：“你呢，格雷戈尔？”

格雷戈尔想象了一下全家人在弗吉尼亚生活的情景，很平静地说：“无所谓，在哪儿我都没关系。”现在不管身处何地，他的生活都是一团糟。随后，他从门后的挂钩上取下外套，又对大家说，“我出去走走。”

其实他也没想好要去哪儿，走过几个街区后，他才确定了目的地。他翻了翻口袋，里面还有三十五美元。他跳上地铁，向修道院奔去。他一定要再看看那位石骑士，多亏了他，自己才能撑到现在。或许，这次他也能帮格雷戈尔想清楚一些东西。

天气转凉了，树木已经开始凋零。格雷戈尔一直在想着另一个世界，那个没有阳光、连树都成了无价之宝的地方，那里不知怎么的，让他产生了归属感。要是他告诉父母，自己想回地下王国去生活，他们会怎么样？只有在那里，他才不会被人当成怪物；只有在那里，他才有真正的朋友；只有在那里，才有卢克萨。他们一定不会让他走。扪心自问，他真的想一走了之吗？他也不知道，他只知道这个曾经是家的地方，让他产生了陌生感，他觉得孤单极了。

他来到修道院售票亭前，想买一张票，售票员犹豫了一下。她看见了什么？一个孩子，一个穿着不搭调的衣服、在上学时间出来游荡的孩子，手上还包扎着古怪的绷带。格雷戈尔也不记得，上次剪头发是什么时候的事情，他必须找一个理由。“我要写一份学校报告，老师让我们描绘一下我们认为全纽约最酷的建筑。我就选了这儿。您有什么信息手册可以让我看一下吗？”售票员的态度依然谨慎，但最终还是把他放了进去，并给了他两本图案丰富的手册，还警告他不要乱摸文物。

里面空荡荡的，正播放着格里高里圣歌。音乐在空旷的古老修道院里回荡着，让人觉得既毛骨悚然又安宁祥和。他不由得想起了王之城——那里也雕刻着古怪的动物，挂着装饰绣毯，还有石墙、地板、天花板……他穿过两间屋子，找到了一直想看的坟墓。石骑士和上次他看到时一模一样，静静地躺在玻璃隔板下，双手放在宝剑上，睡着永恒的觉。多亏了他，他才熬过了那段艰难的日子，今天他也想在这个雕塑身上找到慰藉。然而，他很快发现它对自己已产生不了任何影响。过去的几个月,他一直在努力学习如何平静地面对死亡。而如今,他必须学会开始全新的生活,石骑士在这方面也帮不上忙。

到了傍晚,格雷戈尔才回到家。他还没走到门口,就看到妈妈已经在楼下翘首以盼。“你到底去哪儿了?你知不知道自己消失了多久啊?全家人都担心得要命!”

天啊!她的确很难过,眼睛也红红的,似乎刚刚哭泣过。

“对不起!”格雷戈尔感到很内疚,“我出去走了一会儿。”

爸爸将一只手搁在他的肩头,“没事儿,只不过从今往后,你得习惯父母又回到你身边的事实。”

“对不起。”格雷戈尔机械地重复道。

父母走回卧室,继续说起话来。莉兹和小靴子又坐在地板上,玩起了塑料玩具。格雷戈尔打开电视,百无聊赖地换着频道。最后他的视线定格在新闻台:一颗炸弹在某处市集爆炸,四十人身亡。屏幕上到处都是残缺的身体、弥漫的烟雾和逝者亲人的哀嚎。下一篇报道说的是难民被敌军逐出家园,在流亡之路上垂死挣扎。新闻播报员刚准备播放一段士兵被挟持为人质的粗糙视频,妈妈就走了过来。她伸手关掉电视,表情十分悲伤,“我想这些你早就看够了,格雷戈尔。”

不论是地上还是地下,这些画面都惊人的相似。尸体、恐惧、绝望的情绪……格雷戈尔想,也许地上世界一直都不缺这些,只是他到现在才开始注意而已。

“把你的妹妹们带到外面游乐场去玩玩吧，”爸爸说，“她们一整天都待在室内。”

莉兹忽然问道：“我们要去弗吉尼亚还是待在纽约？”

“我们还在讨论。”爸爸说，“孩子们，你们出去玩一会儿吧！”

他们一到游乐场，小靴子就跑到沙箱那边，和一个小男孩堆起了城堡。莉兹将手插进外套口袋，独自一人晃悠起来，眼睛却一直盯着地面。

格雷戈尔则找了条板凳坐下。走了一天的路，他的伤口开始痛了。刚看到的那几条新闻令他思绪万千。现在他待在游乐场，算是暂时安全了，但在世界其他地方，还有好多人正在受难、挨饿、逃亡，深陷战争泥潭，互相杀戮不休。他们将太多精力放在伤人上，却不愿多分一点用来救人。这情况会改变吗？如果要改变，又该做些什么？他想起了卢克萨把她的手放进瑞普瑞德爪子里的那一幕。人们也需要这样，要一起反对战争。光是一两个人还不够，所有人都必须加入进来，告诉那些不理智的人，战争不是解决分歧的唯一方法。从以往的情况来看，人类在战争爆发之前，可做的还有很多，只要没到最后时刻，一切都有可能。就像维库斯说的那样，只有你真的希望一件事发生，它才会成为现实。如果你心存希望，就能找到改变事态的方法；只要你好好想想，就会发现无数个必须去试着改变的理由。

这时，有人拽了拽格雷戈尔的外套。是小靴子。她抬起胳膊，撒娇地说："抱我。"格雷戈尔便把她举了起来，放在膝盖上，又拉开外套，让她舒服地依偎在里面。小靴子头枕他的肩膀，仔细端详他的脸。她忽闪着眼睛，撅嘴问道："你很难过吧？"

格雷戈尔落寞地说："有一点。"

小靴子天真地说："你想他们。"

"是啊，没错。"格雷戈尔说，"可我还有你啊！"他想起以前，有好几次都以为自己会永远失去小靴子，便不由自主地抱紧了她。

"给。"小靴子将手伸进口袋，拽出一只小小的塑料黑蝙蝠，放进格雷戈尔的手心，"这个送给你，格雷戈尔。"

是阿瑞斯！

他百感交集，动容地说："谢谢。"他们就这样依偎在一起，望着街灯一盏接一盏亮起。

忽然，格雷戈尔笑了。

"嘿，小靴子。"他揶揄地说，"嘿！你终于把我的名字说对了。"